Casa das fúrias

CASA DAS FÚRIAS

MADELEINE ROUX

TRADUÇÃO: GUILHERME MIRANDA

PLATA
FORMA 21

TÍTULO ORIGINAL *House of Furies*
© 2017 by HarperCollins Publishers. Publicado com a autorização da HarperCollins Children's Books, uma divisão da HarperCollins Publishers.
© 2017 Vergara & Riba Editoras S.A.

Plataforma21 é o selo jovem da V&R Editoras
www.plataforma21.com.br

EDIÇÃO Fabrício Valério e Flavia Lago
EDITORA-ASSISTENTE Thaíse Costa Macêdo
PREPARAÇÃO Raquel Nakasone
REVISÃO Bárbara Borges e Vanessa Gonçalves
DIREÇÃO DE ARTE Ana Solt
DIAGRAMAÇÃO Ana Solt
ILUSTRAÇÕES © 2017 by Iris Compiet
CAPA E TIPOGRAFIA Erin Fitzsimmons
ILUSTRAÇÃO DE CAPA © 2017 by Daniel Danger

Dados Internacionais de Catalogação na Publicação (CIP)
(Câmara Brasileira do Livro, SP, Brasil)

Roux, Madeleine
Casa das fúrias / Madeleine Roux ; tradução Guilherme Miranda. — São Paulo : Plataforma21, 2017.
Título original: House of furies
ISBN: 978-85-92783-21-1
1. Ficção juvenil 2. Suspense - Ficção I. Título.

17-02780   CDD-028.5

Índices para catálogo sistemático:
1. Ficção : Literatura juvenil 028.5

Todos os direitos desta edição reservados à
VERGARA & RIBA EDITORAS S.A.
Rua Cel. Lisboa, 989 | Vila Mariana
CEP 04020-041 | São Paulo | SP
Tel.| Fax: (+55 11) 4612-2866
vreditoras.com.br | editoras@vreditoras.com.br

Para Jane Austen, a quem definitivamente não são dedicados muitos livros sobre o oculto.

Para Smidge, que só pode ser um cérbero da vida real.

E para Ren, que arrancou a espada da pedra.

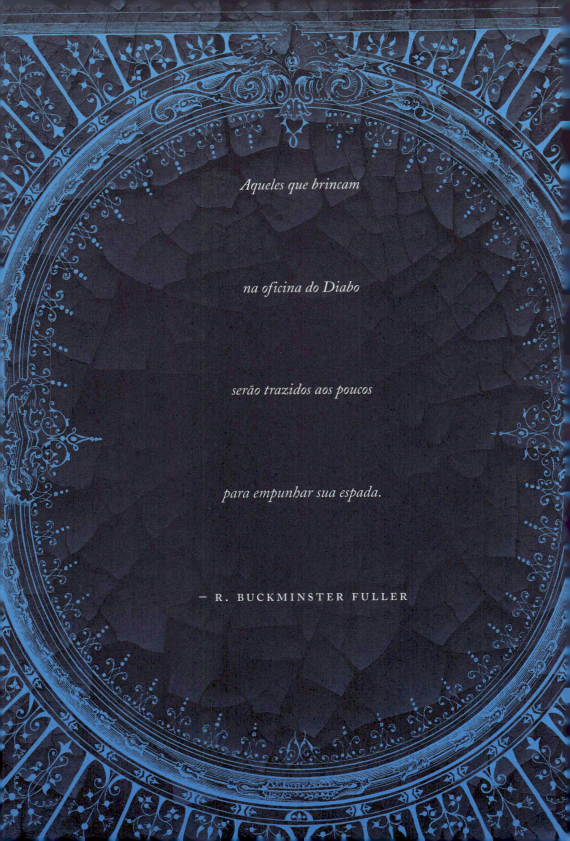

Aqueles que brincam

na oficina do Diabo

serão trazidos aos poucos

para empunhar sua espada.

— R. BUCKMINSTER FULLER

Eu sou a Ira.

Não tive nem pai nem mãe:

saltei da boca de um leão

sem ter ao menos uma hora de idade

e de um lado para o outro do mundo corri desde então,

com este estojo de florins,

ferindo a mim mesma quando não tinha ninguém com quem lutar.

— CHRISTOPHER MARLOWE,
A TRÁGICA HISTÓRIA DO DOUTOR FAUSTO

Norte da Inglaterra, 1810

Meu nome é Louisa Rose Ditton. Trabalho e vivo na Casa Coldthistle, uma casa para pensionistas e assassinos. Uma casa que é propriedade do Diabo.

A reação normal – a mesma que tive há muito tempo – é bufar de indignação se você for uma pessoa de persuasão moral. Ou soltar uma gargalhada de ceticismo se não for. Mas garanto a vocês – juro até – que é verdade. O Diabo é dono desta casa e de todos que vivem e trabalham nela. As paredes são dele e os jardins também. A comida que nos sustenta e os doces que nos comprazem – tudo pertence a ele, e ele nos dá como quer.

Não é uma vida tão difícil quando se é alguém como eu. Uma pária, uma estrangeira e, alguns diriam até, uma "criança trocada". Todos somos esquisitos e amaldiçoados na Casa Coldthistle, e nos tornamos mais amaldiçoados e esquisitos a cada dia que passa. A única exigência para ser empregado aqui é fazer o trabalho perfeitamente e sem reclamar. Meu cargo é de recepcionista e criada. Dou boas-vindas aos nossos hóspedes. Arrumo seus quartos. E, quando encontram suas mortes certas e prematuras, limpo a bagunça.

Ele, o Diabo, cuida de todos nós. Em troca, fazemos o que ele manda. Cozinhamos, limpamos, varremos, costuramos e matamos de susto os transgressores, bandidos e trapaceiros que sempre obscurecem a porta da Casa Coldthistle.

Malton, Inglaterra
Outono, 1809

A estrada para a Casa Coldthistle era escura e perigosa. Foi o que disse a mulher que estava me levando, sob uma chuva inglesa típica, tão lenta e monótona quanto a carroça.

Ela me encontrou no mercado de Malton, onde eu via o futuro e lia mãos em troca de algumas moedas. Os transeuntes estalavam a língua e me olhavam com censura; eram um povo temente a Deus, que queria avisar o pároco para que eu fosse expulsa da cidade deles. Mas trocados alimentam, mesmo aqueles ganhos ilegalmente.

Ler a sorte dos outros não é fácil. Até parece simples, mas, para fazê-lo de forma convincente, é preciso dar à façanha toda uma aparência natural e tortuosa de um rio atravessando o seu caminho. Sinceramente, tudo se resume a ler os olhos das pessoas, ler a forma como respiram, como mudam o olhar, como se vestem, caminham e dão moedas.

Eu estava na minha última leitura matinal quando a velha trombou comigo. O mercado acontecia fizesse chuva ou sol, e esse era mais um dia chuvoso de uma longa e garoenta série de dias tristes. Ninguém ficava muito tempo. Ninguém além de mim, pelo jeito, e eu não tinha os motivos respeitáveis dos lavradores e artesãos que vendiam seus produtos.

A menina na minha frente corava de cabeça baixa sob um grosso cachecol de lã. A peça combinava com seu vestido pesado e simples, e com o casaco abotoado sobre ele. Dava para ver pequenos rasgos de tufos de lã amarela e cinza através do tecido. Ela tinha um ar fantasioso. Uma sonhadora. Suas bochechas rosadas coravam mais e mais conforme eu lia sua sorte.

— Ah, agora estou vendo. Tem um amor na sua vida — disse suavemente, imitando o semblante dela. Um truque velho e barato, mas que deu certo. Ela fechou bem os olhos e concordou com a cabeça. As professoras da Escola

Pitney haviam praticamente arrancado o sotaque da minha voz, mas deixei ele retornar, permitindo que a suave cadência irlandesa colorisse minhas palavras na cor que a menina queria. Rosas e roxos tão vívidos quanto suas bochechas. – Mas não é uma certeza, é?

– Como você sabe? – ela sussurrou, abrindo os olhos assustados.

Eu não sabia.

Uma sonhadora. Cheia de desejos. Sinceramente, meninas dessa idade – da minha idade – eram tão claras para mim quanto um mapa. Eu trocava essas leituras por doces e livros em Pitney, correndo o risco de ser castigada com palmatória ou coisa pior.

– A família dele não aprova – acrescentei, examinando-a com atenção.

A expressão dela se fechou, suas mãos de luvas ainda nas minhas, apertando com um desespero novo.

– Eles me acham inferior por causa da fazenda de porcos. Mas nunca passamos fome! É tanto esnobismo por causa de uns porcos!

– Mas ele é seu verdadeiro amor, não é? – Não pude me conter. Assim como precisava de trocados para comer e de comida para viver, precisava disso também. De poder. Funcionava toda vez? Não. Mas quando funcionava... A menina fez que sim, umedecendo os lábios e procurando meus olhos.

– Eu faria qualquer coisa por ele. Qualquer coisa mesmo. Ah, se você conhecesse o Peter. Se pudesse nos ver juntos! Ele me traz maçãs no almoço, maçãs que compra com o próprio dinheiro. E me escreveu um poema, o poema mais doce do mundo.

– Um poema? – Bom, eles eram praticamente casados, então. Abri um sorriso reticente. – Sinto um futuro para vocês dois, mas não vai ser fácil.

– Não?

– Não. Tem uma árdua estrada se abrindo adiante, mas, se você correr um risco maior, vai colher a melhor recompensa. – A boca dela se abriu de leve, desesperada, e deixei meu sorriso se desfazer para lhe entregar seu destino. – Uma fuga é sua única esperança.

Fuga. Uma escolha que provavelmente faria com que os dois amantes fossem deserdados e rejeitados. Ele ainda poderia ter outra chance com uma mulher diferente, mas ela não. Depois de entregues, as palavras queimaram um pouco na minha garganta. *Por que dizer uma coisa dessas para a menina, Louisa?* Era diferente agora... parecia até errado. Sendo que, antes, enganar minhas colegas esnobes em Pitney era como uma vitória pessoal.

Os olhos da jovem se arregalaram de espanto.

– F-fuga?

Cochichou hesitante, quase como um palavrão.

– Ou encontre outro amor – acrescentei rapidamente. Pronto. Bom o suficiente. Eu estava oferecendo uma alternativa, e isso fez eu me sentir menos sacana por tirar os trocados da garota. A maneira casual como dei a alternativa a fez fechar a cara. Ela não acreditava que o verdadeiro amor era algo de se jogar fora, como eu. – Mas disso você já sabia.

– É claro que sim – murmurou a menina. – Só precisava ouvir de você. – Ela colocou duas moedas quentes pelo calor de seu bolso na minha mão antes de erguer os olhos para as nuvens cinzentas e sinistras. – Você tem o dom, não é? Pode ver o futuro, o destino. Dá para ver em seus olhos. Tão sombrios. Nunca vi olhos tão sombrios ou tão sábios.

– Você não é a primeira a falar isso.

– Espero que seja a última – a menina disse, franzindo a testa. – Você deveria encontrar um rumo melhor para a sua vida. Um rumo temente a Deus. Talvez isso iluminasse seus olhos.

Eu não sabia como o temor poderia iluminar meus olhos. Na verdade, duvidava que ela soubesse também. Fechei o punho em volta do dinheiro e dei um passo para trás.

– Gosto dos meus olhos do jeito que são, obrigada.

A menina deu de ombros. O rubor em suas bochechas havia se apagado. Suspirando, encolheu-se sob o cachecol e saiu do mercado, com as botas desgastadas chapinhando nas poças entre os paralelepípedos.

– Ela não vai te esquecer tão cedo, isso é fato.

A voz da velha, fina como um bambu, não teve o efeito desejado. Afinal, eu já a tinha visto espreitando e esperava o bote mais cedo ou mais tarde. Virei-me devagar, vendo a velha encarquilhada surgir dentre os produtos encharcados de uma baia de mercado. Menos de uma dúzia de dentes amarelos e gengivas pálidas se abriram para mim, em um sorriso de indigente. Seu cabelo aparecia por debaixo do gorro esfarrapado em cachos secos, como se os tivesse queimado de leve no fogo.

Mesmo assim, havia um esqueleto de beleza por trás da carne murcha, um eco de graça que o tempo ou o infortúnio tentaram silenciar. Uma pele escurecida como a dela significava uma vida de trabalho no sol ou uma ascendência estrangeira. Qualquer que fosse sua origem, duvidava que viesse de algum lugar perto de North Yorkshire.

– Você tem o hábito de seguir menininhas? – perguntei, empertigada. Meu verdadeiro sotaque desapareceu, perdido na prosódia enfiada em mim por professoras determinadas a erradicar qualquer traço de raízes irlandesas.

– Pensei que precisaria de ajuda – ela disse, abaixando a cabeça para o lado. – Um pouco de alegria neste dia triste.

Desconfiei que ela tentaria pegar minha mão e o dinheiro nela; ladrões eram tão comuns quanto comerciantes nos dias de mercado. Levei a mão para trás, para debaixo de minhas saias, para esconder a moeda no tecido úmido.

A velha riu da minha cara e se aproximou, olhando para mim com o olho bom. O outro nadava em reuma opaca. Suas roupas, naquele estado, fediam a madeira queimada.

– Não tenho interesse em roubar você.

– Me deixe em paz – murmurei, querendo me livrar daquele incômodo. Quando me virei, sua mão esquelética se ergueu tão rápido na minha direção que pareceu uma ilusão de ótica. Ela apertou meu punho de maneira tão esmagadora quanto um alicate.

– Não seria melhor se essa soma irrisória fosse maior? Não moedas suficientes só para conseguir sobras e uma cama infestada de pulgas, mas o ordenado de um dia de verdade... – Com a mesma força sobrenatural de seu aperto, ela abriu meus dedos e colocou a mão sobre a minha. O espaço entre nossas palmas ficou subitamente quente, era como se houvesse uma labareda de chama passando entre nós e, quando tirou a dela, não eram trocados, mas *ouro* na palma da minha mão.

Como era possível?

Inspirei fundo de surpresa, então lembrei de mim mesma e dela também. Se ela levava uma vida na estrada lendo sortes, eu não deveria ficar espantada com seu pendor para truques de mágica. Sem dúvida, a moeda estava escondida em sua manga, pronta para esse arremate deslumbrante.

– Você deve querer algo de mim – eu disse, estreitando os olhos. – Senão, não seria tão generosa com uma estranha.

– É só um presente – ela respondeu, dando de ombros, já vagando para longe. Esses momentos de sorte nunca me caem bem; riquezas sempre vêm com um preço. – Se agasalhe bem, garota – a velha acrescentou enquanto se afastava mancando. – E se cuide.

Eu a observei desaparecer atrás de uma barraca de peixes pintada de cores alegres, as pontas esfarrapadas de seu casaco voando atrás dela como uma mortalha. Não havia por que esperar. Se essa velha louca queria tanto se livrar de seu dinheiro, eu não recusaria esse favor a ela. Na mesma hora, fui correndo quase saltitante até a janela da loja por que passei no caminho da cidade. Tortas de carne. O cheiro era inebriante, nem um pouco atenuado pela chuvinha fina. Cordeiro, peixe, fígado, vitela... Com a moeda na mão, eu não precisaria escolher: poderia comprar uma de cada. Seria um banquete como eu não via desde... Bom, na verdade, nunca deparei com tanta abundância.

O homem cuidando da janela da loja puxou a cobertura quando me aproximei, inclinando-se para fora e apoiando seus enormes antebraços que pareciam pernis no batente. Pernil. Sim, eu pegaria uma dessa também.

Os olhos azuis e redondos me observavam sob o gorro. O comércio dele devia ser lucrativo, pois suas roupas eram novas e não tinham remendos.

– Uma de cada, por favor – eu disse, sem conseguir tirar o sorriso do rosto.

Aqueles olhos que me encaravam do alto viraram para o lado. Passaram pelo meu rosto, meu cabelo desgrenhado e minha roupa cheia de lama. Seus dedos tamborilaram no batente.

– Não entendi, minha filha.

– Uma de cada – repeti, mais insistente.

– São cinco pences cada torta.

– Eu sei ler a placa, senhor. Uma de cada.

Ele simplesmente resmungou em resposta e se virou. Voltou um momento depois de frente para mim e para o meu estômago roncando, e me passou seis tortas embrulhadas em papel muito quente. Elas me foram entregues devagar, como se ele estivesse me dando tempo de sobra para repensar minha imprudência e fugir.

Mas recebi a primeira torta e a seguinte, oferecendo-lhe o ouro e me sentindo muito, mas muito satisfeita comigo mesma.

A satisfação não durou muito. No instante em que ele pôs os olhos no ouro, seu comportamento passou de cooperação relutante para cólera. Ele tirou a moeda da minha mão e me impediu de pegar o resto da comida, recolhendo a maior parte do que estava no batente de volta para o interior da loja.

– O que é isso? Não acredito que uma ratinha encharcada como você teria tanto dinheiro para ostentar assim. Onde você pegou? – ele vociferou, virando a moeda de um lado para o outro, tentando determinar sua autenticidade.

– Eu ganhei – retruquei. – Me devolve! Você não pode ficar com ela!

– Onde você pegou? – Ele ergueu a moeda fora do meu alcance e, feito uma idiota, tentei apanhar, parecendo um ouriço em desespero.

– Me devolve! Pode ficar com as suas malditas tortas! Não quero mais!

– Ladra! – ele trovejou. De dentro da loja, tirou um sino de prata do tamanho do seu punho e começou a bater, gritando mais alto que o tinido barulhento. – Olhem, minha gente, temos uma ladra aqui! Olhem com atenção!

Saí correndo, derrubando as tortas e desistindo do ouro. O sino ecoou forte nos meus ouvidos enquanto eu disparava pela praça do mercado, com os pés chapinhando nas poças, as saias ficando mais enlameadas e pesadas a cada segundo em que eu tentava desaparecer em meio à multidão que se dissipava. Mas todos os olhos estavam voltados na minha direção. Não havia como fugir da turba que eu sentia se formar em meu rastro, das pessoas que correriam atrás de mim e me jogariam na cadeia da cidade ou coisa pior.

Lá na frente, as construções seguiam para a esquerda, e um beco cortava um caminho estreito na direção das cercanias da vila. Eu tinha pouco tempo, e essa poderia ser minha única chance de fuga. Poderia também atrair mais homens que tinham ouvido o "ladra!", então deixei a esperança emergir e entrei no beco com os pés cobertos de lama.

Ofegante, deparei com uma parede de tijolos. Gritei quando uma mão me pegou pelo ombro e me puxou.

Girei e estava cara a cara com a velha de olho de reuma e sorriso amarelo.

– Olhos de criança trocada, foi isso que a garota viu – a mulher disse com a voz rouca, como se ainda estivéssemos na conversa do mercado. – Mas uma boa roupa pesada e botas remendadas apenas uma vez. Mãos macias. Não mãos de criada. – Seu olho bom se estreitou. – Uma fugitiva, hein? Uma órfã em fuga. Posso ver. A vida de governanta não seria para você.

– De que isso importa? – soltei, esbaforida. Não havia tempo para papo-furado. – Então você faz o mesmo que eu... é uma viajante. Lê sortes e coisas do tipo, e daí?

– Sim, e com mais discrição do que você, garota – a mulher disse com um riso grasnado.

A risada fez o eco de sua beleza perdida cintilar, quase visível. Ainda segurando meu ombro, ela me puxou para o outro lado do beco e apontou.

Olhei na direção da igreja que ela indicou e para as pessoas que pretendiam pegar a ladra – *me* pegar. Uma multidão. A essa altura, a menina cuja sorte eu tinha lido já devia ter contado sua história, e eles estariam caçando não apenas uma ladra, mas uma bruxa também. Seu pai e seus irmãos estariam lá, o padre e quem mais quisesse expulsar uma garota faminta da vila para atirá-la ao frio ameaçador.

Eu já tinha sofrido e sobrevivido ao desterro antes. Talvez, dessa vez, eles quisessem uma punição mais grave.

– Arrependimento – a velha sibilou.

– O quê?

– É isso que querem de você, certamente. Ah, eles vão levar você lá para dentro – ela disse, rindo de novo, sibilando por entre os dentes quebrados. – Finja um pouco de arrependimento. Funciona, não é?

A turba cresceu. Não demoraria muito para se sentirem confiantes o bastante para um confronto. Ladra. Bruxa. Não, não demoraria nada. A velha havia conjurado ouro para mim e, se o oferecera tão livremente, é porque devia haver mais. Ela podia até ser esperta, mas eu também era. Poderia roubar o ouro dela.

– Conheço um lugar, garota – a velha disse. Ela não se importava com o tumulto se formando logo ali na rua. Só tinha olhos, ou melhor, olho, para mim. – Mãos macias podem calejar de novo. Posso encontrar trabalho para você. Seco. Seguro. Com comida aos montes. Tem um bocado de sopa e um ou dois pedaços de carne de porco na minha carroça. Vai nos sustentar no caminho, se estiver disposta a aceitar, claro.

Não era a escolha que eu queria fazer naquele dia. Eu queria apenas decidir onde gastar minhas moedas em troca de uma comida quente e de uma cama para passar a noite. Mas esse sonho foi apagado por enquanto. Um novo se formou no lugar – eu com os bolsos cheios de ouro, arranjando um jeito de começar uma vida nova. A multidão saindo da igreja, porém, era uma história completamente diferente.

Ela se aproveitou da minha agitação.

– A forca não foi feita para pescoços tão belos e pálidos.

– Quão distante? – perguntei, mas já tinha me virado para ela, que me guiou para longe da igreja, na direção de outro beco enlameado entre um pub e um açougue. – E como seria o trabalho? Tem alguma criança para ensinar? Meu francês é razoável. Meu latim... Bom, sei um pouquinho de latim.

– Nada desse tipo, garota. Só esfregar, varrer, cuidar de uns hóspedes tranquilos. Pode ser um trabalho árduo, mas é honesto e não vai lhe faltar nada.

Provavelmente não era o ideal, porém era melhor que mendigar, roubar ou passar a manhã inteira trabalhando para ganhar apenas alguns trocados imundos.

Era melhor que morrer enforcada.

E havia o ouro, lembrei a mim mesma. Poderia haver mais *ouro*.

– Onde é esse lugar? – perguntei, atingida pelo cheiro do açougue e pelo gosto azedo de carne fresca sendo destripada lá dentro.

– No norte. Casa Coldthistle é como chamam. É um lugar para pensionistas, minha garota, e para os errantes e perdidos.

Seguimos a estrada para o norte enquanto durou a luz do dia. Meu traseiro doía pelos sacolejos da carroça sobre os paralelepípedos quebrados. A velha tinha falado de conforto nessa tal Casa Coldthistle, mas até então não sentia conforto algum.

Os cavalos começaram a se cansar quando os últimos raios alaranjados do crepúsculo se apagaram no horizonte. Eu estava acotovelada com a velha no banco de condução, ensopada por causa da goteira na cobertura de lona da carroça. Tremendo, ouvia enquanto ela cantava uma canção sem sentido – eram apenas pedaços aleatórios de palavras colocados numa melodia familiar.

– Minha mãe cantava uma música assim, mas a letra era diferente – falei entre os dentes batendo. – Você também é da ilha?

– Às vezes – ela disse. O frio e a chuva não tiraram a estranha centelha do seu olho bom, e ela o voltou para mim naquele momento.

– O que isso quer dizer? Ou você é de um lugar, ou não.

– Tão cheia de certezas – ela sussurrou, rindo baixo. – Você gosta de coisas certas, não é? A que outras conclusões você já chegou, garota? Que tem um Deus no céu e um Diabo lá embaixo?

Virei para o outro lado, olhando fixamente para a estrada à frente subindo uma colina íngreme, nos levando cada vez mais alto, como se pudéssemos alcançar aquelas últimas gotas de sol.

– É claro.

– Para alguém que lê a sorte e o destino, você não mente tão bem.

– Eu estudei a Bíblia – disse apenas. – Já devia ser resposta suficiente.

– Não é tão simples assim. Nada é. Pensei que você fosse mais esperta do que isso, minha filha. Só levo jovens espertos para a Casa Coldthistle agora.

– Agora?

Ela riu de novo, mas não era uma risada alegre.

– Os estúpidos nunca duram muito tempo.

– O que isso tem a ver com Deus ou coisa do tipo? Não, esqueça que eu perguntei. Você só vai me dar outra charada e meias respostas. – Isso fez a velha gorgolejar outra risada.

– Vamos de conversas mais leves, então, para tornar a jornada menos cruel e sufocante – ela disse. Um grasnido súbito atrás de nós desviou minha atenção do frio. E depois outro, mais alto, e então outra ave e mais outra, até todo um coro de pios, trinados e gorjeios surgir de dentro do leito coberto da carroça.

– Isso são... – girei, erguendo um dos cantos da tela, puxando até os ganchos na madeira cederem. Atrás da cobertura ensopada, havia uma dezena de gaiolas amarradas juntas, talvez até mais, com um pássaro diferente em cada, empoleirado e alerta, enchendo a estrada com canções. – Pássaros? O que você vai fazer com todos eles?

– Ora essa, comer. Para que mais seriam?

Espiei um tentilhão e uma carricinha gorducha e adorável, além de criaturas exóticas com plumas penosas que eu não sabia nomear.

– Que monstruoso. Como pode comer bichinhos tão lindos?

– É tudo carne e cartilagem em embalagens bonitas – ela retrucou. – Assim como a gente.

– Então você pretende me comer também?

Seu nariz se enrugou e ela balançou a cabeça, bufando.

– São animais de estimação, minha filha. Vou entregar para o novo dono, e garanto a você que ele não tem intenção nenhuma de fazer mal a eles.

Ingênua. Tola. Corei e baixei a cobertura, ouvindo os pássaros se acalmarem devagar até ficarem em silêncio. A velha voltou a cantar. Talvez fosse isso o que mantivesse as criaturas tão tranquilas e quietas durante o trajeto acidentado.

Chegamos ao topo da colina quando a noite caiu com tudo; a chuva diminuiu, nos oferecendo um alívio momentâneo. Os dois cavalos, lentos e curvados, fizeram a descida hesitantes, os cascos batendo irregularmente ao tentarem se apoiar no chão escorregadio. Dava para sentir a tensão em seus corpos, enquanto a velha segurava as rédeas e os bichos ignoravam seus puxões e assobios.

– Minha nossa! Rápido, seus velhotes! – ela gritava para os dois, puxando as rédeas com tudo.

Ela conseguiu o efeito desejado, talvez até demais – os cavalos saíram em disparada, encontrando uma última explosão de energia para nos fazer voar colina abaixo. A carroça chacoalhou enlouquecidamente, e os pássaros ganharam vida de novo. Isso deixou os cavalos mais velozes ainda, como se quisessem correr mais rápido do que os gritos agudos de alerta das aves. Sacudindo sem parar, com as rodas fazendo breves contatos ocasionais com a estrada, mergulhamos como um trovão em direção ao pé da colina, onde o tempo ruim tinha deixado uma enorme poça de água.

– Freia! – gritei, pouco mais alto que as aves. – Freia!

A velha estalou a língua, gritou e puxou as rédeas para trás, mas os cavalos a ignoraram, levando-nos numa velocidade mortal e inconsequente para baixo. Senti a carroça inclinar antes de ouvir o raio da roda se quebrar. E então a roda saiu girando na escuridão, desaparecendo sobre a elevação do morro. Segurei-me na cadeira com dificuldade, agarrando com as duas mãos a ponta de madeira perto do joelho da velha.

Os cavalos frearam com a perda da roda, diminuindo a velocidade, mas já era tarde demais; o impulso da carroça pesada era muito grande, e nos levou com tudo na direção da poça a menos de dez metros.

Fechei os olhos e cerrei os dentes, tensionando todos os músculos diante da colisão iminente. A velha soltou um ganido repentino e depois um som crescente e gorjeado, algo como *Alalu!*, e então estávamos leves no ar, sobrevoando a vala até pousarmos brutalmente mas com segurança do outro lado. A carroça parou balbuciante, os cavalos resfolegando e batendo os cascos, recusando-se a andar mais um centímetro. Olhei para o chão, que deveria ter estilhaçado a carroça antiga. Devagar, os cavalos se viraram para a grama do outro lado da estrada, guiando-nos para longe do fosso e para um vale repleto de flores silvestres.

– Como você fez isso? – murmurei, tremendo. Os restos lascados do raio da roda pingavam lama e água da chuva, e só aos poucos consegui tirar os olhos deles para observar a velha. Ela deu de ombros e arrumou o cabelo seco, ajeitando-o atrás das orelhas.

– Quando você atravessa esse trecho da estrada por tanto tempo, aprende a dominar suas agruras.

A mulher soltou as rédeas e pulou do banco para o chão com um vigor surpreendente. Suas botas se afundaram na lama e ela deu a volta para o meu lado da carroça, suspirando e balançando a cabeça, avaliando o estrago.

– Não trouxe nenhuma reserva nesta viagem – ela disse, mais para si mesma do que para mim. – Talvez eu tão tenha dominado *todas* as agruras.

– Então, o que fazemos agora? – perguntei, ainda tremendo pelo susto do pouso. Considerando a carroça velha, a mulher velha e os cavalos velhos, eu não conseguia entender como tínhamos saltado a vala e saído de lá inteiros. A julgar pelo jeito calmo e preguiçoso como os cavalos mastigavam a grama, esse era um dia como qualquer outro para eles.

– Cozinhamos uma das aves – a velha respondeu na hora.

Antes que eu discordasse, ela revirou o olho e fez um gesto para que eu descesse.

– Estou brincando. Fazemos uma fogueira e comemos um mingauzinho. E depois, minha menina, torcemos por um milagre.

Capítulo Três

A velha fez uma fogueira na clareira de lama e cascalho do outro lado da vala. Ela trabalhava rápido, com eficiência; suas mãos deformadas não eram empecilho nenhum enquanto ela desenrolava um fardo de lenha da traseira da carroça e empilhava os gravetos numa pirâmide caprichada.

— Você vai ficar parada aí sem fazer nada? — a mulher vociferou.

— É provável que eu congele se você não me der serviço — respondi, andando de um lado para o outro para provar isso, tentando aliviar a sensação dos pés e tornozelos gelados. As cobertas que ela me ofereceu não ajudaram muito, embora a velha tenha renunciado às suas para empilhá-las em meus ombros.

— Na traseira — ela disse, com seu jeito curto e grosso. — Junte as louças de barro e a aveia. Deve ter uma lata de banha e umas duas colheres de pau.

Parte de mim detestava a ideia de receber ordens dessa estranha. Ela tinha me oferecido uma fuga do povaréu em Malton, mas que poder isso lhe dava? Respeitar os mais velhos e obedecer-lhes era responsabilidade de toda jovem educada, segundo o que ensinavam na Escola Pitney. Isso me parecera tão ridículo na época quanto agora. O que as professoras sabiam, do alto de sua idade avançada? Como bater e ralhar, como deixar uma criança em pé no frio como castigo por estar com as unhas sujas, como negar pão, água e sono quando lhes dava vontade?

Crianças atrevidas não agradam ninguém além do Diabo.

Ouvi isso centenas de vezes ou mais da srta. Jane Henslow em Pitney, e lembrar essa frase fez um calafrio correr pela minha espinha. A srta. Henslow, fria, frágil e com cara de rato, sabia dar uma surra como ninguém na escola. Eu podia sentir o fantasma da sua vara batendo nos meus ombros enquanto corria para a traseira da carroça. Os olhos da velha me seguiram. Não precisava olhar para ela para saber. Eles eram tão reais quanto um beliscão.

– Você viaja por essa estrada com frequência – comentei, ansiosa por alguma distração.

– Já falei isso. O que é que tem?

– Você acendeu a fogueira com bastante habilidade. Está tudo molhado que nem o traseiro de um pato e mesmo assim você não teve dificuldade nenhuma. Está acostumada a cozinhar na chuva?

A cobertura da carroça, ensopada pela chuva gélida, fez meus dedos doerem. Como ela tinha dito, havia uma meia dúzia de cestas cheias de utensílios amontoadas no fundo. Pareciam algo secundário, sendo as inúmeras gaiolas a prioridade óbvia. Elas estavam silenciosas agora, com cobertas leves abafando o contínuo ruído dos pássaros lá dentro, mas não seu cheiro forte. As tábuas da carroça cintilavam, brancas e escorregadias pelos excrementos.

– Eu devia saber que você seria enxerida – a velha disse com um suspiro. – Isso já ajudou você alguma vez? Esse seu olharzinho alerta?

– De vez em quando, sim – respondi sinceramente, juntando os ingredientes para a janta. – Na maioria das vezes, não.

Naturalmente, as professoras em Pitney se cansaram do meu olhar atento. Assim como meus avós. Foram eles que me mandaram para a escola, contentes em pagar tudo desde que eu deixasse de ser problema deles. Tanto minha mãe como meus avós e a escola, todos me infligiam duras e dolorosas lições quando, por acaso, eu fazia ou dizia a coisa errada. Era melhor levar uma surra e esquecer a dor e a humilhação na hora. Mas a verdade é que nunca esqueci essas humilhações, e a crescente infelicidade me deixou acanhada, como um cavalo que só conhece o chicote e nunca recebeu o mais simples toque de afeto.

– Não posso mudar sua natureza, garota – disse a velha. Ela estava aconchegada junto à fogueira quando voltei com os braços carregados. – Mas posso aconselhá-la a deixar guardado o que esses seus olhos afiados virem dentro da sua mente afiada, e não deixar isso escapar por sua língua afiada. O patrão da Casa Coldthistle não tem tempo para enxeridos e fofoqueiros. A única coisa que ele pede é seu trabalho, não suas opiniões.

De novo, senti uma pontada de dúvida. Um teto de verdade e refeições regulares pareciam interessantes, claro, mas agora estava começando a pensar no preço disso tudo.

– Nunca fui muito de obedecer.

– E por isso é um milagre ainda estar viva – a mulher disse com um riso amargurado. – Agora, rápido, coloque a banha na panela. Acho que tem outra carroça chegando e não tenho intenções de dividir nada.

Desviei a atenção da fogueira e estreitei os olhos ao redor, estudando os dois lados – vi escuridão, nuvens e os contornos de árvores distantes, mas nem sinal de viajantes.

– Não ouço nada.

– Como você mesma disse, viajo por esta estrada com frequência e aprendi a apontar o ouvido para o lugar certo.

Parecia improvável que uma mulher de idade avançada como ela tivesse sentidos mais aguçados que os meus, mas me agachei e ajeitei as saias educadamente, depois virei um pouco de banha na panela. Quando a gordura já estava quente e quase espirrando, acrescentei a aveia seca e um pouquinho do que parecia leite de ovelha. A velha tirou um pacotinho de pó marrom das muitas dobras de sua capa e o virou dentro da comida. Na mesma hora, o cheiro maravilhoso de cinamomo subiu e meu estômago roncou em aprovação.

Assim que a velha serviu uma porção de aveia cozida na minha tigela, um som baixo e retumbante surgiu da estrada atrás de nós. Levantei, mastigando devagar, observando uma carroça muito mais elegante do que a da velha alcançar o cume do morro. Os cavalos diminuíram o passo, e a carruagem – pois era isso o que era, e não uma simples carroça, com uma dupla de animais igualmente castanhos – desceu com segurança. O condutor, todo de preto, se encolhia em seu casaco, com a gola erguida em volta do rosto para protegê-lo contra a chuva e o vento forte.

– Coma o quanto quiser. Se eles pararem, não vou ter escolha além de dividir – a velha murmurou. Seu prato já estava vazio. – Uma carruagem tão chique vai ter o necessário para consertar nossa carroça. – Como ela previu, o condutor avistou nosso pequeno e escasso acampamento e parou, erguendo uma lamparina respingada de chuva e apontando-a na nossa direção.

– Ora, saudações nesta noite doce e agradável – a velha disse com uma voz simpática que eu jamais ouvira até então. De repente, ela parecia menos formidável e mais humilde, mancando na direção da estrada com a cabeça baixa e os ombros curvos.

– Que alvoroço é esse aí? – ouvi alguém gritar de dentro da carruagem. Era a voz de um homem mais velho, com um sotaque que não era nobre, mas definitivamente também não era de alguém pobre. Um sotaque de Midlands, lapidado até perder a rudeza.

– Duas mulheres, senhor – respondeu o condutor. Ele era robusto e de estatura mediana, e, mesmo com o casaco pesado, não tinha como esconder o corpo musculoso. A velha estava certa: esse homem poderia ser útil para consertar a carroça. Ele a estudou de cima a baixo e depois me observou. – Uma senhora de idade e uma garota, senhor.

– Uma roda quebrada nos fez encalhar aqui – explicou ela. – Podemos dividir nosso humilde jantar com vocês se nos ajudarem.

A porta da carruagem se abriu. Estava escuro lá dentro. Não consegui ver os olhos de quem nos observava do interior.

– Odeio ter de implorar – a velha continuou, com a voz trêmula. Por um breve momento, até eu fiquei convencida de seu desespero. – Vocês não deixariam duas mulheres indefesas numa estrada fria e chuvosa, não é?

– Saia da estrada, então, Foster. Vamos ver essa roda quebrada com nossos próprios olhos.

O condutor obedeceu, estalando um pequeno chicote e incitando os cavalos cabisbaixos a saírem da estrada. Os animais pareciam tão encharcados e exaustos quanto eu.

Quando pararam, o condutor saltou e foi resmungando até a porta da carruagem, descendo o suporte com o pé e abrindo a porta como ordenado. Ele havia levado a lamparina e vi dois homens descerem, com as golas erguidas para se protegerem da chuva forte.

Era um velhote de cabelo espesso e grisalho e sobrancelhas grossas. Atrás dele, saiu um jovem com um rosto tão radiante, curioso e alourado que esqueci todo o vazio no meu estômago e a chuva ensopando meu cabelo.

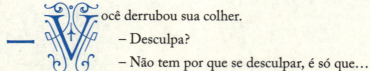

— <i>V</i>ocê derrubou sua colher.

— Desculpa?

— Não tem por que se desculpar, é só que...

— Ah. Sim. Está ali, não? — A colher tinha caído na lama com a concha virada para baixo bem ao lado do meu sapato. Uma pequena gota de mingau pingou no couro, como se para pontuar essa apresentação deprimente. Ajoelhei para pegar a colher, sem imaginar que o rapaz faria o mesmo. Sua enorme mão a agarrou e nos levantamos ao mesmo tempo, e então ele tirou um lenço do bolso para limpar a lama e o mingau da madeira.

— Rawleigh Brimble — ele disse, entregando-me a colher. — É o meu nome. Meio difícil de dizer. Normalmente só me chamam de Lee.

— Louisa — respondi. Meu sobrenome tinha pouco valor, quase nunca o dizia nessas situações. O choque da aparição dele já havia passado, e consegui pegar a colher e colocá-la na tigela em segurança. Virei para depositá-la junto à fogueira, onde a velha estava servindo uma escassa porção em outra vasilha para o cavalheiro mais velho. O condutor saiu andando com a lamparina, mais interessado no estado da nossa carroça.

— Você tem o hábito de resgatar donzelas e suas colheres? — perguntei.

Seu sorriso se abriu ainda mais. Um feito que parecia impossível, considerando como já estava radiante.

— Creio que não, mas deveria! Estou me sentindo um grande herói agora. — Seus olhos azuis-celestes se estreitaram na escuridão. — Você está presa aqui há muito tempo, Louisa?

— Não muito. Com sorte chegaremos à Casa Coldthistle em breve. Você conhece o lugar?

Aqueles mesmos olhos azuis-celestes se arregalaram de surpresa e certo encanto.

– Que grande coincidência. Sim, conheço. É o mesmo destino que o nosso. Quais são as chances? Tio, você ouviu? Estas damas também estão a caminho de Coldthistle! – Ele pousou um punho no quadril e deu risada, voltando-se para mim. Usava um terno elegante embaixo da sobrecasaca, mas a lã estava desgastada em algumas partes e tinha sido remendada habilidosamente. – Vocês também vão se hospedar lá? Eu e meu tio temos negócios na região.

– Ah! Não... – Eu podia sentir os olhos da velha em mim, vasculhando. Nada além da verdade serviria, e a verdade era estranhamente vergonhosa. De alguma forma, minha pobreza e meu anonimato pareceram ainda mais cruéis. – Vou assumir um cargo lá.

– Na copa – a velha completou, prestativa.

Não a encarei. Não fazia ideia se ela seria minha chefe, e talvez eu já a tivesse irritado demais durante a viagem.

– Exatamente – concordei, baixo.

Isso não pareceu incomodar nem ofender Lee Brimble, cujo sorriso não diminuiu nem um pouco.

– Então vai saber todos os segredos do lugar – ele disse, com um sussurro fulgurante demais para soar conspiratório. – E é questão de honra revelá-los a mim, hein? Agora que resgatei sua colher com tamanha bravura.

– Magnânimo da sua parte – eu disse, seca, mas sem irritação. – Não sei por quê, mas sinto que estou saindo do lado vantajoso do acordo.

– Sem dúvida – ele disse, dando alguns passos para trás da fogueira. – Ei, Foster, o que achou aí?

– Um trabalho simples – o cocheiro respondeu. Voltou na nossa direção a passos duros, parecendo um fantasma amarelo sob a luz da lamparina. – Estaremos de novo na estrada em uma hora, duas no máximo. Que diabos todos aqueles pássaros estão fazendo na sua carroça, velha?

– Cadê a educação, Foster? – Rawleigh Brimble o repreendeu, cortante. Então se crispou. – E eu aqui, esquecendo as... apresentações! Este é meu tio, George Bremerton. E este, claro, é Foster. Nunca o chamamos por outro nome.

O cocheiro bufou.

– E como podemos chamar a senhora? – o tio perguntou, encarando a velha com uma desconfiança audaz. Os botões de seu casaco cintilavam sob a luz da lamparina, dourados, revelando um desenho intricado de cruz celta trabalhado no metal.

– Ora, o meu? – A voz dela, ainda amolecida, tremulou como uma harpa tocada com desânimo. – Pode me chamar de Vovó. Agora é comer e partir para o trabalho. Ainda temos um longo caminho até a Casa Coldthistle.

– Posso chamá-la de Vovó também? – perguntei, ajudando-a a servir o resto do mingau para os homens. A manga esfarrapada de seu casaco deslizou para cima do punho enquanto ela mexia na panela e, mesmo com poucos centímetros revelados, vi várias marcas estranhas. Tatuagens, talvez; símbolos que não reconheci. Ela rapidamente ajeitou o casaco, mas notara meu olhar de soslaio.

– Não com essa atitude insolente – ela murmurou. – Temos viajantes famintos para alimentar e uma carroça para consertar. Responder feio para mim deve ser a última de suas prioridades hoje.

– Sim, Vovó – falei, ainda com um sorriso irônico. Melhor deixar que ela guardasse seus segredos, pensei; desde que cumprisse a promessa de me dar emprego e abrigo, eu a veria como amiga. Aliada, no mínimo.

Um tremor percorreu as frângulas e bétulas que rodeavam a estrada. Árvores balançando à noite sempre me encheram de pavor – era um som que me fazia desejar uma cama quente e paredes grossas. Os outros também ouviram e sentiram o mesmo, encolhendo-se em suas golas. Foster havia deixado o círculo de segurança da luz da fogueira sem comer, preferindo procurar suas ferramentas no coche deles.

– Foi um golpe de sorte termos encontrado vocês – Lee disse, aceitando a tigela de mingau da velha e se acomodando. Ele comia com exatidão, com o asseio de um nobre. Para um estranho, estava muito perto de nós, um sinal de sua confiança. Seu tio, ao contrário, comia separado. O garoto não protegia muito bem os bolsos e mesmo um larápio menos talentoso que eu não teria problemas em afanar todas as suas moedas num piscar de olhos.

– Golpe de sorte – seu tio bufou, balançando a cabeça. – Isso vai nos atrasar por horas. É loucura ficar aqui à beira da estrada, no escuro absoluto. Somos presas fáceis para salteadores. – Ao dizer isso, lançou um olhar frio e duro para mim.

Por Deus, errado ele não estava. Eu e a velha éramos as ladras, a ameaça.

– Todo aquele sacolejo na carruagem o deixou de mau humor – Lee interveio com uma risadinha. – Peço desculpas por ele e tenho certeza de que essa não será a última vez.

– O frio deixa todos rabugentos – a velha disse, quase gentil. – Não tenha medo. Percorro esta estrada com frequência, é mais segura do que a maioria.

Ela tinha servido todo o resto do mingau. Juntou suas roupas esfarrapadas em volta do corpo, afastando-se da fogueira na direção do frio e escuro vazio dos campos e das florestas além. Fiquei olhando enquanto ela partia, ouvindo sem prestar atenção enquanto os homens discutiam o estado da carroça e a forma mais conveniente de consertá-la. Havia um estranho tipo de determinação na forma como a velha se afastava de nós – como se, de repente, tivesse ouvido algo lá no campo.

No começo, pareceu uma ilusão de ótica. Pequenas luzes começaram a dançar no escuro. Mas não, elas persistiram e cresceram em número e brilho. Os outros não notaram, apenas eu, que observei o que pareciam ser centenas de olhos cintilantes se reunindo na frente da velha, como se ela estivesse se consultando com um grupo de subalternos de olhos amarelos. Um único pio agudo veio daquela direção e me dei conta de que eram aves, várias corujas, afluindo para aquele único ponto perto da velha.

Não as ouvi chegando, mas as ouvi partindo. De costas para mim, a velha deu um único aceno com a cabeça. Não dava para saber se ela tinha ou não conversado com aquelas aves, mas, de repente, todas levantaram voo ao mesmo tempo, e eu soube que não era alucinação; senti o sopro do vento de suas asas enquanto partiam e vi o esvoaçar de penas caindo e caindo como neve até pousarem suavemente em volta da bainha rasgada da velha.

Era bobagem, claro, procurar vestígios das corujas na escuridão total. Mesmo assim, lutei contra o cansaço, olhando pela janela da carruagem de George Bremerton.

A carroça avançava à nossa frente, conduzida pela velha, e a seguíamos de perto. Foster, o cocheiro, tinha sugerido aliviar a carga da carroça o máximo possível para manter a traseira com o mínimo de peso, evitando outros estragos na roda. A velha não deixou que tocassem num único item sob as cobertas e, em vez disso, mandou que eu viajasse com eles na carruagem. Não entendi como o peso do meu corpo mirrado seria suficiente para deixar a carroça mais leve, mas os homens estavam irritados, molhados e cansados demais para discutir com ela.

– Pode dormir, se quiser – Lee disse baixo. Seu tio roncava no banco à nossa frente. A carruagem cheirava a tabaco de cachimbo e uísque, um aroma quente e reconfortante que eu não sentia havia anos. Isso me fez lembrar da partida da Irlanda, dos estivadores que se reuniam no porto para beber e fumar assobiando e gritando para mim e minha mãe quando subimos no barco para a Inglaterra. – Ninguém aqui vai machucar você – Lee acrescentou.

Não é de vocês que tenho medo, por mais estranho que pareça.

Não tirei os olhos da janela e do que poderia estar no céu sobre a floresta.

– Você não viu um bando de corujas?

– Corujas? – Ele riu um pouco. – Quando?

– Antes de partirmos – respondi. *Ou nunca.* Que pergunta idiota. Mas eu tinha visto as penas. Tinha sentido a força das asas batendo no ar. – No campo, não muito longe da fogueira... pensei ter visto dezenas de corujas.

– Eu devia estar muito concentrado no mingau – ele disse. Olhei para ele nesse momento e ele estava vermelho sob a luz fraca da lamparina de fora, que balançava pelo caminho, criando ilusões com nossos rostos e sombras. – Gostaria de ter visto algo assim.

Confiança. Era uma sensação estranha. Ele *acreditava* em mim. A srta. Henslow teria me batido por contar mentirolas. Ela sempre achava que eu estava inventando histórias absurdas, mesmo quando tinha certeza de que havia visto ou ouvido algo. Talvez isso acontecesse com frequência demais para o gosto dela. Talvez eu fosse diferente de alguma forma, com o dom ou a maldição de ter a capacidade de observar reflexos estranhos nos espelhos ou ouvir passos no sótão à noite. Não raro, percebia os outros se afastando de mim, incluindo meros estranhos, como se sentissem algo em mim que nem eu mesma entendia.

Mas acreditar em mim? Decidi deixar as corujas para lá. Já era demais que esse semidesconhecido não me questionasse.

– De onde você é? – perguntei, agora mais do que curiosa sobre esse jovem cândido de olhos impressionantes.

– Canterbury, mas eu deveria estar em Londres agora – ele disse, com a voz distante. Foi a vez dele de se voltar para a janela, com olhos menos brilhantes e mais imperscrutáveis. – Meu tio acha que tem algo errado com a minha herança. Foi tudo para o meu primo, sabe, quando meu guardião faleceu. John Bremerton. Ele era um lorde de verdade e me criou, mas apenas como pupilo. – Ele se inclinou na minha direção e abaixou a voz, lançando um olhar ressabiado para o tio. – Tio George acha que sou um Bremerton. Um bastardo, mas mesmo assim...

– Então o dinheiro pode ser seu – completei. Que intrigante. – Ou pelo menos parte dele. Por algum direito de posse.

– Exatamente. Eu amava meu guardião. Ele sempre foi gentil e justo, e o dinheiro não significa tanto para mim, na verdade. A remuneração que me deixou me pareceu bastante generosa, inclusive.

– Então por que vir até Malton e mais longe ainda?

– Desconfio de que são dois os motivos. Meu tio quer visitar a fonte perto de Coldthistle por causa das suas propriedades de cura. Ele tem um ferimento antigo no tornozelo que ainda o incomoda. Além disso, ele acha que minha mãe está trabalhando perto daqui e que ela tem provas de quem é meu verdadeiro pai. – Ele encolheu os ombros, que se afundaram sob um peso árduo. – Um patrimônio vasto até que é interessante.

– Interessante? – Não consegui tirar o tom ferrenho da voz. *Até que é interessante.* Olhando com mais atenção para esse rapaz, comecei a questionar minha percepção inicial dele. Será que seu cabelo dourado e o brilho nos seus olhos me cegaram? Talvez ele fosse burro. Burro e leviano.

Ele teve a cortesia de parecer chocado e, logo depois, envergonhado. Era óbvio que não me cabia levantar a voz para alguém de uma classe social tão claramente superior à minha, mas isso não importava muito – depois que ele fosse embora da pensão, nós nos despediríamos, e eu duvidava muito de que a velha ligaria se ele lhe contasse a minha impertinência. Ela sabia o que eu era – uma ladra, uma fugitiva.

– Meu Deus, tenho certeza de que isso soou insensato – ele disse. Quase dava para ver sua gola se apertando e obstruindo sua voz. – Nunca esperei muito, e está claro que isso me deixou descuidado. Lorde Bremerton ficaria furioso. Ele não criou um vira-lata.

Mitigada por um momento, cruzei as mãos sobre o colo e olhei para seu tio, que roncava. Ele tinha a aparência de um homem que já havia sido bonito, mas a idade e o alcoolismo, ou uma combinação dos dois, o deixaram fraco e com os traços avermelhados. Seu cabelo estava rareando. Um rubor perpétuo manchava suas bochechas e seu nariz – um bico que mais parecia uma beringela.

Havia algo nele de que eu não gostava. Senti um forte impulso, quase uma pontada de fome, de revirar seus bolsos e roubar tudo dele na primeira oportunidade. Mesmo se estivesse sozinha, saberia que era melhor não. Sob seu banco, atrás da canela dele, vi diversos sabres guardados em elegantes bainhas de couro. Esses homens estavam preparados para ladrões.

– Eu ofendi você? – Rawleigh perguntou de repente. – É a minha cara fazer isso. E tão cedo! Eu realmente deveria aprender a calar a boca de vez em quando. Tenho o maior respeito por servos. É um trabalho ingrato, sem dúvida; eu não duraria meio segundo!

Pare de falar.

– Por favor, diga que não ofendi você – acrescentou com um meio sorriso encabulado.

– Ofendeu, mas está perdoado. – Não havia por que passar a mão na cabeça dele. Estava claro para mim que ele já tinha sido mimado demais. – Nunca fui de esperar muita consideração. É a maneira mais fácil de não se decepcionar.

– Que modo triste de ver o mundo...

Um som baixo e esvoaçante na janela chamou a minha atenção.

– Mas é o que me mantém viva. – O vidro estava gelado quando encostei o nariz nele, assistindo, extasiada, a uma coruja-das-torres voar baixo sobre a carruagem, tão baixo que quase raspava no teto. – Ali! Está vendo?

Lee se aproximou com dificuldade, abaixando a cabeça para seguir meu dedo.

– Fabuloso! Uma das suas corujas lendárias!

Ela alçou voo e, mais que isso, planou na direção de um morro que se erguia à frente. A aurora cortava o horizonte com largas pinceladas de azul-escuro, que clareavam a cada instante. Uma mansão alta com duas torres surgiu como se nascida do próprio morro, uma silhueta preta e brutal que só ficava mais alta e inverossímil conforme nos aproximávamos. Nenhuma árvore cercava a mansão; as bétulas e sorveiras tinham ficado para trás, como se relutantes em crescer no terreno da casa.

Eu já não sentia mais meu nariz e o frio da janela se espalhava pela ponta dos dedos das minhas mãos e dos pés. Casa Coldthistle. Que nome frio. Era espinhosa, repleta de presságios, alta, espigada, precária e, com o sol atrás dela, não parecia uma construção de pedra e argamassa, mas um lugar de pura treva.

– Faça essa carruagem dar meia-volta – sussurrei. Mas estava sem voz e era tarde demais. Tínhamos começado a subir a colina quando voltei a sentir meus dedos por um instante. Baixei os olhos e tremi; Lee estava pálido e completamente imóvel. Ele pegou minha mão na sua, como se estivesse apavorado.

Exausta, saí cambaleante da carruagem para o terreno desolado em volta da mansão. Mesmo com Foster me ajudando a descer, eu estava trôpega, desajeitada, sem saber se era culpa da falta de sono ou do frio intenso que se formava na minha barriga.

– Que aconchegante. – Lee desceu com pés muito mais firmes do que eu, avaliando a entrada para coches com um sorriso incerto. – Ou, hummm...

Eu também estava sem palavras. Coldthistle me lembrava, por mais terrível que fosse, de Pitney. Minha antiga escola mais parecia uma masmorra do que um lugar de aprendizado. O frio nas minhas tripas se espalhou e estremeci, sentindo-me ao mesmo tempo aliviada por estar longe de lá e culpada por ter deixado para trás minha única colega suportável. Certo, *amiga*. Era mais fácil não pensar nela como uma pessoa de quem eu gostava, afinal, agora eu estava livre de Pitney, mas ela não.

Jenny. A pobre, doce e crédula Jenny. Ela finalmente estava longe de mim e não havia nada que eu pudesse fazer para ajudá-la.

Talvez ela estivesse numa situação melhor do que a minha, refleti, olhando para as altas e estreitas torres que se erguiam feito gêmeas pétreas no alto da mansão. Era uma dessas mansões antigas da Inglaterra, austera e angulosa, com inúmeras janelas largas que pareciam escuras e vazias sob a luz da aurora. Algumas topiarias abandonadas cercavam a trilha até a porta, com formatos que mais pareciam gárgulas do que círculos ou quadrados. Dava para ver um celeiro atrás da Casa Coldthistle. Parecia novo, construído de forma menos bruta, mas todos os olhares eram atraídos para a mansão quase que instantaneamente.

Meu novo lar.

Não. Me corrigi com uma careta, andando devagar na direção da carroça para ver se a velha precisava de mim. Não era um lar, mas um local de trabalho. Simples trabalho. Seria um ponto de passagem, apenas um lugar para ficar enquanto eu decidia o que fazer da minha vida. Se eu conseguisse juntar um dinheiro, poderia chegar até o norte e pegar um navio para a Irlanda. Ou para as Américas. As duas opções pareciam igualmente distantes e oníricas, especialmente com a Casa Coldthistle se assomando diante de mim. Sem uma família para a qual voltar ou uma casa de verdade para recordar, o futuro nunca parecia importante. Depois de Pitney, a maioria das meninas ou era absorvida pela escola para dar aulas para a próxima geração ou era escolhida como governanta por famílias que precisavam de uma empregada assim.

Até o trabalho de copa parecia preferível a dar aulas para os pirralhos de algum lorde rico.

Meus sapatos fizeram barulho na entrada de cascalho e a velha desceu da cabine de condução assim que me aproximei. Olhei para trás na direção de Lee e seu tio, que aguardavam o cocheiro reunir as poucas bagagens. Lee deu um pequeno aceno e se virou para a casa; estava claro que seu tio não queria perder tempo.

Eles teriam quartos aquecidos esperando por eles, talvez até banheiras. Ao olhar para a expressão carrancuda da velha, eu duvidava que haveria algo além de trabalho pesado no meu futuro próximo.

— Não vá se apaixonar por aquele rapaz — ela murmurou, espetando-me com seu olho bom.

A brusquidão da frase me pegou de surpresa.

— É claro que não — respondi. — Ele é um hóspede e eu sou uma criada. Não sou idiota, sabe.

Ela ponderou por um momento, com o maxilar mexendo para a frente e para trás em concentração.

— Hum. É o que veremos. Não que o tio dele fosse permitir que vocês tivessem alguma coisa. Aquele lá só se importa com dinheiro, nada além disso.

— Como você sabe? — Mas eu já desconfiava do mesmo.

Mancando até a traseira da carroça, ela esfregou as mãos no quadril.

– Os avarentos são todos iguais. Agora, por que está me seguindo de um lado para outro?

– Pensei que precisaria de ajuda com... a carga.

– Você não me serve de nada cansada e com fome como está – a velha disse, bufando. – Além disso, Chijioke estará por aí assim que a casa se agitar. Vá entrando. Suba a escada para o primeiro andar e vire à direita. Seus aposentos ficam no finalzinho do corredor.

Meus aposentos? Eu não tinha imaginado que teria um quarto só para mim. Fazia tantos anos que isso não acontecia que me perguntei se não seria solitário pegar no sono ouvindo apenas o som da minha respiração.

– Vou mandar alguém acordar você daqui a algumas horas – a velha acrescentou, dispensando-me com um gesto.

– Obrigada – eu disse por reflexo. Na verdade, eu provavelmente devia muito a ela.

– Não me agradeça ainda, minha filha. O dia só está começando.

Recusei-me a aceitar tanto cinismo. A casa era meio acabada, claro, e aquelas topiarias monstruosas não me fizeram me sentir exatamente bem-vinda, mas agora eu tinha um lugar para descansar a cabeça e ganhar algum dinheiro. Isso era mais do que a maioria dos fugitivos pode sonhar em ter. Senti um calafrio ao atravessar o batente com cuidado, abrindo as enormes portas até a metade, apenas o bastante para entrar sem fazer barulho. Havia alternativas mais sinistras do que trabalhar na copa... eu poderia facilmente ter acabado numa prisão feminina ou num bordel, o que era exatamente o que meu pai havia previsto para mim pouco antes de a minha mãe me tirar de casa.

As expectativas eram baixas, muito baixas, para uma solitária garota irlandesa como eu, sem contatos, sem dinheiro e sem ter como inventar essas coisas.

Estava um calor ardente no vestíbulo da Casa Coldthistle. Uma sala de estar perto do arco aberto para a esquerda brilhava com a cor rósea de uma lareira crepitante que aquecia o andar térreo. Não havia sinal de Lee nem de seu tio – eles já deviam ter se acomodado. Não vi ninguém em lugar nenhum, e tudo estava terrivelmente silencioso.

Acabou de amanhecer, menina besta, é claro que está tudo quieto.

Atravessei o carpete esfarrapado rumo à escadaria à direita do vestíbulo. Era suntuosa, mas sombria, e as paredes em volta dela estavam cheias de quadros de aves. Estudos e esboços ornitológicos, embora o pintor não tivesse um olho muito artístico. Aquelas estranhas criaturas fibrosas me encaravam de todos os ângulos. Quase foi o bastante para que eu não visse o elemento mais estranho do cômodo – uma enorme porta verde diretamente oposta à entrada principal da casa. Não tinha como ser original; nenhuma família rica gostaria de ter uma porta num lugar tão esquisito. Talvez fosse um anexo, um depósito adicional ou algum tipo de despensa.

Meu cansaço desapareceu por um instante, quase como se eu tivesse ganhado um novo sopro de vida. A porta verde me chamava.

Cantava para mim.

Não era uma canção que outras pessoas ouviriam, isso eu aposto, mas era como se fios tênues escapassem por debaixo dela, avançando na minha direção, entrando em meus ouvidos e me persuadindo com uma melodia sussurrada. Até as palavras da canção eram completamente irreconhecíveis, em alguma língua esquisita e gutural que soava sem nexo e se harmonizava num chamado. Enchia minha mente de trovões – como uma dor de cabeça, só que mais densa, expulsando qualquer outro pensamento que pudesse escapar e me trazer à razão.

Como uma tola, escutei, avançando para a porta de tinta verde e lustrosa, estendendo a mão para a maçaneta dourada e decorada...

– Eu não faria isso se fosse você.

Uma voz aguda e baixa surgiu atrás de mim. Congelei, virando-me para encontrar uma menina de uns onze anos me encarando de uma porta aberta. Dava para ver as cozinhas atrás dela. Ela usava um vestido branco e simples perfeitamente limpo, quase brilhante. Seu cabelo estava partido no meio, com duas tranças sem adornos pendendo sobre seus ombros. Metade de seu rosto estava coberta por uma mancha arroxeada, da cor de vinho do porto. Uma marca horrenda numa menina adorável.

Um cachorro abanava o rabo ao lado dela. Era um cãozinho marrom, quase todo rugas e orelhas. Ele me dirigiu um latido suave – um alerta ou uma saudação, eu não saberia dizer.

– Ninguém entra pela porta verde, a menos que seja convidado – ela acrescentou. Seu tom prático cortou a canção na minha cabeça e, felizmente, voltei ao normal. Mas o cansaço também voltou. – Sou Poppy. Este é Bartholomew. Quem é você? Você não é hóspede.

– Como você sabe? – retruquei, impertinente.

– Sabendo – ela disse. – Foi Vovó que te achou?

– Sim – respondi. – Ela me trouxe de Malton. Vou trabalhar aqui agora. Meu nome é Louisa.

– Oi, Louisa – ela disse, ajoelhando-se e pegando a patinha do filhote, acenando em cumprimento. – Bartholomew também disse oi. Ele gosta de você. E olha que ele não é de ir com a cara de todo mundo.

– É muito generoso da parte dele. – *E muito prematuro.* – Você também trabalha aqui?

Poppy fez que sim, as tranças balançando nos ombros.

– Eu ajudo Vovó com o que ela precisa. Uns dias é na cozinha, em outros lavo, limpo as chaminés ou levo comida para os hóspedes. Meus dias favoritos são quando posso ajudar Chijioke.

– E ele também trabalha aqui?

– No celeiro. Ele cuida de todos os animais e dos jardins. Você está com uma cara de cansada, devia dormir. Vovó vai querer pôr você para trabalhar assim que estiver em condições. E não a chamamos de Vovó na frente dos hóspedes; é sra. Haylam.

Ela estava certa. Meus olhos estavam fechando e com certeza eu devia estar com uma cara medonha.

– Sra. Haylam, então. Pode me mostrar o caminho?

Poppy deu um salto à frente, contente em ajudar, e pegou minha mão, puxando-me para longe da porta, para as escadas. O cachorro veio atrás dela, abanando o rabinho fino e olhando para mim com seus enormes olhos pretos. Era um bichinho bonito, ainda que vira-lata. *Um pouco como eu, então.*

A mão da menina era fria e macia. Ela me puxou com mais força quando lancei um único olhar para trás na direção da porta.

– Não, a menos que você seja convidada – ela me lembrou. – E você *não* vai querer ser convidada. Odeio ver o sr. Morningside. Ele não passa de um velho rabugento com pássaros demais.

Dei risada e a segui obediente pelo outro lance de escada.

– Então espero ser poupada das apresentações.

Paramos no primeiro andar e virei à direita, mas senti uma comichão na nuca. Tendo vivido sob o olhar alerta dos professores de Pitney, eu conhecia bem essa sensação – alguém estava nos observando. Baixei o queixo e olhei para o lado, tentando encontrar quem nos observava, sem deixar que essa pessoa soubesse que eu estava ciente de sua presença. Uma sombra se moveu pelo canto do meu olho; uma sombra alta, alta demais. Tão alta que não tinha como ser humana.

– Não se demore – Poppy disse, arrastando-me pelo corredor. – E só fale aos sussurros nos corredores.

– Tem muitas regras por aqui – respondi, tentando ignorar o incômodo de ser observada.

Poppy parou de repente na frente de uma porta pintada de cinza e concordou com a cabeça, soltando minha mão.

– Sim, tem, Louisa, e você deve seguir todas.

Capítulo Sete

Houve um trovão na minha porta. O chão e a cama sacudiram, tirando-me de um sono sombrio e profundo.

Não, não era um trovão. Era um punho.

— Estou acordada! Só um momento! — gritei, esforçando-me para ficar apresentável e tirar a remela dos olhos. Fazia muito tempo, tempo demais, que eu não dormia tão bem. No começo, tive receio de que ficar sozinha fosse intimidador, mas a solidão se revelou uma bênção. Não havia ninguém se remexendo numa cama rangente ao meu lado, ninguém roncando a noite toda e nenhuma professora vigiando o quarto, em busca de desobediências ou cábulas.

Enfim as batidas cessaram e consegui colocar meu vestido de lã manchado e passar as mãos no cabelo emaranhado antes de abrir a porta para encontrar um jovem negro alto com olhos verdes-oliva e sobrancelhas franzidas.

Ele ou alguma outra pessoa havia trazido uma bacia de água fumegante e uma barra de sabão, que estavam junto à porta. Meu alívio ficou evidente. Depois de tantas viagens alagadas, eu estava com o cheiro do meu pé.

— Ah! — ele rimbombou. — Um cordeiro novo para o abate!

— Como assim? — Ele era pouco mais velho que eu, robusto e forte. Um embrulho de papel macio estava enfiado embaixo de um dos seus braços enormes.

— Brincadeira. Você é a nova menina da copa, hein? — ele esclareceu. — A sra. Haylam me pediu para buscá-la. Ah, e lhe entregar isto.

O embrulho estava quente e ele o colocou nas minhas mãos. Roupas. Provavelmente recém-lavadas, considerando seu calor sutil. Fazia sentido. Eu não poderia começar o trabalho usando as mesmas roupas da viagem.

— Obrigada. Imagino que ela tenha lhe dito, mas meu nome é Louisa — eu disse.

– Chijioke – ele disse. Sua voz era grave e agradável, com um leve sotaque escocês. Me lembrava o de uma aluna de Pitney. – Cuido dos jardins.

Fiz que sim com a cabeça, finalmente me livrando do torpor de um despertar súbito e assustado.

– Poppy me contou.

– Ah, sim. Ela mencionou você. Várias vezes, inclusive. Acho que está meio apaixonada. – Ele riu baixo e depois apontou para o quarto atrás de mim. – Por que não se arruma para começar o dia? Depois posso mostrar o caminho para as cozinhas.

– Você é muito gentil, obrigada. – Voltei para o quarto e abri o embrulho. Chijioke empurrou a bacia e o sabão para dentro e fechou a porta.

O embrulho não era vistoso, obviamente, e eu não esperava nada além de roupas simples e limpas. Foi exatamente o que encontrei: uma camisa longa cor de carvão, uma blusa caseira da cor de ossos, um avental e um espartilho resistente para ser usado por baixo de tudo.

Era grosseria conversar através da porta fechada, mas eu queria uma distração enquanto me esfregava e enfiava meu corpo esquelético no espartilho. Além disso, queria causar uma boa impressão para variar um pouco e, quem sabe, criar uma imagem positiva com meus colegas da casa. Era um bom começo, afinal de contas, e embora eu não fizesse ideia do que a velha – Vovó – realmente achava de mim, eu podia pelo menos manter a cortesia com esse rapaz e Poppy.

– Ilhas Órcades – eu disse, alto o bastante para que ele ouvisse do corredor.

– Não entendi.

– Seu sotaque. Na minha escola, tinha uma menina de lá, das ilhas Órcades. – É claro que os professores tinham feito a menina perder seu dialeto natural, incentivando um inglês geral mais agradável a potenciais empregadores. A pequena nobreza não tinha interesse em governantas que transmitissem uma voz "vulgar" para seus filhos. – É bem peculiar.

Ouvi sua risada de novo.

– Foi onde meu pai se estabeleceu depois de se aposentar da marinha.

– O que você está fazendo aqui, então? – Com um cheiro definitivamente melhor depois do banho, peguei o espartilho e o prendi. Depois, vesti as saias e a blusa.

– Você é cheia das perguntas.

– Não quis ser grosseira – respondi. – Podemos conversar sobre a casa, então? Você gosta de trabalhar aqui?

Era difícil avaliar suas reações sem ver seu rosto, mas ele fez uma pausa e em seguida disse:

– Eu não gostava da marinha. Não tenho pernas para o mar. Tudo aquilo me dava enjoos. Prefiro o ar fresco e os pés em terra firme.

Isso eu definitivamente entendia. Viagens marítimas sempre me tiravam o equilíbrio. Tive que passar a maior parte da viagem desde a Irlanda na balaustrada, vomitando as tripas sobre as ondas.

Meu cabelo fino e preto nunca aceitou tranças muito bem, mas o trancei e prendi da melhor maneira possível. E o cobri com uma touca branca e simples. Um pequeno espelho redondo repousava sobre a mesa de canto, e dei uma olhada na minha aparência – obviamente eu jamais ganharia elogios nos bailes da London Season, mas era mais do que suficiente para o trabalho de copa. Não me tornei uma mulher bonita como minha mãe, embora tenha herdado seus grandes olhos escuros e seu cabelo preto. Nessa roupa, ela teria ficado voluptuosa e até sedutora, mas nem mesmo o espartilho mais ardiloso seria capaz de dar forma ao meu corpo de varapau.

Ao abrir a porta, encontrei Chijioke radiante. Ele sorria como se tivesse acabado de fazer uma piada extremamente inteligente.

– Dublin!

– Dá para ouvir a Irlanda na minha voz? – perguntei, fechando a porta atrás de mim. – Meus tutores ficariam muito decepcionados.

– Ah, você devia assumir esse sotaque. Ninguém aqui vai repreender você por sua origem – ele disse. Eu o segui meio passo atrás dele pelo corredor, que ficaria estreito demais se andássemos lado a lado. Estava claro que cuidar da propriedade era um trabalho extenuante; ele tinha a constituição de outros trabalhadores braçais que conheci antes de sair da Irlanda. – Não escondo nem um tiquinho das Órcades na minha voz. Causa tanta confusão. Por que um rapaz nigeriano tem um sotaque desses? De onde isso vem? Você devia ver como ficam vesgos.

– Imagino que seja de deixar qualquer um confuso – admiti. Sob a luz suave do dia, o corredor parecia menos sinistro, mas aqueles estranhos esboços de aves ainda nos cercavam. – Seu pai era nigeriano?

– Sim, e ele também não escondia o sotaque dele – respondeu. Chegamos à escada e viramos para descer. Era possível ouvir o falatório abafado dos hóspedes em seus quartos e a conversa baixa das cozinhas lá embaixo. – É por isso que gosto daqui. Não importa o que você era ou é, o patrão só espera que seja você mesmo. Quanto mais duro o trabalho, mais honesto é o homem; foi o que ele me falou certa vez.

– Que alívio. – Não queria soar tão sarcástica, mas, sinceramente, eu tinha minhas dúvidas. A vida com minha mãe em Dublin tinha começado bem e, quando ela deixou de ligar para mim e meus avós me assumiram, eles também pareceram gentis no começo. Para então decidirem me largar, e Pitney entrou na minha vida como uma bênção.

Aprendi que tudo começava fulgurante e terminava em trevas. Se algo parecia bom demais para ser verdade, sem dúvida não era nada bom.

– A sra. Haylam vai ter chá para você na cozinha – ele disse, apontando a porta perto da entrada.

– Dormi por quanto tempo?

– Um dia e uma noite e a manhã seguinte – ele respondeu.

– *O quê?* – Isso era completamente impossível. Eu tinha dormido um *dia* inteiro? Será que estava tão exausta assim? – Por que ninguém me acordou antes?

Chijioke encolheu os enormes ombros e sorriu.

— Ah, bom, o trabalho aqui não é fácil. A sra. Haylam ficou com pena, hum?

— Foi bondoso da parte dela, mas desnecessário. Estou acostumada com a vida dura. Vovó, quer dizer, a sra. Haylam me encontrou surrupiando uns trocados na chuva, fazendo truques baratos de parque de diversões. — Não havia por que mentir para ele; a verdade sobre mim seria sem dúvida revelada logo. Ele não demonstrou nenhum sinal de repulsa. — Qualquer coisa seria subir de vida.

Ele me ignorou com um aceno e abriu a porta da cozinha com o quadril.

— De agora em diante, você vai acordar ao amanhecer para ajudar a assar os bolos. Eu não ficaria tão grato assim. — Chijioke parou no meio da porta e abaixou a voz, falando com uma piscadela: — E depois você vai ter que me mostrar um desses seus truques baratos.

— É claro — eu disse, rindo. — Não vou nem cobrar os trocados.

— Que bom, porque não tenho nada! — Ele riu comigo e guiou o caminho para a cozinha. Era limpa e severa, num contraste absoluto com o vestíbulo atulhado e colorido. Logo à minha frente havia uma estrutura que ia do chão ao teto com um fogão antigo. Várias panelas escurecidas borbulhavam de calor. Bancadas e bacias fundas ficavam alinhadas na parede oposta e, à esquerda delas, havia uma porta que dava para fora. Uma brisa fresca e serena entrava dos campos, apaziguando o calor intenso do fogão.

No meio da cozinha, havia uma mesa grande e alta, de madeira branca e imaculada, onde um jogo de porcelana com chá me esperava. Senti o cheiro de bolinhos de aveia misturado com laranja e cardamomo, e meu estômago se contraiu de fome. Fazia um dia desde o mingau à beira da estrada. Precisei de todo o autocontrole para não voar em cima da comida.

— Poppy, corte um pouco do presunto de ontem para a menina. Rápido, por favor, e não roube nada para você nem para esse cão do inferno.

Reconheci a voz, mesmo vinda de um sotaque e um rosto desconhecidos. Não, eu reconhecia o rosto também, mas não podia ser...

– Vovó? – falei sem pensar, esquecendo completamente a instrução de Poppy. Meus olhos estavam tão concentrados na comida que quase não notei as outras pessoas na cozinha: a menininha e seu cachorro, e a pessoa que parecia ser Vovó, com duas ou três décadas a menos da idade que eu presumia. Aquele seu olho continuava opaco, ainda que mais claro do que antes. Seu cabelo cinza como aço tinha sido penteado e amarrado num coque caprichado sob a touca de governanta. Ela usava uma blusa tradicional e limpa e uma saia, e tinha um avental coberto de farinha amarrado na cintura fina. Havia uma força em sua postura, uma retidão em sua coluna e a mesma inteligência debilitante de antes em seu olhar.

Era ela, a velha, e o choque de sua aparência quase me fez esquecer a fome.

– Sra. Haylam, para você – ela me corrigiu. Sua voz agora não era nada elegante, mas definitivamente não soava tão grasnada quanto na estrada. Ela avançou para o jogo de chá, servindo uma medida impecável em uma das xícaras. – Acredito que tenha descansado o suficiente, não, Louisa?

– Mais que o suficiente – respondi com sinceridade. – Obrigada. Eu... confesso que não dormia tão profundamente há anos. – Ou nunca na vida.

Um sorriso leve perpassou o rosto da velha – da sra. Haylam. Até sua pele parecia menos enrugada, ainda que tivesse o mesmo tom ocre intenso.

– Hóspedes e criados encontram seu sono mais profundo aqui. Deve ser a posição das janelas ou a influência relaxante da fonte.

– Preciso dar uma olhada naquela carroça velha caindo aos pedaços – Chijioke interrompeu, passando por mim e seguindo para a porta que dava para fora. – Ela não vai sobreviver a outra viagem para a cidade.

A sra. Haylam concordou com a cabeça. Ele se virou para mim logo antes de sair, observando-me com atenção para em seguida dar um breve aceno. De tranças, Poppy havia buscado um prato com presunto defumado na despensa. Sua cabeça mal aparecia acima da mesa. Ela ficou nas pontas dos pés para colocar a carne ao lado do chá.

Seu cão, Bartholomew, esperava atrás dela, sentado, abanando o rabo fervorosamente enquanto torcia para algum pedacinho cair.

– Então? Coma tudo, Louisa – a sra. Haylam disse, explodindo num alvoroço de atividade, cuidando das panelas penduradas, limpando as mãos no avental, voltando para a mesa de centro para virar um pouquinho a chaleira...

Aproximei-me dos bolinhos com hesitação, ainda perturbada pela súbita mudança de aparência da velha. A comida me tentava, claro, mas era tudo tão estranho, tão perturbador. Poppy esperava em silêncio, balançando os braços para a frente e para trás, chamando-me gentilmente para a mesa com os olhos, até que, menos sutilmente, fez com a boca:

– Vá em frente!

– Os biscoitos estão com um cheiro maravilhoso – eu disse, que nem tonta.

– Receita antiga de família – a governanta respondeu, parando finalmente. Eu ainda não tinha dado uma mordida na comida nem um gole no chá. – Algum problema? Você toma seu chá com mais açúcar?

Será que eu teria coragem de abordar o assunto? Chijioke e Poppy tinham sido tão gentis. Forcei minha sorte, erguendo a xícara com dedos trêmulos.

– A senhora está visivelmente diferente.

Ela deu risada e o grasnado em sua voz retornou, apenas por um momento.

– Parabéns, garota, pelo jeito você tem olhos na cara.

– Só quis dizer que...

– Eu sei o que você quis dizer – ela interrompeu, limpando as mãos no avental. – Às vezes é melhor ter uma aparência pior. Se tudo fosse exatamente igual o tempo todo, viveríamos num mundo terrivelmente insosso, você não acha? Agora coma tudo, menina, e rápido. O patrão quer ter uma palavrinha com você.

Ao meu lado, Poppy abafou uma exclamação.

– O sr. Morningside quer cumprimentar sua mais nova empregada.

E assim tive que atravessar a porta verde. E tão cedo.

Senti os olhos de Poppy sobre mim enquanto eu saía das cozinhas. O pensamento de encontrar meu empregador – o homem sobre o qual a menina havia me alertado – fez o biscoito na minha boca virar cinzas. Eu e figuras de autoridade nunca nos demos muito bem, por motivos óbvios. Eu me irritava com a superioridade deles e eles, com a minha insolência. Mas os adultos nunca entendem as coisas, não é? Minha mãe definitivamente não entendia. E aquele adágio que dizia que a sabedoria vem com a idade não funcionava com meus avós. Eles só ganharam rugas, nada de sabedoria.

E as professoras de Pitney? Eram adultas só por serem versões crescidas de nós. No fundo, eram apenas ex-alunas que se inflavam de poder e presunção, descontando suas frustrações em meninas mais novas que não podiam fazer nada além de se encolher e obedecer.

Mesmo sem intenção alguma de desrespeitar o sr. Morningside, eu não gostava da incerteza que o cercava. Poppy tinha feito parecer que ele era frio, até assustador...

Ela é só uma garotinha.

– Você é surda? – A sra. Haylam me acompanhou até o vestíbulo e foi me apressando, batendo no meu traseiro com o avental. – Ele quer ver você. Agora, menina, não depois.

– Não vai ser tão ruim assim! – Poppy gritou da cozinha. Eu podia ouvi-la lavando o conjunto de chá e, muito provavelmente, roubando pedacinhos de presunto para o cachorro.

– Não seja ridícula – disse a governanta. Ela me apressou até a porta. Acompanhada e sob a luz quente do dia, não ouvi a estranha canção que tinha ouvido antes. – É apenas uma formalidade. Seja rápida, certo? Temos muitos hóspedes nesta semana, não sei como vamos cuidar de todos eles com essa equipe minúscula.

A sra. Haylam passou por mim e abriu a porta, insistindo para eu entrar com sua impaciência de sempre. Ao meu encontro, soprou o que parecia uma brisa quente e tropical.

– Vá andando, e seja mais respeitosa com o patrão do que você é comigo, minha filha.

Diante desse aviso, concordei com a cabeça e comecei a descer um lance de escada. Estava esperando um escritório logo atrás da porta, mas, em vez disso, encontrei uma passagem para um porão subterrâneo. Também estava esperando frio, e fiquei surpresa com o calor excessivo do corredor. A porta verde se fechou atrás de mim. Ou eu não os tinha notado antes ou uma série de candelabros cobrindo as paredes ganhou vida. Chamas amarelas bruxuleavam de ambos os lados, iluminando a descida gradual que virava, espiralava e me levava para baixo rumo a uma espécie de antecâmara alta.

Parei ao pé da escada, admirando as pinturas penduradas no cômodo suntuoso e abobadado. As paredes eram de gesso, pintadas de cor de hortelã e, quando as toquei, pareceram quentes, como se estivessem acesas por dentro. Vivas. Os quadros eram uma série de retratos, todos de homens solitários, em estágios diferentes da vida e em diferentes locais. Aqui, um menino, de uns dez anos, posando com orgulho ao lado de um rifle de caça e um faisão morto. Lá, um homem de meia-idade com uma densa barba negra, a bota apoiada no balaústre de uma escuna de navegação. Ali, um cavalheiro mais velho repousando em sua biblioteca.

No andar subterrâneo, não dava para ouvir nada do que acontecia lá em cima. Era como se a pensão tivesse deixado de existir.

Eu não podia fingir – eu estava enrolando. Uma velha sensação de pânico subiu pela minha garganta. A sra. Canning, diretora da Escola Pitney, tinha me chamado em sua sala inúmeras vezes. Minhas unhas nunca estavam limpas o bastante; meu modo de andar era arrogante demais ou furtivo demais;

minha ortografia era correta demais, o que era, claro, improvável. Eu estava sempre colando ou vadiando, dormindo até tarde ou acordando muito cedo, sendo prestativa demais ou afável de menos. Ela tinha me escolhido como sua adversária, seu projeto e, desde meu primeiro dia em Pitney, ela e as professoras conspiraram para encher minha vida de insegurança. Eu nunca sabia exatamente o que esperavam de mim. As regras viviam mudando e, por isso, nunca tive o desempenho adequado.

Minha amiga Jenny dizia que elas só tinham inveja porque eu já sabia francês e latim, e porque eu fazia as lições prontamente e tinha o raciocínio rápido. Mas esse era o jeito benevolente de Jenny. A explicação mais provável era a de que elas simplesmente me odiavam.

Jenny não acreditava nesse tipo de coisa. Toda reação ruim, todo ato hostil precisava ser justificado. Mas eu sabia que não era bem assim – algumas pessoas eram simplesmente más. O mundo poderia ser cruel e injusto, e, quanto antes eu aceitasse essa ideia, mais rápido aprenderia a sobreviver. Dessa vez, pensei com um suspiro, sobreviver significava representar o papel de uma boa criada de copa.

Sem dúvida, eu encontraria a mesma crueldade desproporitada nesse tal sr. Morningside. Tentei moldar minha postura e minha expressão numa combinação de obediência e simplicidade. Era sempre melhor ser subestimada, e quem não gostaria de uma empregada dócil e tonta, mas determinada?

A antecâmara abobadada se estreitou na direção de um corredor e de outra porta verde. Conforme me aproximava, ajeitando meu avental, não ouvia nada do outro lado além do rabiscar de um bico de pena.

Respirei fundo, me acalmei e dei duas batidinhas na porta.

Entre, seja agradável, saia, volte para o trabalho. Você consegue fazer isso, Louisa. Você pode ser apenas normal. Você pode desaparecer.

– Entre.

Não era a voz que eu esperava – não era velha e áspera, mas suave. Talvez um pouco anasalada, mas nada perversa. Abri a porta, deparando com uma sala redonda que me lembrava uma espécie de cisterna. Embora eu não visse nenhum vazamento, o lugar era quente e úmido. Talvez a fonte no terreno fosse responsável por essa umidade. Fiquei imediatamente chocada com a quantidade de gaiolas verticais enchendo o grande escritório. Elas decoravam o lugar formando um semicírculo em volta da mesa longa e alta. As gaiolas tinham alturas variadas, e cada uma continha uma ave diferente. Algumas eram comuns, pássaros que eu já tinha visto no meu país; outras tinham cores exuberantes, grandes plumagens e cristas sobressaindo de suas cabeças. Estranhamente, o recinto não tinha cheiro e, mais estranho ainda, todas as aves estavam completamente silenciosas, como se... comandadas. Controladas.

Algumas me notaram; outras se arrumavam ou dormiam com as cabeças pontudas embaixo das asas. O patrão, o sr. Morningside, também me notou. Ele se levantou, alto e ereto atrás da mesa, pousando a pena sobre uma pilha de papéis. Sua mão direita estava enfiada dentro do paletó. Lembrei de algo que Jenny havia dito em Pitney, que sua tia francesa havia lhe mostrado uma ilustração de Napoleão Bonaparte no *Times* e se gabado de como ele estava bonito e majestoso, parado, com os dedos escondidos na dobra do gibão. Um clipe de ouro enfeitava sua gravata larga. E ele era jovem. Perturbadoramente jovem. Mais velho do que eu ou Lee, com certeza, mas não muito.

– Chá, claro – ele disse. Sua voz soava mais grave agora do que através da porta. Já havia uma linda chaleira e um jogo de xícaras preparados sobre a mesa. Quando me aproximei, vi que a pintura na porcelana eram finos traços de pássaros voando.

Ele definitivamente tem uma temática.

Ele se movia de maneira ágil, suave, servindo o aromático chá com uma graciosidade de balé. Seu paletó era um dos mais caros que eu já tinha visto, as lapelas decoradas com vinhas e folhas minúsculas. O cabelo, tão preto quanto o meu, tinha sido escovado para trás, com as pontas se curvando atrás das orelhas. Era mais longo do que a moda ditava, mas o estilo combinava com ele. Seu rosto era delgado, magro, com um queixo proeminente e um nariz igualmente saliente. Ele ergueu os olhinhos dourados das xícaras, e fiquei admirada com a grossura de seus cílios, tão brilhantes quanto as asas de pequenos corvos.

De repente, o silêncio ficou pesado e constrangedor. Procurei algo para dizer, mas não parecia apropriado bombardeá-lo de perguntas, apesar da minha vontade de fazer exatamente isso.

— Imagino que já tenha comido — ele disse, de novo com aquela voz baixa e calma. Ele não tinha nenhuma pressa, embora se movesse com bastante eficiência, deslizando o pires pela mesa na minha direção e indicando que eu deveria beber. Ao contrário da voz de Chijioke, eu não conseguia identificar seu sotaque. Não parecia de classe baixa nem alta, mas algo no meio.

— Sim, senhor, a sra. Haylam cuidou disso. — Esse chá estava melhor do que o de lá de cima, mais forte, com uma pitadinha sofisticada de bergamota. — Gostaria de agradecer o senhor por me oferecer um lugar aqui.

— Sim, sim. — Ele ignorou meu agradecimento com impaciência. Então, colocando as mãos na mesa, olhou fixamente nos meus olhos. — Você gosta de aves, Louisa Ditton?

Engasguei um pouco com o chá.

— Aves, senhor?

— Talvez seja uma *certa* fixação minha — ele disse, com um sorriso enviesado. — Você *notou* as aves, não?

— Não precisa me insultar — respondi. Meu Deus, já estava sendo impertinente. Eu precisava aprender a controlar isso. — Quer dizer... vi as aves, sim, senhor. Eu e Gra... a sra. Haylam trouxemos algumas ontem. Elas chegaram bem?

Ele fez que sim, ignorando sua xícara de chá recém-servida. Um único cacho preto caiu sobre sua testa, balançando travesso enquanto ele continuava:

— A pita de peito verde da África sobreviveu, que era minha única preocupação de verdade. Penas douradas, máscara preta, como um bandido de estrada. Criatura magnífica. Muito parecida com você, imagino.

Comigo?

– Você deve estar enganado – eu disse. Não, minha única ambição aqui era trabalhar e passar despercebida. Eu só precisava trabalhar duro e juntar algum dinheiro, depois partir quando soubesse para onde queria ir. Irlanda. América. Qualquer lugar. *Sumir.* – Juro que nunca fui uma bandida de estrada.

Seu sorriso ficou mais intenso.

– Não? Tenho a impressão de que coleciono criminosos e vadios. E isso não é um insulto.

Estremeci.

– Estudei na Escola Pitney perto de Leeds antes de vir para cá e saí por causa da crueldade com que era tratada. Perdoe-me, não quero ser petulante, mas não estou acostumada com gentilezas.

– Um raro vislumbre de honestidade. – Ele assentiu e seus olhos brilharam com interesse. – Como conseguiu se manter viva antes de vir parar aqui não é da minha conta.

– Mesmo se fui perseguida? E se as autoridades estiverem atrás de mim?

– *Estão?* – O interesse aumentou. Ele apoiou o peso nas palmas das mãos, aproximando-se de mim.

– Não – respondi apenas. – Não sou ninguém.

– Nisso você está enganada. A sra. Haylam sempre encheu esses corredores com pessoas de... *personalidade*. Ela sabe ver o que as pessoas realmente são, então deve ter visto algo intrigante em você, Louisa. Quando tomei posse da Casa Coldthistle, dei apenas uma ordem a ela: "Contrate e demita à vontade, sra. Haylam, mas nunca, por um instante, me entedie".

Ele tinha o costume de começar as frases com severidade e terminar com um sorriso. E, enquanto aquele rapaz Rawleigh Brimble se mostrava um livro aberto, o sr. Morningside escondia algo na manga. Ele podia estar sorrindo para mim, mas seu olhar permanecia velado.

– Como o senhor *passou* a ser dono deste lugar?

Uma sobrancelha se arqueou fortemente de surpresa. Eu estava fazendo um péssimo trabalho em ser invisível e fácil de esquecer.

– Não deveria ter feito essa pergunta – corrigi. – É apenas que o senhor parece bem jovem.

– E por isso não pareço à altura da tarefa? – O sr. Morningside observou-me com atenção e eu soube que ele estava tentando me decifrar, assim como eu estava tentando decifrá-lo. Isso me fez me encolher, amedrontada; nunca era confortável encontrar alguém de intelecto semelhante ou superior. Ele fez algum tipo de cálculo interno, mordendo o lábio inferior de leve, e então interrompeu-me antes que eu pudesse balbuciar um pedido de desculpas. – Antes que pergunte, e sei que vai perguntar: não fiquei ofendido com a pergunta. Basta dizer que a família que antes era dona desta mansão sofreu uma morte súbita e trágica. O lugar estava vazio e eu tinha condições para adquiri-lo. A sra. Haylam é quem faz o trabalho de verdade e me deixa à vontade com meus livros e pássaros.

Olhei ao redor pela sala de novo, notando agora as prateleiras embutidas repletas de manuscritos com encadernação de couro. A pilha de papéis em sua mesa era impressionantemente alta.

– O senhor é escritor.

Isso o agradou ou o divertiu, e ele deu de ombros, enfiando a mão de volta na dobra do casaco. Quando se afastou, o ar na sala pareceu menos sufocante.

– Eu tento. Não sou um escritor de verdade, é mais um hobby. Sou um naturalista. Um historiador. Os pequenos detalhes domésticos de gerenciar uma pensão nunca me interessaram. O que talvez seja uma pena. Como diz o ditado: cabeça vazia, oficina do Diabo.

– É verdade. Também acho que cabeça vazia é privilégio e procedência dos ricos – eu disse.

Suma, Louisa. Pare de falar e de ser um estorvo.

– Minha mãe sempre dizia isso, mas sem dúvida falava por inveja – retifiquei, rápido.

Mas o jovem – meu patrão –, com seu cabelo preto e desgrenhado e seus olhos dourados logo viram além da minha correção malfeita. Preparei-me para uma censura ou até uma demissão. Por mais que ele preferisse pessoas com "personalidade" trabalhando na Casa Coldthistle, talvez a minha personalidade tivesse se mostrado atrevida demais.

Em vez de me repreender, ele balançou a cabeça devagar e sorriu.

– Eu gosto de você, Louisa Ditton. Tenho a sensação de que vamos nos dar muito bem.

Capítulo Nove

— O que você disse para ele?

Maldição. E eu aqui achando que o dia estava correndo bem.

A sra. Haylam me olhava de cima, depois de me encontrar ajoelhada ao lado do fogão – eu estava esfregando o chão e arrumando tudo após ela ter feito o jantar. No passado, eu já tinha levado inúmeras bofetadas na orelha, mas levar uma no primeiro dia era novidade.

Levantei antes que ela pudesse me alcançar e baixei a cabeça.

— Desculpe, sra. Haylam. Pensei... Ele não parecia nem um pouco irritado comigo quando saí do gabinete dele.

— *Exatamente.*

Havia um universo de promessas dolorosas nessa única palavra sussurrada.

Curvei os ombros por instinto, prevendo o tapa. Mas ele não veio. Ela ficou me encarando, com seu coque grisalho e caprichado um pouco desfeito, e fios prateados caíam em volta do seu rosto.

— Ele disse que você vai servir o chá da tarde para os hóspedes que pedirem – ela falou. As palavras em si não combinavam com seu tom de fúria. – Servindo chá. Você. Tão cedo. Nunca aconteceu.

Ela tinha sido reduzida a poucas palavras.

— Vai ver causei uma boa impressão – murmurei, abaixando o olhar rapidamente.

— *Você obviamente causou uma boa impressão, garota* – a sra. Haylam expirou tão longamente que fez a touca na sua cabeça tremer. Mesmo sem encará-la, eu sentia a intensidade do olhar dela se aguçar. – E ele também impressionou você, tenho certeza. Queria saber como foi isso.

Eu me agitei. Ela não estava se movendo. Era uma pergunta, então. Curiosamente, a sinceridade tinha me feito ganhar mais com ela e com o sr. Morningside, por isso deixei de lado o plano anterior e falei a verdade. Minha mãe e minhas professoras teriam ficado horrorizadas se soubessem que eu estava sendo propositalmente rude com meus superiores.

– Ele era mais jovem do que eu imaginava. E... inteligente.

A sra. Haylam relaxou um pouco e fez uma pausa, colocando as mãos nos quadris finos.

– Entendi. Jovem e inteligente. – Ela fez outra pausa, como se digerisse o que era para ser uma informação autoexplicativa. Será que ela não pensava isso dele? – Jovem e inteligente – ela repetiu. – E o que mais, bonito?

Sem querer, ergui a cabeça e olhei em seus olhos. Seria um truque? Uma armadilha? Só podia ser.

– Alguns diriam que sim, claro.

– Mas você não.

– Não foi isso que eu disse.

– Menos insolência, garota, e mais informação – a sra. Haylam retrucou e, de novo, abaixei os olhos. – Jovem, inteligente e bonito. Bom. Você também é inteligente. Sei que não vai criar nenhuma fantasia estranha na sua cabeça. Ele é o patrão. Pode até parecer jovem e bonito, pequena Louisa, mas Henry Ingram Morningside é perigosíssimo. Mais perigoso do que você imagina. Agora pegue essa bandeja, sirva o chá e não me faça escutar que foi lenta na tarefa.

O primeiro andar da mansão ainda estava silencioso como uma sepultura quando eu levei a pesada bandeja prateada de chá para o salão. Cada andar tinha sua pequena área de entretenimento e refeições leves, embora a sala de jantar mais grandiosa ficasse no piso térreo, perto da ala sul da casa.

Aquelas macabras pinturas de aves me observavam enquanto eu subia; a quantidade de quadros nas paredes fazia o corredor parecer abafado e estreito. Eu estava considerando aquele um dia bom – um longo descanso, uma refeição decente e o que imaginei ser um primeiro encontro positivo com meu chefe, ao que foram seguidos apenas por trabalho duro, mas honesto. Esfregar o chão. Lavar panelas. Descascar e cozinhar batatas. Aprender onde ficavam as roupas sujas e os tanques de imersão.

Cabeça vazia, oficina do Diabo.

Minha cabeça não ficaria vazia por muito tempo aqui, mas aceitei de bom grado as tarefas e deveres sem fim. Até agora, desde que fizesse o que mandassem e não cometesse muitos erros, eu podia ficar a sós com meus pensamentos. Esses pensamentos vagavam do curioso sr. Morningside e sua coleção de aves selvagens a Lee Brimble, Poppy e seu cãozinho e, finalmente, à maior pergunta de todas: por quanto tempo eu continuaria aqui e o que faria da vida depois disso? Se é que havia algo a fazer.

A sra. Haylam não tinha falado nada sobre pagamento até agora, embora eu suspeitasse que Chijioke tinha algumas moedas, apesar de ele ter brincado dizendo que não. Esses primeiros dias seriam um teste, apenas para provar que eu conseguia dar conta do trabalho e de levar ordens.

As professoras de Pitney engasgariam com seus biscoitos de tanto rir se pudessem me ver agora, com minhas chances de futuro despencando de governanta para mera criada. *Que previsível!*, elas cacarejariam. *Com todo aquele orgulho e arrogância, e Louisa Ditton não virou nada no final!*

Não, eu não poderia ficar na Casa Coldthistle para sempre. A sorte me esperava no fim de algum horizonte e eu correria atrás dela. Voltei a pensar na moeda de ouro que tinha me feito sair correndo do mercado de Malton e esse pensamento me fez considerar o valor da bandeja de prata em minhas mãos. Comecei a calcular o valor do requintado jogo de porcelana e dos quadros nas paredes, dos tapetes turcos, das gaiolas douradas que abrigavam as aves... Havia muita riqueza na casa e pouca gente para vigiar. Eu poderia embolsar pequenos tesouros e vendê-los em outro lugar, e ver se isso me valeria mais do que cumprimentar os hóspedes e trabalhar para eles.

Era uma ideia, de qualquer forma, uma ideia que foi se moldando num plano. Dificilmente o sr. Morningside notaria alguns pequenos objetos desaparecidos, e o risco parecia valer a pena se os objetos roubados me comprassem uma passagem para a América. Para uma vida nova.

Mas até lá... chá.

A sra. Haylam chamava o salão do primeiro andar de Salão Vermelho, e ele fazia jus ao nome. A porta tinha sido deixada um pouco entreaberta e a luz que entrava no corredor era tingida de escarlate. O papel de parede, com motivos de folhas vermelhas e vermelho-escuras, tinha desbotado com o tempo, mas não tinha perdido o brilho. Mais quadros enchiam as paredes, e até eles eram predominantemente elaborados em tons de carmim. Um jogo de escrita ornamentado num canto chamou a minha atenção. Aqueles bicos de pena pareciam prata de verdade.

Lee e seu tio estavam sentados num sofá baixo; as imensas cortinas atrás deles abertas e dobradas como num teatro. O tio estava tendo uma conversa animada com uma mulher toda vestida de preto. Eu ainda não a tinha visto na casa, mas ela parecia bem confortável numa poltrona desgastada. Uma esmeralda enorme cintilava em seu dedo, a única cor em sua roupa grave de luto. Seu cabelo negro, com mechas grisalhas, estava amarrado num elegante coque na nuca.

– Realmente devo objetar, sra. Eames – George Bremerton dizia. Com o rosto vermelho, sentado na ponta do sofá, ele estava eriçado feito um porco-espinho. O longo corte de suas costeletas destacava seu queixo de mastim. – Uma mulher da sua condição viajando sem um acompanhante? É um absurdo. Insisto que fique até podermos acompanhar a senhora a Ripon, pelo menos.

A bandeja de chá chacoalhou enquanto eu me esforçava para entrar pela porta, fechá-la atrás de mim e andar rapidamente até a mesa. Lee notou o tremor nos meus braços e se levantou de um salto, imediatamente me ajudando a colocar a bandeja na mesa com segurança. Ele me abriu um sorriso e retomou seu lugar logo em seguida. George Bremerton e essa tal de sra. Eames ignoraram completamente a minha presença.

— Eu me viro muito bem sozinha — disse a mulher. — É o dever de uma viúva. As águas da fonte daqui relaxaram meus nervos e atenuaram o fardo do luto. Vocês precisam experimentar, sabiam? É o segredo mais bem guardado de toda a Inglaterra. Por que enfrentar a *marmaglia* em Bath se é possível desfrutar deste pequeno balneário aqui?

Ela tinha uma voz bonita, de cantora, melodiosa e com um sotaque forte. Italiana, talvez, ou francesa. Desse ângulo, era possível ver melhor seu rosto, e ela era linda. Sentava-se com elegância, com as mãos entrelaçadas no regaço, o queixo inclinado para trás; era como observar um retrato. Voltei os olhos para Lee, que apontou sutilmente para o tio e revirou os olhos.

Ah. Então George Bremerton também tinha notado a elegância distinta dessa mulher.

— Tenho certeza de que as águas daqui são ótimas, mas essa não é a questão. Uma viúva deve aceitar ajuda quando necessário — George respondeu.
— E seus filhos? Eles não podem acompanhar a senhora?

— Meus filhos estão indispostos no momento. Sabem que sua *mamma* é mais do que capaz de se virar sozinha. E agora é a minha vez de objetar, sr. Bremerton. Esse interrogatório me deixou bastante exausta. — Finalmente, ela me notou curvada sobre a mesa, servindo chá e pousando as xícaras. — O senhor obviamente será um cavalheiro e me deixará tomar meu chá em paz.

Paz parecia ser a última coisa na cabeça de George Bremerton. Ele tinha começado a suar e arregaçou as pontas das mangas.

— Sra. Eames, pelo amor de Deus, por favor...

A sra. Eames o silenciou com um gesto, feito uma maestrina que termina uma canção com um floreio.

— Não passe vergonha, *mio caro*. Isso não faz bem para o coração de um homem, algo que sei muito bem. Visite o balneário assim que puder; terá um efeito relaxante.

— Meus pêsames novamente — ele disse. — Perder um marido de forma tão súbita. Simplesmente terrível.

Mio caro. Italiana então. Observei enquanto ela levava o dedo ao canto do olho completamente seco. Ela deu um gole no chá e comeu exatamente um pedacinho do biscoito, evitando o olhar fixo de George Bremerton.

— A perda pode ser opressiva — ela disse finalmente. Ela levou um tempo para encontrar um motivo para escapar de seu olhar malicioso. — E este salão também! Uma dama precisa respirar. Está na hora de tomar um ar; uma volta nos jardins é o ideal, depois, claro, um gole das águas.

A sra. Eames se levantou, assomando-se sobre mim, e me encarou do alto antes de se virar com um gesto de desdém para a porta. Seu plano não deu muito certo, pois George Bremerton se levantou e a seguiu, dando um aceno apressado de despedida ao sobrinho antes de apertar o passo para alcançar a viúva.

— Por favor, permita-me acompanhá-la, madame. Os jardins são cheios de túneis de roedores. Ontem mesmo quase torci o tornozelo em um. Vou guiá-la com segurança em seu passeio.

A resposta dela, positiva ou não, foi abafada pelas paredes do corredor.

— Graças a Deus, isso terminou. — Lee suspirou e se levantou do sofá. — Meu tio é um paquerador terrível às vezes. Ele vai enlouquecer essa mulher com as impertinências dele. É como se tivesse se esquecido completamente do porquê viemos até aqui.

Os três mal tinham tocado o chá e tive que conter a vontade de beliscar o que haviam deixado para trás. Que desperdício. A sra. Haylam não aprovaria, claro; então, em vez disso, ajoelhei-me e juntei as xícaras e os pires usados na bandeja. Na mesma hora, senti a tensão crescer entre mim e o rapaz — lá estava ele sem fazer nada, enquanto eu me atrapalhava para cumprir meu trabalho. Peguei o jogo para limpar tudo, mas Lee ergueu a mão.

— Não vá ainda.

— Tenho uma longa lista de tarefas — respondi, mordendo o lado de dentro da bochecha com agitação. *Você pode até não ter nada para fazer, riquinho, mas alguns de nós precisam trabalhar para garantir o jantar.* Ele seria um estorvo se eu tivesse disposição para roubar alguma coisa aqui e ali; eu não precisava dele observando todos os meus movimentos. – Sou nova aqui, não quero dar a impressão de que sou preguiçosa.

– Só um momento ou dois? – ele insistiu. – Eu assumo a culpa se você estiver em apuros.

– Bom, aqui estou eu. – Dei um passo para trás, afastando-me da bandeja. O jogo de escrita de prata piscava para mim do canto. – Você já não deveria ter partido em sua grande aventura? Pensei que estava aqui para revelar o mistério da sua paternidade.

Lee corou num tom forte de vermelho, igualando-se ao salão, e caminhou até uma estante no canto. Pegou uma jarra de vidro que continha alguns ossos de ave dispostos entre musgos e fingiu examiná-la.

– Eu estaria, mas meu tio George se distraiu. Posso ser completamente sincero com você, Louisa?

– Sim. – Como se eu pudesse impedi-lo.

– Você precisa me tolerar. Afinal, *resgatei* sua colher!

Meu sarcasmo perdeu a força diante de tamanha exuberância.

– Hum. Praticamente devo minha vida a você.

– Exatamente! Rá! – Suas bochechas tinham clareado para um tom rosa e seu sorriso era tão charmoso que chegava a ser inconveniente. – Sabe, a mais pura verdade é que estou inacreditavelmente, insuportavelmente entediado.

– Entediado? – Não tive como não rir enquanto me juntava a ele perto da estante. Abrindo um pouco as cortinas pesadas na janela ao lado, observei George Bremerton levar a viúva italiana até o jardim, ambos tropeçando no terreno esburacado. – Não faz nem dois dias que chegou aqui...

– Sim! Sim, eu sei, mas não tenho nada para fazer. Não dou a mínima para o balneário idiota e suas águas fétidas. Isso foi ideia do meu tio. São poucos os livros preciosos e interessantes na biblioteca, e não há nenhum outro hóspede da minha idade. – Ele deixou a cabeça cair, bufando baixo. – Ah, talvez eu seja igual a ele... perseguindo você, louco por uma distração.

Lee tinha seu ponto. Antes do chá da tarde, a sra. Haylam me deu uma lista dos hóspedes atuais em Coldthistle. Além de Lee e seu tio, havia a sra. Eames; um médico de Londres chamado dr. Rory Merriman; e um militar aposentado que tinha voltado recentemente da Índia. Companhias nada estimulantes para um jovem da idade dele. Seu tio e a sra. Eames tinham chegado relativamente a salvo nos jardins, e fechei a cortina.

– Você não pode conduzir essa investigação por conta própria? Decerto seu tio trouxe algum tipo de evidência. Você pode encontrar essa suposta amante do seu guardião... Mesmo se não conseguir, entediante não vai ser.

O rosto de Lee se encheu de entusiasmo, e ele chegou a pegar minha mão e apertá-la antes de dar meia-volta e caminhar até o corredor.

– *Sabia* que você teria a resposta, Louisa! Só vou dar uma olhada nos papéis do meu tio e ver o que é aquilo, depois podemos começar a desvendar o mistério juntos.

No começo, pensei que tinha ouvido mal. O que eu poderia oferecer e como, em nome de Deus, arranjaria tempo? Dei alguns passos hesitantes até a bandeja, que ainda precisava ser limpa. Ele já tinha saído pela porta e estava longe demais para ouvir minha única palavra sussurrada.

– *Nós?*

– Ora, quem mais me ajudaria?

Nossa discussão – bom, na verdade, meus protestos e a recusa obstinada de Lee em dar atenção a eles – chegou ao corredor. Abaixamos a voz imediatamente, como se repreendidos por todas as aves que nos encaravam.

A bandeja não tinha ficado mais leve graças às mordiscadas contidas da sra. Eames, e parei no patamar da escada. Lee subiu com leveza, seguindo diretamente para seu quarto e os pertences do tio.

– Simplesmente tenho coisas demais a fazer. – O que era verdade. – Tenho certeza de que você consegue descobrir tudo por conta própria! – O que era mentira. – Além disso, não é... *adequado* que eu auxilie você nesse âmbito. Seria perigosamente parecido com uma amizade.

– Ah, que se *dane* a adequação! Sim, eu disse isso!

– Sr. Brimble...

– Não, você não deve me chamar assim – ele disse, hesitando na minha direção. Ele voltou a corar violentamente, até a ponta de suas orelhas. – Certo, isso foi grosseiro e, por favor, me perdoe, mas acho as expectativas da sociedade muito confusas. Por que não podemos ser amigos?

– Toda vida tem suas regras. Por que diabos acha que estou aqui? Troquei um conjunto de regras que não conseguia obedecer por um que consigo. Não é essa a essência real da existência?

Não conseguia imaginar por que esse jovem queria tanto gostar de mim ou por que achava tão importante que eu gostasse dele. Ele parecia ter uma família, de certa forma, ainda que complicada. Tinha um tio, aquele cocheiro e, talvez, toda uma multidão de entes queridos na sua propriedade.

E eu tinha quem?

Ele ficou intimidado ou constrangido pelo meu pequeno discurso, e concordou com a cabeça, cerrando os punhos.

– Você tem toda razão.

Não sei por quê, mas ter razão não me pareceu nada bom.

– Sou apenas uma criada – disse com a voz fraca. – Tenha um bom dia.

Ele se virou e saiu andando antes mesmo que eu pudesse fazer uma mesura cortês. A sra. Haylam teria me botado para fora da casa se soubesse como eu estava falando com os hóspedes. Minha única esperança era a de que Lee entendesse minhas palavras e voltasse a se dedicar ao seu tio e à sua herança.

Ergui a bandeja de chá para uma posição mais alta e virei-me para descer. Uma menina vinha nos observando do pé da escada – uma menina da minha idade. Uma menina que eu já tinha visto muitas vezes, mas fazia anos que não via. E sempre apenas na minha imaginação.

A bandeja caiu no chão com um estrépito ensurdecedor.

Capítulo Dez

Sobre os feiticeiros sombrios da Babilônia e os misteriosos Da'mbaerus

Os feiticeiros sombrios da Babilônia desenvolveram uma técnica para capturar e controlar espíritos extraordinariamente perigosos. O uso de uma força etérea capaz de interagir com o mundo físico daria à pessoa um poder além da compreensão. Sombras antes consideradas incontroláveis poderiam ser convencidas a trabalhar a serviço de mestres que julgassem dignos. Provas árduas de força e intelecto foram impostas pelas sombras, provas que apenas meia dúzia de feiticeiros sombrios conseguiram completar. Acredita-se que um desses feiticeiros, chamado Aralu, teria lançado a cabeça de seu filho, ainda bebê, contra a parede *e cortado a própria língua para satisfazer uma dessas sombras. Mesmo assim, existe a possibilidade de que essas sombras rebeldes, chamadas de* Da'mbaerus[1] *pelos estudiosos da Babilônia, ainda sejam canalizáveis por meio de rituais e observação.*

Mitos e lendas raros: Coletânea de descobertas de
H. I. Morningside, *página 66*

---

1. Devo supor que se trata de um jogo de palavras reconhecido apenas por feiticeiros específicos da Babilônia. Essa combinação das palavras trevas e caçador não aparece em nenhum outro documento acádio conhecido. O nome Dam'baeru ocorre apenas uma dúzia de vezes no Elbion Negro e, pelas minhas pesquisas, em nenhum outro lugar.

Só tive uma amiga de verdade em toda a vida. Ela se chamava Maggie, e uma menina exatamente igual a ela estava me encarando agora com seus olhos verdes, arregalados e curiosos.

Então, ela subiu para me ajudar a recolher o jogo de chá. Por sorte, a chaleira havia caído em linha reta, derramando apenas um pouco do líquido no carpete, mas pousando em pé. A menina provou que não era nem uma alucinação nem minha amiga imaginária pegando uma colher de chá e dois pires.

– Oh, céus! – Ela tinha uma voz doce e aguda (ao contrário de mim) e um sotaque irlandês (assim como eu). Exatamente como eu me lembrava. – Esses carpetes são tão escorregadios e traiçoeiros. Eu já tomei vários tombos.

Ela parou, com a colher e os pires junto ao avental, e sorriu.

– Sou Mary. Soube que você poderia precisar de ajuda com o serviço, por isso a sra. Haylam me mandou.

Mary. Mas era Maggie o nome da minha amiga. Amiga imaginária. Mas a semelhança era inegável – ela tinha os mesmos cabelos castanhos de cachos rebeldes presos num laço e a mesma multidão de sardas no nariz, tantas que pareciam uma mancha de tinta vermelha em seu rosto.

Eu tinha que parar de encarar.

– Desculpe – murmurei, curvando-me para ajudá-la a recolher a bagunça. – Você só... é muito igual a uma menina que eu conhecia.

– Ah, é? – Ela riu e me entregou a colher fugitiva.

– É... uma semelhança bem impressionante – eu disse, ainda estupefata. – Não queria ser grosseira.

– Não tem importância, só espero que guarde lembranças boas dela.

Tínhamos recuperado o jogo de chá e ela me ajudou a erguer tudo de novo. Em seguida, acompanhou-me enquanto eu descia a escada com cuidado.

– Guardo, sim. Ela era muito querida para mim. Uma ótima amiga.

– Na Irlanda?

É claro que ela podia ouvir os resquícios do nosso país na minha voz. Fiz que sim, descendo os degraus aos poucos, olhando furtivamente para essa criatura assombrosa que poderia ser uma escultura viva de uma menina que eu sabia que não existia. Mas eu senti o calor do corpo dela quando sua manga encostou em mim; ela era uma pessoa de verdade.

– Tive que deixá-la para trás quando vim para a Inglaterra. Foi um dia difícil. E você, como veio parar aqui?

– Minha mãe fez algumas alfaiatarias e costuras para o patrão, e ele gostou tanto do trabalho dela que trouxe a gente de Londres para cá. Foi uma coisa boa. Ela era uma mulher orgulhosa e odiava cobrar trocados pelo seu trabalho. Ela me ensinou o ofício e assumi o lugar dela quando ela faleceu no ano passado.

– Que pena que ela faleceu – eu disse, com a sensação inquietante de estar trocando confidências com a minha amiga imaginária. Era fácil conversar com ela, talvez pelo fato de elas serem tão parecidas ou porque eu me identificava com sua história triste. – Meus pêsames.

– Ela gostava daqui, acho, e morreu bem feliz. O patrão prometeu que cuidaria de mim depois que ela fosse desta para a melhor, e até agora tem cumprido com sua palavra.

– Cheguei a conhecê-lo. – Paramos à porta da cozinha. Percebi que ela também não queria entrar, sabendo que nos defrontaríamos com novas tarefas que iam nos separar. Como eu poderia sentir afinidade por alguém assim tão rápido? Eu me sentia mal agora por ter repreendido Lee sobre tentar forçar uma amizade. Mas isso era diferente, não era? Mary era igual a mim, abandonada e sozinha, forasteira...

Ou *esta* era a casa dela e o estranho sr. Morningside tinha se tornado uma espécie de família. Ela parecia à vontade. Encaixava-se aqui. Senti um nó na garganta. Seria bom me encaixar em algum lugar. Eu não sabia se esse lugar seria aqui, mas, se fosse, isso tornaria a minha vida bem mais simples.

– Ele é sempre muito bondoso – Mary disse com um sorriso triste. – Devo muito a ele. Ele nos tirou da pior parte de Shoreditch. Não é o tipo de dívida que dá para pagar, acho.

– Bobagem. Toda dívida pode ser paga. Você trabalha para ficar aqui, não? Ele deve entender a posição difícil em que sua mãe te deixou.

Mary encolheu os ombros e abriu a porta das cozinhas para mim. Seus olhos verdes ficaram subitamente frios. Distantes.

– Não – ela respondeu apenas. – Pois, veja só, devo minha vida a ele.

– É mesmo? – perguntei, virando a cabeça para trás, surpresa. – Não fazia ideia de que ele era tão heroico.

Um certo calor voltou aos seus olhos enquanto ela balançava a cabeça.

– Não é uma grande história, mas ele cuidou para que eu tivesse um lugar aonde ir e um propósito a que me dedicar. Eu não sobreviveria sem um lugar onde me encaixar ou um tipo de família para chamar de minha.

E o meu propósito era roubar a casa para meu ganho pessoal. Quase senti vergonha. Minha antiga amiga imaginária teria entendido, tenho certeza. Será que essa menina, Mary, também entenderia?

Foi um grande conforto me retirar para meu quartinho ao fim do dia. Outros poderiam considerar solitário, mas eu conhecia o refúgio que só minha própria companhia me proporcionava.

Uma hora depois do jantar, a sra. Haylam me liberou do serviço e me dispensou. Depois de me retirar às pressas sob os olhos vigilantes dos pássaros pendurados nos corredores, eu me lavei e troquei de roupa, vestindo uma camisola simples. Caí na cama com gratidão. Por mais exausta que estivesse pelo dia cheio de trabalho, estava difícil dormir. O jantar tinha sido tranquilo, agradável até. Todos nos reunimos em volta da grande mesa da cozinha – sra. Haylam, Chijioke, Poppy, Mary e eu, com o cãozinho Bartholomew esperando impaciente aos nossos pés por pedacinhos de comida.

Eu mal abri a boca, mas a conversa estava animada. Chijioke havia capturado uma lebre para a sra. Haylam cozinhar, e narrou a angustiante captura para todos, ao som de risos e palmas. Aparentemente, a criatura tinha dado um susto tão grande em Bartholomew e Chijioke, saindo em disparada por debaixo da bancada dele, que cachorro e homem caíram de bunda no chão, tamanha a surpresa.

Até a sra. Haylam abriu um sorriso.

Ao fim do jantar, me peguei desejando que o sr. Morningside tivesse se juntado a nós. Queria saber mais sobre aquele jovem excêntrico que tirava costureiras de bairros pobres, colecionava centenas de pássaros por prazer e possuía uma pensão da qual parecia nunca ver os andares de cima. Era ao mesmo tempo triste e fácil imaginá-lo fazendo todas as suas refeições naquele escritório. Será que recebia visitas? Será que ia à cidade de vez em quando?

Agora, quanto mais eu pensava nele, mais estranho ele se tornava. Com todas as minhas leituras e experiências, eu aprendi que os patrões de tudo quanto é coisa costumavam viver acima do nível do chão – não apenas acima do chão, mas acima de seus servos. Acima de todas as coisas. Os ricos e donos de terras eram de uma espécie superior. Requintada. Mais próxima de Deus.

Certamente ele tinha aposentos em algum lugar nos andares superiores. Afinal, mesmo os homens mais excêntricos precisavam de um lugar para dormir.

Sentei-me na cama, pensando que havia explorado pouco o terceiro andar. A sra. Haylam ainda não tinha me mandado lá por nenhum motivo e me ocorreu que provavelmente era porque lá ficavam os aposentos do dono da casa. De repente, eu estava completamente consciente. Fiquei agitada com tantas perguntas. Estava dolorosamente desperta.

Seria apenas uma olhadinha rápida, prometi a mim mesma, uma espreitada em um ou dois cômodos para confirmar que tudo na Casa Coldthistle estava funcionando como o esperado. Haveria alguma porta enorme e intimidadora, com um mordomo esperando do lado de fora. Eu fingiria ignorância sobre a disposição da casa e seria enviada de volta para meu quarto. Com a curiosidade saciada, o sono viria mais fácil.

E, se eu tivesse sorte, não haveria mordomo nem ninguém por perto. Haveria cômodos cheios de pequenas bugigangas para eu roubar e uma cama para eu escondê-las até a coleção crescer o bastante para financiar uma fuga.

Os ricos se dão ao luxo de acumular posses que não têm tempo ou motivo para contabilizar; eu poderia contar todas as minhas posses nos dedos das mãos e dos pés.

O corredor estava tão frio, silencioso e escuro que eu podia ouvir um zumbido tênue nos ouvidos. Estendia-se como um túnel de breu diante de mim, então voltei para o quarto para buscar o toco de uma vela de leitura que eu havia deixado acesa. Protegendo a chama com a palma da mão, saí na ponta dos pés, encolhendo-me sob o olhar atento das aves. Mesmo do primeiro andar, era possível sentir o feitiço da porta verde no vestíbulo. Ela começou a cantar para mim na mesma hora.

A canção encheu minha mente de pensamentos turbulentos e minhas mãos tremeram, quase apagando a chama. Que língua estranha era essa na minha cabeça? Gutural e afiada, e ao mesmo tempo sinistra e sedutora... Precisei juntar forças para manter a atenção longe da porta e, em vez disso, caminhar suavemente até o fim do corredor em direção à escada que subia. Sob a canção, ouvi passos baixos, apenas um ruído contínuo e monótono que parecia vir de cima, talvez do andar de cima. Será que Poppy e seu cãozinho estavam vagando por aí também?

Não, não eram passos leves de um filhote, mas algo mais pesado. Arrastado. Mesmo assim, continuei escada acima, olhando para trás e para a frente para confirmar que ninguém me seguia. O segundo andar estava silencioso, e espreitei ao redor para descobrir de quem eram aqueles passos. Não vi nada além de mais sombras. Mais escuridão. Que bom. Eram as condições perfeitas para alguns furtos leves.

O ar ficou mais gélido conforme eu subia o lance de escadas seguinte. A camisola não me protegia muito contra o frio. Subi e subi, mais alto, mais frio e mais frio, até eu ter certeza de que ninguém teria como sobreviver em condições tão glaciais. E eu tinha razão – assim que entrei no andar superior da casa, não encontrei nada.

Nada.

Não era nem um sótão nem um corredor, mas o que parecia um imenso salão de baile. Não havia móveis nem nada nas paredes. As janelas que davam para o jardim estavam cobertas de filme plástico empoeirado e o luar que penetrava a sujeira fazia o quarto brilhar num sobrenatural tom azul.

A chama da minha vela diminuiu por um momento. O pavio logo queimaria. Entrei apressada nas profundezas do salão cavernoso, olhando ao redor, desesperada para encontrar alguma pista do que era esse lugar. Os passos arrastados voltaram, distantes, mas presentes, e não havia como saber se vinham de baixo, de cima ou da minha frente.

Então, notei uma pequena protuberância no piso, isolada e afastada, em meio a uma área sem pó. De longe, pensei que pudesse ser algum tipo de porta-joias. A ideia atiçou meu interesse. De novo, aquela canção perturbadora cresceu na minha cabeça e percebi que, agora, ela estava me guiando na direção daquele objeto. Cheguei mais perto, mais perto, e senti um enjoo repentino. Era como um enjoo de mar, mas me atingiu tão abruptamente que perdi o ar. Minha visão ficou turva e meus pensamentos se entremearam, confusos. Mesmo assim, não conseguia deter meus pés.

A vela se apagou, porém ainda era possível ver um pouco sob o luar. Não era uma protuberância no piso nem um porta-joias, mas um livro – um enorme livro negro. Um desenho simples de um olho vermelho com um xis sobre ele brilhava fracamente na capa. Obviamente, não dava para confiar na minha visão, pois o livro parecia emitir uma aura – pequenos fios de luz roxa subiam da capa como um vapor crepuscular. Ajoelhei-me e toquei no objeto. Não estava morno, mas quente. *Escaldante.*

Recuei com um grito agudo, chacoalhando a mão queimada. E me levantei, pronta para fugir, quebrando um pouco aquele encantamento do livro sobre mim depois do choque da queimadura. Mas, antes que eu pudesse me virar e sair correndo, uma mão imensa se fechou em volta do meu punho. Parecia não ser nada, mas ao mesmo tempo me espremia com força suficiente para fazer meus ossos estalarem.

Uma mão preta, não humana. Esguia demais, forte demais e *não exatamente corpórea.*

Eu tinha sido descoberta, e por uma criatura que não era de carne e osso.

Sem ar, recuei, tentando me livrar, mas isso só me deixou cara a cara com aquela coisa. Coisa. Minha mente vacilou. Não tinha palavras para descrever aquilo, nenhuma experiência para me ajudar a compreender o que via agora me encarando: uma criatura de sombras, de mais de dois metros e meio de altura. Eu não conseguia ver onde terminava seu corpo e onde começava a névoa negra rodopiante. Mas definitivamente a coisa estava tocando em mim! Não havia como me enganar em relação a isso ou à dor subindo pelo meu braço.

Sua cabeça redonda e inchada se aproximou de mim e se abriu de repente para revelar um conjunto largo demais de dentes. Presas. Cada dente era mais longo e afiado que o outro.

– Não para vocêêêêêê – ele grunhiu, com uma voz áspera e fria saída das profundezas do Inferno.

E não estava sozinho. A sala, percebia agora, estava repleta de criaturas como ele.

Soltei um berro terrível, gritando por ajuda, torcendo-me de um lado para outro até que, finalmente, a criatura demoníaca me soltou. Se ao menos conseguisse acordar alguém e pedir socorro... *É isso que você ganha por tentar roubar.* Meu coração saltava a cada passo que eu dava, abrindo caminho pela multidão de criaturas de sombras que pareciam apenas me olhar com desprezo enquanto eu corria. A escada! Eu tinha que alcançar a escada! Quando cheguei, desci dois e depois três degraus de cada vez, segurando-me ao corrimão para não sair voando e quebrar o pescoço.

Eles estavam atrás de mim. Raspando. Dragando. *Perseguindo.*

Meus dedos latejavam onde o livro tinha me queimado e meu punho doía onde a criatura de sombra o havia esmagado, mas o terror me movia para a frente. Eu não fazia ideia de aonde ir... Essas coisas estariam por toda a casa? Como poderiam ser reais? Como um pesadelo poderia não apenas me tocar mas também me *ferir*?

Em pânico, sem ar, corri pelos corredores do andar de baixo, pensando em bater nas portas até alguém atender. Mas estava atrapalhada demais e, nos últimos degraus antes do primeiro andar, perdi o equilíbrio, tropeçando e atingindo o carpete com um baque surdo. Estatelada, perdi a vela e tentei me levantar, crispando-me com a dor no punho.

Não precisava me virar para saber que as criaturas estavam avançando. Eu conseguia ouvir e sentir sua aproximação, seus passos pesados raspando o chão, cada vez mais perto. O medo me fez agir, colocando-me de pé, e corri até a porta aberta ao fim do corredor. Uma vez dentro, girei e bati a porta, trancando-a, colocando o peso do corpo contra ela como reforço.

Não que adiantasse alguma coisa. Aquelas criaturas eram gigantescas e espantosamente fortes. Acabariam facilmente com a porta, se é que isso era algum impedimento para elas. Talvez simplesmente a atravessassem e me pegassem, me dilacerassem membro por membro...

Meu rosto estava molhado pelas lágrimas enquanto eu pressionava a cara contra a madeira. Nada poderia ser igual novamente, não depois do que eu tinha acabado de ver. Sob o luar que entrava no quarto, examinei meu punho. Não havia marcas. Quando virei a mão, porém, vi duas queimaduras de um vermelho ardente exatamente onde eu tinha tocado o livro.

Passos. Leves e baixos, sem dúvida alguma armadilha. Prendi o ar e tremi ao ouvir uma batida muito baixa na porta.

– Louisa? Louisa, você está bem? Eu e o Bartholomew ouvimos uma agitação.

Poppy. Mal dava para ouvir sua vozinha do outro lado da porta grossa.

– Abra, por favor. Não precisa se esconder.

Agachei-me e espiei pelo buraco da fechadura. Era apenas uma menina, esperando, com sua camisola pudica e cheia de babados.

Será que tinha sido um pesadelo, afinal? Por que outro motivo aquelas criaturas de sombras não atacaram a garota? Com cuidado, aos poucos, fui abrindo a porta. O corredor atrás de Poppy estava vazio. Ela tinha pegado minha vela e a acendido; a chama bruxuleante iluminava a marca de seu rosto e seu sorriso solidário. Seus olhos passaram do meu rosto coberto de lágrimas para minha mão queimada.

— Você estava zanzando? Não deve zanzar. A sra. Haylam deveria ter lhe dito que não é bom sair do quarto à noite.

Não havia por que mentir, não depois de ela ter notado minha mão. Será que ela sabia sobre o estranho salão e o livro escaldante? Será que desconfiava das minhas verdadeiras intenções?

— Fui ao andar de cima. T-tinha um livro e umas... eu... vi uma coisa assustadora e corri. Tropecei na escada.

Foi tudo que consegui sussurrar.

Poppy assentiu com um ar de sabedoria, como se isso fizesse todo o sentido e não fosse nem um pouco assustador. Onde diabos fui me meter? Acordada pelos meus gritos, a sra. Haylam atravessou o corredor na nossa direção, com o cabelo grisalho preso numa trança longa. O penteado a deixava mais parecida com a velha que eu tinha conhecido em Malton.

Ela parou atrás de Poppy, suspirando e me observando.

— Louisa viu o livro e encontrou os Residentes. Deram um susto nela e ela tropeçou descendo a escada.

Estava tão frio no corredor que tudo o que eu queria era entrar e me enfiar na cama, colocar as cobertas em cima da cabeça e fingir que essa noite toda não passava de um pesadelo. Mas a sra. Haylam mordeu os lábios e acenou para que eu a seguisse.

— Entendi. Muito bem. Ela vai precisar conversar com o sr. Morningside, então. Parece que chegou a hora das explicações.

Capítulo Doze

Como consegue fingir que isso tudo é normal? Tinha uma criatura gigante esmagando meu punho! Ela falou comigo! Era completamente abominável!

A sra. Haylam ergueu a mão, exigindo silêncio.

– Abaixe a voz, garota. Ou não aprendeu a lição desta noite?

A ameaça de ver aqueles seres terríveis de novo foi mais do que suficiente para calar minha boca. Obedeci, atônita e estupefata, com medo de que ela pudesse de alguma forma controlar aqueles demônios de sombras e usá-los contra mim. Mas ela tinha falado baixo e agora estava completamente silenciosa enquanto me guiava para a porta verde. Talvez também tivesse medo de despertar aqueles seres.

Percebi pelo seu passo acelerado e pelo seu ar de indiferença que tinha perdido a paciência comigo. Talvez isso fosse compreensível – ser pega perambulando pela mansão à noite, empregada a menos de uma semana? Uma boa governanta imaginaria que eu estava zanzando com objetivos desonestos, planejando roubar os hóspedes. Especialmente se essa governanta tivesse ouvido a criada em questão ser chamada de ladra em Malton poucos dias antes. Mas eu não era idiota a ponto de deixar que ela soubesse que essas suposições estavam completamente corretas.

– Você tem muitas perguntas para ele, imagino, mas tente não falar demais e apenas escute – ela disse, visivelmente irritada. Abriu a porta verde para mim e esperou, examinando-me com olhos frios e afiados. – Escute – ela repetiu. – Escute com atenção o que ele tem a dizer e faça suas escolhas com muito cuidado.

Sequei fracamente os rastros de lágrimas nas minhas bochechas. Não precisava de um espelho para saber que eu estava com uma aparência péssima.

– Escolhas? – respondi. Então ela desconfiava, *sim*, de mim. Se não me demitissem naquela noite, eu teria que ser mais cuidadosa dali em diante.

A sra. Haylam fez um aceno com a cabeça.

– Espero vê-la novamente, Louisa Ditton. Acho que estou começando a gostar de você.

O sr. Morningside estava em pé atrás da mesa, de costas para mim, com uma estranha ave de cabeça azul e bico vermelho empoleirada no punho. O meu próprio punho ainda latejava. Sangue quente corria sob as queimaduras nos meus dedos. Estar ali, observando-o murmurar carinhosamente com o animal exótico, era um completo infortúnio. Se haveria alguma punição, eu queria enfrentá-la agora e acabar logo com isso. Se eu tivesse sorte, ele me deixaria voltar ao quarto para passar a noite antes de me expulsar pela manhã. Senti um calafrio. A ideia de dormir mais uma noite numa casa onde aquelas sombras espreitavam me arrepiava até os ossos.

Pelo menos seu escritório era quente e perfumado pelo forte aroma de sementes de girassol e o cheiro rústico das plumas.

– Araras são animais fascinantes – ele disse finalmente. A ave de cores vibrantes em sua mão se agitou, bicando sua manga. O sr. Morningside estava completamente vestido e, por causa da hora, imaginei que fosse apenas porque tinha sido obrigado a conversar comigo. – Tão lindas. Olhe só esta plumagem. Índigo e escarlate, amarelo e verde tão claro quanto a grama de verão. Mas esta beleza pode enganar.

O sr. Morningside se virou para me encarar, mas não tirou a atenção da arara.

– Você sabia, srta. Louisa, que as araras comem outros animais? Ah, sim. Elas não devoram apenas frutas e sementes o dia todo. Comem carne também, ouvi dizer que algumas atacam até ovelhas adultas. Toda essa beleza esconde selvageria. – Ele finalmente olhou para mim, e seus olhos dourados eram surpreendentemente gentis. Doces, até.

Eu não estava gostando nada daquilo.

– Fui atacada na sua casa esta noite – eu disse. Minha voz tremia, o pavor do tormento ainda correndo pelo meu corpo feito um raio. A sra. Haylam tinha me mandado escutar, mas eu não conseguiria ficar em silêncio por mais tempo. – Que tipo de criaturas você mantém aqui? Obviamente não apenas aves.

Sorrindo, ele acariciou o peito da arara com o dedo.

– Soube que você encontrou os Residentes. Admito que eles podem ser uma visão perturbadora para os não iniciados.

Balbuciei, hesitei. Meu punho doía e doía. Olhei para ele, ainda sentindo o aperto implacável da sombra monstruosa.

– Entendo todas essas palavras separadamente, mas não da forma como o senhor as colocou.

– Tente acompanhar, srta. Louisa.

Essas palavras e a leveza com que foram proferidas me atormentaram.

– Fui queimada, perseguida e aterrorizada, e agora tenho de enfrentar esse desdém...

– Acalme-se – ele disse. Ele levou a arara para um poleiro de madeira e a incentivou a deixar sua mão, depois voltou à mesa e serviu chá para nós dois do bule que nos esperava. – Sente-se.

Eu não tinha a menor vontade de ficar, mas tinha perguntas demais sem respostas para o meu gosto. Eu queria saber o que tinha visto. As criaturas, o livro, até a porta verde... Mas chá ajudava. Quase sempre ajudava. Dei um gole lento, crispando-me quando meus dedos queimados tocaram a porcelana.

O sr. Morningside notou, abaixando a xícara e o pires e franzindo a testa para minha mão ferida.

– Você encontrou o livro.

– Sim.

– E se sentiu compelida a tocar nele?

– Ele... sei que parece ridículo, mas eu não tinha controle sobre mim. Então, sim, acho que me senti compelida.

Ele fez que sim enquanto eu respondia e abriu uma das gavetas da mesa, tirando um pequeno pote de vidro com um creme branco enevoado que parecia um unguento. Quando abriu a tampa, o aroma adstringente cortou o ar.

– Não vai tirar as marcas, mas pelo menos vai aliviar seu desconforto.

Hesitei e ele notou, fechando os olhos por um momento, como se estivesse tentando escolher as palavras com cuidado. Ficou claro que a minha hesitação o ofendeu. Ele parecia *magoado*. Provavelmente, nunca nenhuma jovem dama tinha se recusado a lhe dar a mão antes.

– Por favor.

Hesitante, esperei mais um pouco e então estendi o braço sobre a mesa. Observei enquanto ele pegava meu punho direito suavemente e passava um pouquinho do unguento nas marcas de queimadura. Um calor brotou do ponto de contato e mandei que minhas bochechas não corassem. Esse homem era o dono de um verdadeiro circo de curiosidades sinistras; seus cabelos negros e brilhantes e seus olhos dourados não importavam, eu não lhe daria o luxo de corar. Ajudava lembrar que eu queria roubá-lo. Para mim, ele era apenas uma vítima incauta, e nada além disso.

A dor nos meus dedos já havia passado.

– Agora, então – disse ele, quebrando o encanto. Fechou o pote de unguento e o colocou de volta na gaveta. Depois, entrelaçou os dedos e me examinou com atenção, como se eu fosse uma de suas aves recém-adquiridas. – Você viu algo no livro?

Fiz que não, levando a mão tratada para o colo e usando a outra para tomar chá.

– Eu me queimei. Fechei na hora. O que tem dentro dele?

– Falaremos mais sobre isso depois, talvez.

– Mas...

– Qual é sua impressão da nossa querida condessa italiana, sra. Eames? Sra. Eames? O que ela tinha a ver?

– Não... não entendi.

Ele encarou minha confusão com naturalidade, sorrindo benevolente.

– Só confie em mim, por favor, pois estou nos guiando para a resposta que você procura, está bem? O que acha da sra. Eames?

Fazia tempo que essa mulher não passava pela minha cabeça. Afinal, o contratempo com a sombra viva e o livro amaldiçoado tirou a importância de todos os outros pensamentos. Busquei uma lembrança dela de quando estava lhe servindo chá, observando-a enquanto ela mordiscava um biscoito e fazia suas melhores acrobacias sociais para escapar de George Bremerton.

– Ela é uma viúva – disse, hesitante. – Tem uma beleza extraordinária. Está aqui por causa do balneário. George Bremerton fez de tudo para acompanhá-la até os jardins. Acho que ela comentou que tinha filhos.

– Tudo verdade. – Ele voltou a tomar seu chá, recostando-se confortavelmente na cadeira. – Você sabia que a fêmea do louva-a-deus decapita o parceiro logo antes ou depois do acasalamento?

Nesse momento, corei de verdade. Era a primeira vez que um rapaz discutia algo tão vulgar quanto rituais de acasalamento na minha presença. Mas deveria haver algum objetivo nessa história; ele não me parecia o tipo que abandona todo e qualquer decoro sem motivo.

Sra. Eames. Certo.

– O senhor está sugerindo que a sra. Eames comeu o marido morto?

O sr. Morningside bufou sobre o chá.

– Na verdade, não, mas ela o decapitou, *sim*. Acho que ela afirma ter sido um incidente agrícola no vinhedo deles. É curioso como foices podem simplesmente – ele cortou a garganta com a mão – cair do céu.

Eu me encolhi, quase derramando chá por toda parte.

– Essa é uma acusação grave. Como o senhor sabe disso?

– Nem todos os meus empregados trabalham aqui, srta. Louisa. Tenho criadas, mordomos, trombadinhas, às vezes até padres.

Ele estava sendo condescendente de novo. Isso fez eu me sentir muito jovem – e o tornou muito velho. Mas quantos anos ele poderia ter a mais do que eu?

– Um dos filhos dela morreu também – o sr. Morningside disse, como se não fosse nada. – O barco dele rumo à Itália afundou... – Ele parou e consultou um pequeno diário com capa de couro sobre a mesa. – ... dois dias trás.

– Meu Deus – murmurei. – O senhor não acha que ela seja responsável por isso também, não é? Um barco inteiro?

– Quando há uma fortuna em jogo, os gananciosos são capazes de tudo. – Ele terminou o chá e virou a cabeça para o lado. – O mundo estaria melhor livre desses parasitas, você não concorda?

Eu concordava, sim, mas sentia que estava entrando como uma tola numa armadilha.

– Acho que sim.

– Por isso instruí Poppy a se livrar da *adorável* sra. Eames amanhã. Assassinato. Homicídio descarado e cruel. *De uma mulher que matou o marido e o filho para lucrar com isso.* Eu não odiava mulheres ricas e arrogantes como a sra. Eames? Não tinha observado com desprezo mulheres como ela buscando governantas em Pitney? Avaliando-nos como animais de fazenda? Escolhendo um ser humano como quem escolhe um par de brincos ou sapatos? Por que eu deveria me importar que alguém como ela fosse morta?

O que importava era que Poppy realizasse esse ato. Ela era uma menina como eu. Uma criança. Como poderia ser uma assassina?

– Poppy... Mas ela é tão... tão...

– Doce? – O sr. Morningside apontou com a cabeça para a arara de plumas brilhantes.

Toda essa beleza esconde selvageria.

– O senhor sempre assassina seus hóspedes assim? Isso é monstruoso! – Levantei, pronta para me lançar porta afora, sair daquela casa para o frio da noite. Não poderia ficar ali nem por mais um minuto.

O sr. Morningside também se levantou, mas não parecia uma ameaça.

– Monstruoso? Matar duas pessoas inocentes é monstruoso. Sou apenas prático. Sim, eu a atraí para cá. Ela pode dizer que veio por decisão própria para visitar a fonte, mas isso é apenas meia verdade. Você disse que o livro compeliu você a tocar nele. Sem dúvida se sentiu atraída e nenhuma lógica, razão ou arroubo de discernimento impediriam você de fazer isso, correto?

Fiz que sim, tentando freneticamente entender tudo aquilo. Era loucura. Eu não deveria estar ali. Era hora de ir embora.

– Bem, é assim que ratos como a sra. Eames se sentem, Louisa, mas em relação a este lugar. Eles são atraídos para cá. Compelidos. – Ele se inclinou na minha direção e colocou as palmas das mãos na mesa, com um sorriso torto e arrogante. – Não sabem por que vêm, mas vêm e, depois que entram por aquelas portas, seu destino está selado. Eles vêm porque são cruéis. É irreversível. Eles vêm aqui para morrer.

*Q*uero sair daqui. Quero ir embora. *Agora*. – O pânico cresceu, quente e sufocante na minha garganta. Recuei em direção à porta, com o punho latejando no ritmo desregulado do meu coração.

– Lamento, mas essa não é uma possibilidade – o sr. Morningside disse com um suspiro. Ele não avançou para mim. – Você não pode sair.

Então esse encontro não era para me aplicar uma punição, mas sim uma sentença de morte. Eu precisava sair. Se havia alguma habilidade que desenvolvi em todos esses anos era a autopreservação a qualquer custo.

Arregalei os olhos com ar de inocência e implorei com as mãos juntas.

– Não vou contar para ninguém o que o senhor faz aqui. Só quero sair...

– Você entendeu mal. Isso não é possível. – Devo admitir que ele parecia sinceramente abalado. – Você tocou o livro, Louisa.

Isso me deixou paralisada. O livro? O que o livro tinha a ver com alguma coisa? Como um maldito livro me impediria de sair? Ele comandava os coches? Os cavalos? A própria estrada?

– Apenas acalme-se e deixe-me explicar.

– Não! Você é um assassino.

– Um assassino de assassinos, o fazendeiro que mata os animais mancos, o trabalhador que põe fogo no monte de refugo. Qual é a diferença? – ele disse, com objetividade. – Mas não posso discutir com você aí.

Dei mais um passo na direção da porta e me virei, preparando-me para correr.

– Eu também não quero discutir. Quero só sair deste lugar e esquecer tudo isso.

Dessa vez, não esperei uma resposta. A porta do escritório já estava aberta e a empurrei para passar, sentindo seus olhos sobre mim, sabendo que era apenas uma questão de segundos até ele me alcançar e me conter. Mas ele não se moveu e eu já estava no pé da escada, prestes a me libertar, quando voltou a falar.

Sua voz retumbou nos meus ouvidos.

– *Era para você estar morta.*

Agarrei o corrimão e me virei, ouvindo, encarando-o aterrorizada, mas sem querer deixar que ele visse meu medo. Não havia o que dizer. Eu deveria estar morta? Aqueles monstros de sombras queriam me matar?

– É por isso que sei que seu lugar é aqui, que você não pode ir embora. Os Residentes, aquelas sombras, estão lá para vigiar a casa, mas também para proteger o livro. Você nunca deveria ter chegado perto dele e muito menos tocado nele, mas, ao fazer isso, esse simples toque deveria ter matado você.

– B-bogagem – gaguejei. Mais loucura. Mais mentiras estapafúrdias. – É só um livro bobo. Como um livro poderia me matar?

– Aquele livro *bobo* pode persuadir uma viúva assassina a vir de centenas e centenas de quilômetros de distância. – Finalmente, ele avançou na minha direção, dando a volta na mesa devagar. Seus olhos dourados não eram mais amistosos, mas focados e inflamados, fixados em mim não com maldade, e sim com total concentração. Não havia como escapar daquele olhar, por mais que eu quisesse fugir. – Aquele livro bobo pode chamar qualquer um, de todos os cantos deste mundo, e atrai assassinos e criminosos de todos os tipos, convencendo-os a ignorar coisinhas como distância e inconveniência, e eles vêm. Vêm até ele porque não conseguem se conter. Com todo esse poder, você acha que seria difícil para o livro tirar uma simples vida humana?

– Me deixe ir – sussurrei. Agora eu estava paralisada de verdade. Meus tendões e nervos estavam rígidos no corrimão, mas imóveis. Alguma força me mantinha prisioneira, suprimindo mesmo o menor tremor. Tinha que haver uma saída, algum truque para me libertar, se eu realmente estava presa numa teia de aranha invisível. – Por favor, me deixe ir.

– Estamos no meio da noite – o sr. Morningside apontou. – Não é seguro.

Consegui controlar meu corpo o suficiente para estremecer enquanto ele passava pela mesa, pela cadeira...

– Aqui também não é seguro – sussurrei.

– Ora, isso não é verdade. Você *está* segura aqui. – Diante disso, soltei um som entre um soluço e um riso. Essa frase era um absurdo. Ele tinha acabado de confessar que planejava homicídios, que usava estranhas coisas ocultas para atrair pessoas a uma casa da morte... – Você está segura, *sim* – ele me garantiu. – Você não foi atraída para cá, Louisa. A sra. Haylam a trouxe. Você não é má, é uma de nós.

Por dentro, eu estava fazendo que não, agitando todo o corpo para tentar quebrar esse feitiço infernal enquanto ele se aproximava.

– Não – eu disse. – Não sou como vocês.

Havia algo de errado com ele – ou com os meus olhos. Enquanto se aproximava, percebi nele um jeito de andar inquietante, anormal para humanos, que eu não tinha como notar quando ele estava atrás da mesa. Olhei de seu rosto para suas pernas e senti o mundo girar – seus pés não eram como os de um homem, mas voltados para trás, com os calcanhares apontados para a frente e os dedos para a espinha.

– Não. – A palavra saiu de novo da minha boca. O calor do cômodo, a ameaça daquela *coisa* se aproximando enquanto eu não conseguia fazer nada... Minha visão girou de enjoo. – O que... o que é você? Não sou como você. Não sou...

O mundo estava ficando preto de repente e as últimas coisas que senti foram seus braços me segurando e sua respiração na minha testa.

– Você é, Louisa. Vai ver.

Sobre as crianças gritantes de Ben Griam Mor

Dizer que tenho o honorável Zachary Moorhouser em alta estima é um eufemismo; porém, nossas opiniões sobre a natureza das chamadas subclasses gritantes divergem consideravelmente. A obra dele sobre os dervixes das nações do Extremo Oriente é digna de louvor, mas em sua influente Demonológica ele não menciona, tampouco descreve adequadamente, as pequenas criaturas semelhantes a duendes encontradas na região de Ben Griam Mor.

Não deve ser surpresa para ninguém que o cume coberto por névoa da adorável montanha escocesa abriga descendentes de fadas. No entanto, é surpresa que essa população tenha escapado à atenção de quase todos os estudiosos modernos de mitologia. Em minha humilde opinião, nenhum estudo do oculto, do mágico ou do demoníaco estaria completo sem mencionar as crianças gritantes de Ben Griam Mor. Quando estava à procura desse povo raro, abriguei-me principalmente em Garvault. Lá, depois de vários dias de buscas em vão, deparei com um sujeito fortemente embriagado na taverna da cidade.

Ele estava, pelo que o prestativo garçom me contou, bebendo mais do que de costume. Aproximei-me, e ele ficou ansioso para me deleitar com sua história, depois que, naturalmente, lhe ofereci mais uma cerveja. Frenético, contou sobre um evento macabro que havia presenciado não muito longe da montanha que eu pesquisava. Enquanto colhia cogumelos em uma pequena área arborizada, ele descobriu uma cabana. Como já estava procurando cogumelos havia algumas horas, suas rações estavam esgotadas e ele decidiu pedir alimento aos donos da cabana antes de pegar o caminho de volta para Garvault. Ele conseguia enxergar claramente dentro da casa, pois estava bem iluminada, e viu uma grande família sentada para o jantar, o que só lhe deu mais esperanças de fazer o trajeto de volta com o estômago cheio.

Suas esperanças foram rapidamente frustradas quando notou uma discussão irromper à mesa. Os pais estavam tentando acalmar a filha, uma jovem estranha e desajeitada que o bêbado considerou extraordinariamente pálida. A menina então subiu em cima da mesa, batendo os pés, e jogou a cabeça para trás, soltando um grito lancinante. Ele disse que ouviu tão clara e dolorosamente através da janela fechada que perdeu o equilíbrio e caiu. Quando se levantou e recuperou a consciência, viu uma imagem horripilante: toda a família, com exceção da menina que gritou, estava morta. As cabeças haviam explodido com sangue, como se seus crânios tivessem estourado como bexigas.

A menina o percebeu espiando pela janela e correu. Estava vindo atrás dele, concluiu em pânico. Ele fugiu.

Tendo finalmente confirmado que uma dessas criaturas tinha sido avistada, peguei ansiosamente meu bloco de anotações para escrever a história. Quando pedi mais detalhes, ele começou a vacilar. Talvez a menina não fosse tão jovem, talvez tivesse uns quinze anos. Não, dezessete! Ou mais! Era uma moça, praticamente uma adulta, ele disse. Em sua embriaguez, fez essas correções sem jeito, e logo suspeitei que estava envergonhado por ser um homem feito com medo de uma garotinha.

Concluí que as aparições desses seres provavelmente são alteradas de forma parecida; os narradores devem hesitar em expressar medo de uma criança. Esse é o provável motivo pelo qual as crianças gritantes sejam tão confundidas com criaturas mais comuns como banshees e harpias, e não recebam seu lugar de direito na ordem mágica.

Mitos e lendas raros: Coletânea de descobertas de
H. I. Morningside, *página 6*

Como consegui dormir, cheia como estava de pavor e desconfiança? Mas dormi profundamente, acordando com a luz natural da aurora que entrava por uma fresta das cortinas. O pano se virou para o lado e levei um susto quando descobri que não estava sozinha. A menina, Poppy, e seu cão me observavam enquanto dormia.

Na mesma hora, cobri o rosto com os lençóis, me encolhendo.

– Não toque em mim – murmurei. Ela não pareceu nem um pouco surpresa com minha repulsa.

– Novidades demais, foi o que o sr. Morningside disse. É sempre assim, sabe, quando uma pessoa nova se junta a nós. Até o Chijioke desmaiou quando viu um Residente pela primeira vez – a menina respondeu com uma risadinha. Seu cão concordou, bufando. Gentilmente, ele abaixou o focinho amarelo-fulvo sobre meu braço, como se para me consolar. Bartholomew, pelo menos, parecia normal o suficiente, mas agora eu sabia que não podia confiar em nada nessa casa.

Os pés dele. Os pés dele eram virados para trás.

– Estou sonhando? – perguntei, mais para o mundo em si do que para ela. – Isto é um pesadelo?

– Ele disse que você falaria isso.

Belisquei-me embaixo das cobertas. Não, estava definitivamente acordada. Suspirei.

– Quero ir embora – eu disse, feliz por conseguir mover os braços e pernas novamente. – Agora mesmo. Você não deve tentar me impedir.

– Ele disse que você falaria isso também. – Poppy sorriu, tirando o cabelo sedoso do rosto. Nunca fui uma pessoa supersticiosa, nunca me afastei de pessoas com marcas de nascença cor de vinho no rosto. Não era marca do Diabo o nome disso? Que apropriado me parecia agora. – Ninguém vai impedir você de tentar, mas você não pode ir. O livro diz que não, então está decidido. E caso encerrado, como diz o patrão.

Não se eu puder mudar isso.

Poppy acariciou as orelhas do cachorro, que ergueu os insondáveis olhos cor de chocolate para ela antes de voltá-los para mim. Eu tinha que admitir que sua cabecinha quente no meu braço era reconfortante. Foi então que notei que alguém tinha enfaixado meu punho. A dor parecia distante agora, apenas um eco. Tudo – o medo, a urgência – parecia distante. Mas apenas por enquanto. Havia muito a pensar e eu precisaria ficar sozinha por um longo tempo para digerir aquilo tudo.

E Lee. Meu Deus, nem tinha pensado nele. Será que ele e o tio estavam aqui porque mereciam a morte? Não parecia possível.

A menina não estava com pressa de sair, cantarolando baixinho consigo mesma enquanto traçava com o mindinho o desenho de um oito na coberta. Essa pequenina criança, tão fraca e pálida, poderia na verdade ser uma assassina. Puxei os lençóis mais para junto ao corpo.

– Você vai mesmo machucar a sra. Eames? – perguntei, um pouco encabulada.

Os olhos brilhantes de Poppy se voltaram para mim.

– Ah, não – ela disse com um riso sufocado. – Não vou só machucar, vou matar a sra. Eames.

– Como? Como vai fazer uma coisa dessas?

Ela deu de ombros, acariciando a cabeça do cachorro.

– Do mesmo jeito como faço com todos os outros.

– E que jeito é esse? – Será que eu realmente queria saber? Minha curiosidade já havia me custado muito, mas o impulso de saber mais subsistia.

– Com a minha voz! – ela esganiçou. Depois sorriu e abriu bem a boca. Não havia nada fora do comum ali, só os dentes e a língua de uma menina. – Consigo gritar mais alto do que qualquer pessoa que conheço, tão alto que machuca muito, mas muito mesmo aqueles que ouvem.

– Isso não vai machucar o resto de nós, então?

– Não, nem um pouco. Mary vai proteger vocês – ela disse simplesmente. – Ela é muito boa em proteger as pessoas.

Mary. E pensar que na noite anterior eu havia tido um jantar agradável com essas pessoas. Tinha gostado delas, pensado nelas como colegas. Até possíveis amigos. Meu cérebro latejava com a confusão daquilo tudo – percebi sinais, claro, de que a casa era um pouco estranha, mas tudo isso era algo completamente diferente.

E eu fugiria dali assim que possível.

– Queria dormir mais agora, Poppy – eu disse com um sorriso tímido. Na verdade, eu precisava de tempo sozinha para pensar e planejar. Afinal, era apenas um livro, não era? Apesar de todos os majestosos discursos do sr. Morningside, era só um livro. E livros podem ser movidos ou perdidos.

Ou *queimados*.

Aquelas sombras vivas perambulando pelos corredores tornariam mais difícil roubar em segredo, mas também aumentavam ainda mais minha vontade de fazer isso. Esse lugar era horrível e eu não sentiria culpa de pegar o que queria – garantindo a minha liberdade. A América, tão distante, com um oceano para me proteger, era exatamente do que eu precisava.

– Você está certa! – ela sorriu, saltando para fora da cama e pegando Bartholomew. – Vem, filhotinho, a srta. Louisa teve uma noite ruim, mas todos vamos ajudá-la, não é? Todo mundo se dá tão bem aqui. Logo mais ela vai ser nossa melhor e mais verdadeira amiga.

Capítulo Catorze

Ao sair dos meus aposentos uma hora mais tarde, esperei encontrar uma daquelas abomináveis criaturas de sombras. Residentes, o sr. Morningside os havia chamado. Residentes mesmo.

O corredor estava vazio, mas isso não fez eu me sentir mais segura. Nem um pouco. Eu me sentia observada agora, marcada, uma papoula vermelho-viva num campo de margaridas brancas. Qualquer escolha possível se tornou igualmente urgente. Se tivesse que ficar presa ali, o mínimo que poderia fazer era avisar Lee antes que ele também ficasse preso ou, pior, fosse morto. A dor no meu punho havia desaparecido por completo com a tala aplicada em volta dele com firmeza e habilidade. Perguntei-me quem teria cuidado de mim e ponderei sobre o fato de que assassinos poderiam me tratar – eu, uma relativa estranha – com tanta ternura.

Isso não importava, no fim das contas. Apenas um imbecil continuaria na Casa Coldthistle depois de descobrir seus segredos. E eu não era imbecil. Decidi enfrentar os problemas em ordem de simplicidade: comida seria o mais fácil. Assim, avancei devagar para o vestíbulo e depois para a cozinha, atenta a qualquer sinal dos Residentes.

Ninguém me incomodou. Eu podia ouvir a conversa abafada do chá matinal vinda do salão do andar de baixo e a risada de Lee quando achava uma ou outra anedota sonoramente engraçada. Não gostava muito do seu tio, mas tive dificuldade para imaginar o que Lee Brimble poderia ter feito para ser atraído para o livro e para esse lugar. Ele parecia tão doce, tão bem-intencionado. Mas, enfim, meus colegas também pareciam, e talvez ele guardasse igualmente algum segredo obscuro.

Eu mesma tinha alguns segredos, claro – vadiagem, truques de mágica e roubo, por exemplo. Só que agora esses crimes me soavam inofensivos, até bobos.

Os fogões ainda estavam quentes do pão assado, mas a cozinha estava quieta e abandonada. Aonde todos tinham ido? Estariam se escondendo de propósito? Andei às pressas até a despensa e afanei uma fatia de pão de centeio e alguns pedaços de maçã seca. Quando fugi de Pitney, saí de estômago vazio. A vida lá tinha me feito conhecer a fome. Muitas de nossas punições envolviam passar dias apenas à base de migalhas e água.

Engoli o pão de uma vez e me demorei mais com os pedaços de maçã, colocando uma ou duas no bolso para alguma emergência. Por enquanto, Lee teria que esperar – eu não fazia a menor ideia de como contar a ele tudo o que sabia. Éramos apenas conhecidos e ele não tinha motivo nenhum para confiar em mim nem nas minhas histórias escabrosas. Em vez disso, peguei a saída dos fundos da cozinha para a brisa fresca da manhã. Minhas roupas não eram pesadas o bastante para me proteger do frio e, se eu fosse mesmo fugir, precisaria trazer as cobertas da minha cama para me aquecer mais. Eu escapei de Pitney com a ajuda da minha quase amiga Jenny, que causou uma distração enquanto eu saía discretamente por uma janela na calada da noite. A menos que eu convencesse Lee de que as minhas histórias eram verdadeiras, e não pura loucura, eu fugiria completamente sozinha.

Essa aventura de agora no mundo exterior serviria apenas para sondar. Se, por algum golpe de sorte, o cocheiro de Lee estivesse por ali na carruagem a caminho da cidade perto do toque de recolher, eu aproveitaria a oportunidade. Primeiro, eu precisava testar as palavras do sr. Morningside.

A grama do lado de fora era fina, esparsa. As árvores cresciam no perímetro do terreno e, mesmo assim, hesitantes. A casa em si era a única coisa que conseguia ser alta e imponente ali. O celeiro estava à minha esquerda, os jardins depois dele, e havia mais atrás da mansão. Saí em linha reta, sentindo-me completamente exposta. Não havia nenhum arbusto ou árvore para me dar cobertura, e qualquer um que arriscasse um olhar pela janela me veria caminhando na direção da cerca no limite da propriedade.

Na verdade, a cerca não passava de algumas tábuas mirradas que, ao que parecia, se mantinham em pé por simples coincidência. A ideia fez meu coração se apertar. Se o sr. Morningside e seu bando de assassinos realmente se preocupassem com fugitivos, teriam construído uma cerca de verdade, alta o bastante para manter as pessoas dentro e os invasores fora. Em vez disso, um vento forte poderia tombar aquelas tábuas e qualquer pessoa de saúde física razoável seria capaz de escalar as vigas e pular para o outro lado.

Seis corvos estavam pousados em cima da cerca, observando-me. Então se espalharam e se reuniram no telhado da casa atrás de mim.

Uma barreira maior do que a cerca era o número inacreditável de buracos que marcavam o chão. Nenhum animal do campo seria capaz de fazer aquilo; estavam em toda parte e tinham profundidades diversas. Um buraco, escondido por um monte de grama, quase me fez cair de cara no chão. Fui me orientando pelo jardim, agora atenta a todos os buracos. O que poderia ter revirado tanto a terra? Era quase como se alguém tivesse escavado a área, procurando algo freneticamente...

Finalmente, cheguei à cerca, notando que, conforme me aproximava, as cicatrizes nas pontas dos meus dedos começavam a doer. A princípio, não dei muita importância, encarando aquilo como uma espécie de dor fantasma, mas o desconforto persistiu e foi ficando mais intenso. Era como ouvir uma voz num cômodo distante e em seguida senti-la se aproximando mais e mais, se ampliando. A dor se ampliava e, com ela, uma voz.

No começo, era um sussurro, na mesma língua misteriosa que eu tinha ouvido quando passei pela porta verde e quando encontrei o livro. Dessa vez, porém, eu sabia que não era a cerca que estava me chamando; não era a porta nem mesmo o livro.

A voz, esse sussurro, vinha de *dentro* de mim.

A dor e a voz chegaram ao ápice quando coloquei a mão nas tábuas descoloridas da cerca. Cerrei os dentes, determinada a suportar a dor. Se isso era tudo o que me afastava da liberdade, eu teria que ser mais forte. Mas força não significava nada pois, ao estender a mão mais ao longe, depois da cerca, senti um calor feito um raio gritar da ponta dos meus dedos até o fundo do meu crânio. Caí de joelhos com um berro; a voz que ecoava na minha cabeça era quase tão dolorosa quanto as chamas brutas queimando meu braço.

Um par de mãos fortes me pegou pelos ombros e me ajudou a levantar.

– Calminha aí. – Era Chijioke, que me segurou até eu ser capaz de ficar em pé por conta própria. Eu me contorci para me livrar dele, dando um passo enorme para longe da cerca. A dor na minha cabeça e no meu corpo aliviou no mesmo instante. – Ah, ora essa – ele acrescentou, franzindo a testa. – Não tenho nenhuma intenção de lhe fazer mal. Não vou te machucar, é só que você parecia em apuros.

– Eu estava – sussurrei. – Estou.

Depois de recuar da cerca, enfiei o pé num dos inúmeros buracos do jardim. Resmungando, procurei uma terra mais firme. Chijioke se recostou na cerca; ele aparentemente não se afetava com ela como eu. Pousou uma grande pá contra a barreira e passou a mão no rosto. Apesar do frio, ele transpirava; sua camiseta branca estava empapada de suor. Além dela, ele usava um traje simples de trabalhador: suspensórios pretos e calças enfiadas em botas manchadas de lama.

– O vira-lata da Poppy é um perigo. Tento encher os buracos como posso, mas o malandrinho cava seis para cada um que eu tampo.

– Talvez você devesse cavar uma cova em vez disso – eu disse, sombriamente. – Não vai ter um corpo para ser enterrado em breve?

O semblante dele mal mudou, mas vi uma tensão em seu maxilar que não estava lá antes.

– Então você descobriu. Pensei que descobriria. A sra. Haylam comentou o susto que você levou ontem à noite. Você está lidando surpreendentemente bem com isso tudo. Na primeira vez que encontrei um Residente, saí correndo e gritando da casa feito uma banshee.

Lidando bem? Eu estava achando que não.

– Então por que ficou?

Era uma pergunta sincera. Chijioke sempre foi gentil comigo e, com seus olhos doces e simpáticos me encarando, era quase impossível imaginá-lo participando dos crimes de Coldthistle. Eu me sentia agitada e histérica, como se tivesse saído da realidade e atravessado algum véu, entrando num mundo completamente diferente, onde tudo estava de ponta-cabeça e o mau era bom.

– É só que faz sentido para alguns – ele respondeu, encolhendo os enormes ombros. – Não tenho nenhum grande discurso para você. Vim e não queria sair. Não achava que os hóspedes poderiam ser tão maus quanto o sr. Morningside dizia; daí conheci alguns e logo mudei de ideia. Tudo o que sei é que a vida não é justa para alguns de nós e ele a torna mais justa, hum?

Balancei a cabeça, virando para olhar os campos além da cerca. Pontinhos brancos se moviam no horizonte, aproximando-se. Ovelhas, talvez. Se fossem ovelhas, o pastor não deveria estar longe. Mesmo assim, quem acreditaria na minha história? Que pastor ouviria a loucura jorrando da minha boca e moveria um dedo para me ajudar?

– Acho que seria melhor se eu fosse embora – eu disse, baixo. *Depois de furtar alguns objetos brilhantes para vender.* – Se é que isso é possível.

Chijioke me examinou, depois encarou os campos. Ele apoiou os antebraços sobre a tábua de madeira e pousou um pé na ripa de baixo.

– Você conhece a Bíblia?

Bufei.

– Sou irlandesa.

Rindo, ele disse:

– Então conhece Levítico. "Se um homem golpear um ser humano, quem quer que seja, deverá morrer." É esse "deverá" o problema. Quantos homens recebem o que realmente merecem nesta vida? Especialmente os perversos...

– E quanto a Romanos? – perguntei. – "A ninguém pagueis o mal com o mal; seja vossa preocupação fazer o que é bom para todos os homens."

Ele suspirou, baixando os olhos para a grama e, depois, erguendo-os para as nuvens.

– Eu devia saber que era melhor não discutir a Bíblia com uma irlandesa – ele disse. – Mas vou dar mais uma para você, também de Romanos: "Dai lugar à ira de Deus", hein? "A mim pertence a vingança, eu é que retribuirei" e tudo mais?

Era perto o bastante. Fiz que sim, convencida de que ele simplesmente tinha reforçado o meu próprio argumento.

– Eu é que retribuirei – ele repetiu num sussurro, estreitando os olhos para os pontinhos de ovelha. – Mas quando, pergunto. *Quando?*

– Acho que não nos cabe saber. Não é sua função fazer o trabalho de Deus, certo? – respondi devagar. Ficamos em silêncio por um momento. O vento soprava, fazendo a grama dos campos tremular e balançar, como se uma mão imensa tivesse tocado um pedaço de veludo verde. As ovelhas se aproximaram, mas elas e seu pastor continuavam muito distantes. Seria inútil esperar por ajuda? – Uma das meninas de Pitney gostava de roubar meu café da manhã. Ela era mais velha, grande, tinha uns dentes gigantes de cavalo. Quando a dedurei, ela esperou até ninguém estar olhando e bateu minha cabeça com força numa carteira. Planejei minha vingança por meses até que um dia consegui jogar tinta no chá dela de manhã. Os dentes de Catherine ficaram pretos por duas semanas.

Chijioke riu calorosamente, batendo a mão na cerca. Ela tremeu, parecendo prestes a se quebrar.

– Viu? Como fazer a coisa certa pode ser algo ruim?

– Deve haver um jeito melhor – respondi. – Só coloquei tinta no chá dela.

– Sim, e ela só roubava seu café da manhã de vez em quando. – Ele parou, pegando o cabo da pá e passando o polegar pensativamente por sua textura. — Você deveria ficar. Pelo menos por um tempo, só para ver se não muda de ideia.

Ouvi passos baixos apressados sobre a grama e olhei por sobre o ombro, vendo Mary correr pelo quintal esburacado na nossa direção. Ela desviava dos buracos com saltinhos encantadores, balançando os braços.

Como todos eles parecem tão normais?

— E se você entendeu tudo errado? — perguntei, lembrando de voltar ali em algum momento para procurar o pastor. Aliás, minha janela dava para esse lado da cerca. Eu poderia conseguir sair escalando se algum dia esse lado da casa estivesse vazio.

— Não, o patrão nunca está errado — Chijioke respondeu solenemente. — Nunca.

Pensei em Lee, em sua mão tocando a minha enquanto resgatava minha colher caída.

— É o que veremos.

Mary nos alcançou com um rodopiar das saias limpas cheirando a pão fresco. Suas mãos e punhos estavam cobertos de farinha, assim como seu nariz e sua bochecha.

— Aí estão vocês! Chi, você deveria se envergonhar por estar com ela aqui. Só somos cinco para cuidar desta casa monstruosa! — Ela respirou fundo, inclinando-se para trás e colocando as mãos na cintura. Chijioke se retirou, acanhado, dando de ombros e sorrindo para mim enquanto ia embora. — A sra. Haylam quer você na biblioteca — ela disse. — Precisa tirar pó. Eu ia fazer isso, mas é uma das tarefas mais fáceis e pensei que você poderia não estar preparada para nada muito colossal.

Ela não estava conseguindo me olhar nos olhos, e não era segredo o porquê.

— Não sei se quero tirar pó da biblioteca — eu disse. Meus dedos e minha cabeça ainda estalavam de tempos em tempos com a dor de tentar sair dos limites da propriedade. – Não estou muito entusiasmada para continuar aqui.

Mary assentiu, limpando as mãos enfarinhadas no avental.

– Foi inquietante, preocupante, você pode até achar. Faça como quiser, então, Louisa. Sou apenas a mensageira. Mas, se quiser ficar, vai ter que trabalhar como o resto de nós. – Ela levou a mão à boca e se apressou em acrescentar: – Não o... *aquele* tipo de trabalho. Ah, dane-se!

A imprecação parecia ridícula vindo dela. Ela parecia ser daquelas pessoas que coravam só de *pensar* numa expressão dessas. O vento mudou de direção, vindo agora de trás de mim, de onde as ovelhas pastavam ao longe. Senti o aroma doce da grama e o cheiro de pão vindo dos aventais dela, e inspirei fundo. Agora eu sabia que o patrão não estava mentindo. Ele ou aquele livro infernal tinham, sim, algum poder sobre mim.

Eu precisava de mais tempo. E a biblioteca poderia ter alguns livros raros. Livros que me tirariam desse lugar e me poriam num barco para a América.

– Vou cuidar da biblioteca – disse, contendo um suspiro. – Mostre o caminho.

Não era bem uma biblioteca, mas montes e montes de livros e pó acumulados sobre estantes frágeis, atulhadas e labirínticas. Era impossível não estranhar a incapacidade de Lee de encontrar algo digno de leitura, considerando que nunca na vida eu tinha visto tantos livros empilhados num só lugar.

Num dia melhor, o cômodo poderia desfrutar da luz limpa e pura do sol que entraria através das janelas do segundo piso, mas uma camada perturbadora de sujeira obscurecia o lugar.

Parei no batente, perplexa, enquanto Mary se remexia como uma ladra culpada atrás de mim. Senti que, se alguém tinha que estar se contorcendo, essa pessoa era eu.

— A tarefa mais fácil — murmurei.

— Eu... talvez tenha esquecido a situação deste lugar — ela disse. — Posso ficar para ajudar se quiser, mas só até a sra. Haylam precisar de mim de novo.

— Não, tudo bem. — O tempo sozinha seria bem-vindo. Ou melhor, seria crucial. Não havia criaturas de sombra aqui para notar se alguma coisa desaparecesse. — É bem simples, eu acho.

— Não se dê ao trabalho de arrumar os livros. O sr. Morningside vive jogando-os de qualquer jeito, apesar das reclamações da sra. Haylam. Uma vez, ela doou uns livros amassados para uma escola e o sr. Morningside ficou furioso. Ele *ergueu a voz*. Foi terrível, simplesmente pavoroso.

— Ele ergueu a voz? — eu disse. Ela parecia completamente horrorizada com a lembrança. — Sinto calafrios só de imaginar.

— Mas você não deve julgá-lo por isso. Realmente não cabia a ela doar as coisas dele dessa forma. — Mary começou a torcer as mãos, bufando com as bochechas cheias enquanto examinava o cômodo bagunçado diante de mim. — Eu *posso* ficar...

Ignorei a oferta.

– O sr. Morningside sai do porão com frequência?

Os olhos dela se arregalaram.

– Ah. Ah, não, não, isso é muito raro, mesmo. Nunca vi acontecer com meus próprios olhos, na verdade. Ele diz que o ar daqui de cima o incomoda. Por causa do pólen ou algo do tipo.

– Entendi. – Era óbvio que não entendia, mas essa era apenas mais uma pecinha do quebra-cabeça para guardar. Eu precisaria de informações e muita sorte para sair permanentemente de Coldthistle. – Bom, é melhor eu começar. Cabeça vazia, e tudo mais.

Meu Deus, agora eu estava citando as palavras *dele*. Mary se acalmou um pouco e, por um instante, desviou os olhos verdes. Em seguida, voltou-os para mim novamente.

– Se quiser ajuda, por favor, é só me chamar. É… Você deve estar num estado! Tão confusa, quero dizer. Só… não pense muito mal de mim, de nós, antes de saber de tudo, por favor.

Olhei para o lado, sentindo-me mal. A maneira como ela falava e seus trejeitos eram exatamente como os da minha amiga imaginária, e isso era comovente demais.

– Ainda não decidi o que vou fazer.

– Você deveria ficar – Mary disse baixo, recuando. – Quero que fique, mas só se *você* quiser. O que quero dizer é que estou torcendo muito para que fique.

Ela saiu, descendo o corredor rapidamente, deixando-me naquele denso silêncio de poeira e desolação. Alguns raios perturbadores de luz atravessavam as janelas sujas, raras lanças de prata e dourado pontilhadas de partículas de pó. Quase ri da ideia de limpar tudo com um simples espanador de penas e um pano. Bastaram alguns momentos passando pano no chão e o enxaguando no balde para a água ficar marrom-escura. Segui em frente, tentando esfregar e espanar sem destruir a tala no meu punho.

A biblioteca estava localizada na ala leste da casa, na estrutura que lembrava uma torre. Portanto, era circular e bem grande, e algum marceneiro talentoso havia modelado as estantes para que espiralassem na direção do fundo do cômodo, quase como raios de uma roda. Isso criava uma série de cantos de leitura reservados, todos mobiliados com um divã estofado com brocados grossos. Em seus dias melhores e mais limpos, a biblioteca devia ter sido um lugar lindo, um retiro pacífico, mas, agora, com livros empilhados, abarrotados e semidestruídos, parecia mais um monte de lixo.

Arrumar todas aquelas pilhas de enciclopédias, romances e livros de história provou-se impossível. Fiz pequenos montes no fim de cada prateleira e limpei o que encontrei embaixo. Era hora de ver que tesouros ocultos a Casa Coldthistle tinha a oferecer. Se eu conseguisse encontrar uma forma de ir além da barreira criada por aquele livro, eu precisaria de alguns itens valiosos para trocar. Reconheci a maioria dos títulos da biblioteca de Pitney. Eram coleções relativamente comuns de poesia, história e narrativas populares. Finalmente, dei de cara com uma curta coletânea de poemas de Cowper. Estava em boas condições, apesar do desleixo geral da biblioteca e, quando espiei dentro da capa, encontrei um autógrafo apagado na folha de rosto.

Isso daria uns belos trocados. Minha sorte tinha mudado para melhor, pelo menos um pouquinho; o exemplar era pequeno o bastante para que eu pudesse escondê-lo facilmente sob a cintura da saia e do avental.

Os pisos e estantes foram ficando mais ajeitados conforme eu avançava na minha busca meticulosa e, depois de afanar um guia de campo naturalista que, pelo visto, tinha sido de Lorde Byron, passei para as janelas, esfregando a sujeira endurecida tão vigorosamente que cerrei os dentes. É claro que os poucos funcionários daqui não tinham como dar conta da quantidade de trabalho necessária para manter uma casa como essa, mas eu estava começando a desconfiar que isso era proposital. Era sem dúvida mais fácil guardar os sombrios segredos do lugar tendo apenas meia dúzia de empregados. Agachei-me e mergulhei o pano na água, torcendo-o. Dessa posição, era possível ver alguns dos livros caídos embaixo de uma prateleira. Estendi o braço para pegá-los, torcendo sofregamente por outro bom achado. Suspirei e então congelei, pois, assim que meus dedos se fecharam em volta do livro mais próximo, soube que estava sendo observada por um vulto no canto.

Oh, Deus. As sombras tinham voltado para me pegar.

– Oi, de novo!

– *Jesus, Maria, José* – blasfemei. O pano saiu voando da minha mão e errou o balde. Recostei-me contra a parede, levando a mão ao peito com alívio. Era apenas Lee. Os livros continuaram perdidos e esquecidos lá embaixo, onde eu os tinha visto.

Lee. Lee, que estava maculado por um passado ou predileção terrível, senão não estaria em Coldthistle. Lee, que poderia ainda fugir das garras da casa e me levar com ele. Ou enviar alguém para me buscar.

Por mais irritante que fosse admitir, meu primeiro instinto foi dar um abraço nele. Mas, considerando que não muito tempo atrás eu tinha rejeitado sua proposta de amizade, abraçar não era uma possibilidade. Ele era relativamente rico e eu não tinha um centavo para chamar de meu, e era bem provável que estivéssemos mortos em questão de dias ou até de minutos. Aquelas feras sombrias poderiam estar nos vigiando. Observando. Prontas para nos pegar em flagrante.

Eu me empertiguei, limpando as mãos sujas no avental e chamando-o com um gesto. Depois de conter o impulso de abraçá-lo, recuperei a voz, mas falei baixo. Não dava para saber quem ouviria. Será que havia olhos mágicos escondidos pela casa? Será que as sombras tinham ouvidos? Ou nem precisavam ter?

– Exatamente quem eu queria ver.

– Ah! – Ele abriu ainda mais seu sorriso já radiante e entrou na biblioteca, contente. – É bom ouvir isso. Estava começando a me preocupar quando não vimos você no chá matinal, então pensei que poderia dar uma procurada. Meu tio estava sendo uma grande maçada e eu tinha certeza absoluta de que aquela italiana ia dar uma pancada na cabeça dele... espere um momento. Seu punho. O que diabos aconteceu? Você está bem?

Ele se apressou na minha direção, com os cachinhos sacudindo, cheio de preocupação e cuidado enquanto estendia as mãos para o meu punho. Depois pensou melhor, parando-as no ar constrangedoramente, como um manipulador de marionetes.

– Foi só um acidente – menti com a voz serena. – Um escorregão. Nem está doendo mais.

– Não sabia que o trabalho de copa era tão traiçoeiro.

Gargalhei. A risada, assim como minha queda desajeitada pela escada, também foi um acidente. Normalmente, eu não era uma pessoa de gargalhar, e Lee notou na mesma hora o jeito violento como o som cortou minha garganta.

– Estou tossindo – e essa mentira foi ainda mais mal contada que a anterior –, tem tanto pó aqui. Deveria ser crime tratar livros dessa forma.

Deveria ser crime assassinar, ter os pés virados para trás, empregar monstros de sombra, guardar tenebrosos livros mágicos...

– Não – Lee disse baixo, mordendo o lábio. – Há algum problema de verdade. Perdoe-me por dizer isto, Louisa, mas você parece... Bom, sou um cavalheiro e, como cavalheiro, acredito que não posso expressar propriamente...

– Que estou com uma cara horrível – completei. – Estou ciente disso.

– Na verdade, eu ia dizer que você parece "agitada", mas tudo bem. – Isso apenas deixou seu semblante mais tenso. Ele se moveu para se recostar na parede da biblioteca ao meu lado, cruzando os braços e abaixando a cabeça de leve. – Bom, estou aqui, sabe, se quiser conversar sobre isso.

– Minha cara horrível?

– Louisa...

Eu precisava formular o que diria com cuidado, ou correria o risco de afastar um potencial aliado. Mas o peso do que eu precisava comunicar era bruscamente esmagador. Como contar a ele tudo o que eu tinha visto? Ou mesmo parte de tudo aquilo? Ninguém em sã consciência acreditaria em mim. *Eu mesma* dificilmente acreditaria em mim. E, no entanto, isso não alterava o fato de que eu precisava dele, de seus recursos, de sua ajuda, de seu cocheiro, talvez até dos sabres que eu tinha vislumbrado sob os bancos do passageiro. Eu não teria escapado de Pitney sem a ajuda de Jenny, e minhas chances de sair da Casa Coldthistle aumentariam muito com algum auxílio.

E ali, ao seu lado, confesso que eu me sentia mais segura. Ali, pelo menos, havia um elemento neutro. Eu estava marcada para ficar, ele estava marcado para morrer, mas, enquanto continuássemos vivos, eu lutaria contra esses destinos.

Pois bem. Como contar a ele...

– Dei uma olhada nas coisas do meu tio – ele disse. Como não interrompi, grata pela chance de consolidar minha abordagem, ele respirou fundo para explicar. – Ele tinha alguns itens muito estranhos na bagagem. Um número extraordinário de facas e uma pistola! Sempre soube que ele era meio preocupado, mas, mesmo assim, me pareceu excessivo. Havia coisas normais também: um pente, algumas luvas, penas, e assim por diante. É inacreditável. Realmente achei que ele teria mais informações sobre a tal da minha mãe, mais do que só uma anotação... um endereço, acho. Que absurdo empreender uma viagem tão longa com base em tão pouco.

– Vai ver ele guarda os outros documentos com ele – murmurei. – Se são valiosos ou confidenciais, ele pode não querer guardar em qualquer lugar.

Lee concordou, observando-me com a cabeça abaixada.

– Foi isso que vim contar a você. Agora é a sua vez.

Maravilha. Minhas mãos tinham ficado com o pano úmido, então as sequei na frente do avental, ansiosa, tomando cuidado para não tirar os livros surrupiados de lá. Como não podia limpar as cicatrizes nos meus dedos, mantive as marcas longe da visão dele, pressionando as palmas na saia.

— Acho que estamos em perigo — eu disse, num sussurro. — Mas não levante a voz nem mostre sinais de alarme. Se eu estiver certa, devemos manter o maior sigilo.

— *Perigo?* — Ele ergueu as sobrancelhas e me aproximei. — Seu punho... alguém machucou você de propósito?

— Não, não — eu o tranquilizei e, tecnicamente, era verdade. Afinal, não era alguém, mas *algo*. — O sr. Morningside disse algumas coisas terríveis sobre a sra. Eames... que ela só é viúva porque matou o falecido marido. Ele diz que ela assassinou o filho também. Acho que ele pretende... se vingar. Se vingar *fatalmente*.

As sobrancelhas de Lee continuaram a se erguer, chegando ao ápice absoluto quando soltei as últimas palavras.

— Meu bom Deus.

— Acredito que ele se vê como uma espécie de guardião. Uma força da justiça acima da lei. Se sabe que você fez algo perverso, ele pune você por isso.

— Inacreditável — Lee sussurrou. Ele descruzou os braços e coçou o queixo, mas estava começando a ficar pálido. Culpado. — O que você pensa dessas acusações? Acha que dá para acreditar nele?

Nesse ponto eu tinha menos certeza, mas um frio persistia na minha barriga, um frio cruel de culpa. Por algum motivo, eu não conseguia tirar a imagem do enorme anel verde dela da mente. Uma ostentação tão excessiva, tão decadente, quando ela deveria ser uma viúva em sofrimento... Além disso, se ela ia herdar a fortuna, por que vir para a suja e fria Casa Coldthistle?

A menos, claro, que ela tivesse sido atraída.

— Ela realmente parece um pouco...

— Estranha — ele concordou. — Então acha que ela é capaz de assassinato? De matar o próprio filho?

— Não sei dizer. A única coisa que sei com certeza é que o sr. Morningside não têm boas intenções com ela — eu disse. Meu olhar se voltou para a porta aberta, onde eu podia jurar ter visto um vulto sombrio parar e desaparecer em seguida. Com as mãos suando, peguei Lee pelo punho e o levei para os fundos da biblioteca, atrás de uma estante, escondendo-nos num dos recantos empoeirados do cômodo. – Isso vai soar perturbador – sussurrei. – Mas você deveria considerar pegar uma das armas do seu tio e ficar com ela. Só... só por precaução. Acho que o proprietário daqui é um tanto quanto louco, sabe, e não sei se algum de nós está seguro. Devemos ser cuidadosos, rápidos e silenciosos, e você deve me prometer que não vai contar nada disso para o seu tio por enquanto.

– Mas se estamos todos em perigo...

– *Prometa*.

– É... é claro, Louisa, você tem a minha palavra – ele disse. Em seguida, abriu um sorriso nervoso, olhando acanhado para o lado. – Meu Deus, fiz você jurar que me contaria os segredos deste lugar, não fiz? Isso é muito mais do que eu tinha pedido.

Ah, meu caro, você não sabe da missa a metade.

– Exatamente – respondi. Eu não fazia ideia se o estava protegendo ou o condenando ao contar apenas parte da verdade, mas poderia revelar mais depois, se parecesse prudente. – O mais importante agora, contudo, é que me conte uma coisa, Lee. Você precisa ser honesto, está bem? Não me esconda nada...

– O quê? – ele perguntou, perscrutando meu rosto. – O que está me pedindo?

– Você precisa me dizer – falei, ainda segurando seu punho com firmeza. – Existe algum segredo terrível do seu passado? Você cometeu um grande pecado? – perguntei. – Você já *matou*?

Capítulo Dezesseis

Uma das coisas mais perigosas de todas é nutrir uma esperança secreta.

Uma esperança secreta está sempre guardada nas profundezas do seu ser, feito uma doença que você não faz ideia que está à sua espera. Ela está sempre lá, pronta para machucar, e, mesmo que você tenha uma vaga suspeita da existência dela, algum instinto ou pressentimento, ela guarda surpresas. A pior esperança secreta de que consigo me lembrar veio da minha mãe. Seu nome era Alice. Alice Ditton. Ela manteve o sobrenome do meu pai por rancor, porque, no fim, eles se odiavam tanto que ela me roubou dele no meio da noite.

Na verdade, não tenho certeza se *roubar* é a palavra certa. Dá para roubar algo que a pessoa nunca quis?

Não é muito legal admitir isso, mas eu sempre soube, desde a infância, que minha mãe era uma pessoa desequilibrada. Havia muito da Irlanda nela, da Irlanda antiga, dos supersticiosos, dos irlandeses do mato que acreditavam em fadas e eram desprezados pelos habitantes da cidade como meu pai e meus avós. Certa vez, depois que nos mudamos de Waterford para Dublin, um vizinho foi mordido por um cão raivoso. Minha mãe o convenceu de que a única cura possível era ser tocado pela mão de um sétimo filho.

Ela falava sério. Era desequilibrada. E acho que estou só sendo bondosa. Lembro dos olhos dela se arregalando quando os abaixou para o pobre Danny Burton doente, dizendo:

— Ah, e se esse sétimo filho tiver nascido de um sétimo filho? Ora, então, rapaz, ele vai trazer mais do que apenas boa saúde, mas boa fortuna para o resto de sua vida!

Danny Burton morreu na mesma semana; não sei se chegou a encontrar o tal sétimo filho.

A questão é que sempre soube da estranheza da minha mãe. Mesmo que só falasse sobre isso com minha amiga imaginária, Maggie, e apenas em sussurros culpados, eu sentia no meu peito que minha mãe era esquisita. E, por associação e sangue, eu era esquisita também. As pessoas raramente gostavam da minha mãe. Tolerância era o máximo que ela recebia. Essa maldição também passou para mim. Com a exceção de Lee e dos curiosos servos da Casa Coldthistle, a maioria das pessoas julgava ao me conhecer que não valia a pena conversar comigo. Juro que às vezes podia senti-las se retraindo, mesmo que involuntariamente, como se houvesse uma marca negra invisível sobre mim que dissesse: CUIDADO.

Era a pior e mais cruel piada do mundo, e eu não a entendia.

Mas meu desejo secreto sempre foi, ali nas profundezas do meu entendimento, que um dia minha mãe fosse diferente. Ela mudaria. As partes dela do antigo país se desfariam e, como uma árvore que se livra do frio do inverno, ela floresceria e se transformaria numa mulher fina e sensata, com um riso que traria alegria, em vez de tremor. Mantive essa esperança secreta guardada firmemente, tão firme e profundamente que foi só quando ela saiu de vez da minha vida que reconheci esse desejo.

Aqui, na biblioteca, reconheci outra esperança secreta no exato momento em que ela se tornou impossível. Dessa vez, eu sabia como o desejo doeria.

– Ah, Deus. – Lee estava desmoronando diante dos meus olhos. Ele escorregou pela janela até cair no chão. Então, escondeu o rosto entre as mãos. Dava para ver pela tensão em seus ombros que estava contendo um soluço. – *Eu* matei meu guardião. Também sou uma pessoa má. Fiz uma coisa terrível. Eu o *matei*.

– O quê?

Lá estava a esperança secreta se erguendo do fundo das minhas entranhas para me surrar. Lee seria um dos bonzinhos. Ele seria diferente. Dessa vez, alguém – um garoto – gostaria de mim e quereria ficar ao meu lado, e não haveria nenhum artifício nisso. Eu finalmente entenderia a piada. Um bom ser humano sadio desejaria minha companhia e isso significaria que a marca negra sobre mim era só uma ilusão. Todo o resto do mundo estaria errado e Lee estaria certo.

Mas, não, ele não tinha como remover a marca. Ele também estava arruinado por dentro.

Os iguais se atraem...

– Louisa, por favor, eu juro... você não deve pensar mal de mim. Foi um acidente. Juro pela minha vida, foi... – Ele suspirou, esfregando as mãos no rosto. – Ele tinha uma alergia horrível a nozes. Qualquer tipo de noz em sua comida o deixava doente quase ao ponto da morte. Tenho certeza de que falei para os agricultores que ele não podia comer nozes, mas entreguei o pão deles de presente e ele comeu, e...

Ele não conseguia continuar.

– Lee... – Bom, talvez minha esperança secreta pudesse continuar em seu local reservado no meu coração e viver lá por mais um tempo. – Foi um acidente. Não foi culpa sua.

– Foi, você não vê? Eu deveria ter verificado o pão. Foi tão descuidado da minha parte, tão irrefletido. Estabanado. O melhor e mais gentil homem que já conheci morto por *nozes*.

– Ele poderia ter verificado também – apontei, sentando-me ao seu lado numa pilha imensa de atlas. – Sendo um adulto e tal.

– Tanto faz, mas me sinto responsável mesmo assim – Lee murmurou. Seu rosto estava vermelho e manchado, mas ele não parecia mais prestes a chorar. Olhou para mim, com um pequeno sorriso se abrindo nos lábios. – Você perguntou se já matei. Tirando alguns peixes e coelhos, isso é o pior que consigo pensar. Confessei, sabe, para um padre. Deus nunca me deu muito consolo em tempos de angústia, mas pensei que talvez isso me fizesse me sentir menos culpado. Mas só tornou a culpa mais real de alguma forma.

– Você não o matou, Lee. Se pudesse conversar com ele agora, você sabe que ele diria o mesmo.

— Porque ele era generoso e misericordioso — ele respondeu, desviando os olhos. — Assim como você.

Fiz que não, rejeitando de cara o elogio exagerado.

— Você não me conhece, Lee. Não sou tão boa quanto você. Não levei uma vida que permitia bondades.

— É isso que torna você ainda mais impressionante. — Nós ficamos em silêncio por um momento, a poeira flutuando à nossa volta e pousando gradualmente aos nossos pés. — Você acha mesmo que preciso de uma arma? Não deveríamos tentar proteger a sra. Eames ou, por Deus, pelo menos tentar alertá-la?

Eu não era generosa ou misericordiosa, como ele imaginava, e agora ele saberia disso.

— Por mais frio que pareça, acho que talvez devêssemos ficar longe disso. Se o que o sr. Morningside falou for verdade, ela não é lá muito merecedora da nossa ajuda.

— Mas e se ele estiver errado? Não podemos ficar parados enquanto uma mulher inocente é ferida. — Ele parou e mordeu o lábio inferior. — Meu tio ficou próximo dela. Eles passam a maior parte do tempo juntos bebendo aquela água nojenta no balneário. Talvez ele possa encontrar alguma prova de que ela é de fato uma assassina.

— É perigoso demais — avisei. — Ela não tem nada a ver conosco, Lee. Não deveríamos nos meter nos problemas dela.

Depois de pegar o pano, eu o molhei na água escura e comecei a limpar a janela atrás de Lee. Era mais fácil mentir para ele sem ter que encará-lo.

— E, se seu tio passa o tempo todo com ela, talvez ela já esteja mais segura de alguma forma. Você mesmo disse que ele anda armado. Pode ser o bastante para protegê-la.

— Mas não deveríamos avisá-lo? Ele também pode se tornar um alvo.

Minha mão parou, acumulando a água nojenta do pano, que escorreu pela manga da blusa. Concordamos que alertar a viúva estava fora de questão, mas e o tio dele? Eram vidas que estávamos discutindo, vidas de verdade, e esse peso estava muito distante do meu campo de experiência. Eu não tinha nenhum afeto por George Bremerton, mas isso não significava que eu o queria morto. Podia sentir Lee me observando com expectativa, então tomei uma decisão. Se Lee era inocente e mesmo assim estava aqui, sem nenhum passado maligno que o condenasse, então seu tio também poderia ser um homem bom, digno de salvação.

– Avise-o – eu disse baixo. – Mas fale em termos gerais. Sinto-me maluca só de contar essas coisas para você. Parece um monte de absurdos saindo da minha boca.

– Bom, eu acredito em você. – E lá estava ela de novo, a confiança dele. A sensação foi tão boa quanto da primeira vez, tanto que me fez sorrir. – Vou só dizer que o proprietário parece um pouco estranho e mencionou ter diferenças com a viúva. As tendências naturais de cavalheirismo do meu tio vão fazer o resto, eu acho.

Concordando com a cabeça, joguei o pano de volta no balde e observei enquanto Lee voltava inquieto rumo à porta. Havia mais alguma coisa que ele queria dizer, isso estava óbvio, e esperei em silêncio durante a hesitação dele, tentando transmitir paciência e compreensão. Era um milagre que ele tivesse acreditado em tudo o que eu tinha dito e era ainda mais impressionante ele ter confessado o envenenamento acidental do guardião. O mínimo que eu podia fazer em troca era ouvir.

Ele parou ao fim da estante que bloqueava a porta. Seus olhos brilhantes azul-turquesa estavam tristes, mas claros, e ele levou um momento para criar coragem e se empertigar.

– Só queria dizer... Obrigado. Você não tinha nenhuma obrigação de me contar essas coisas. Eu teria continuado aqui, alegre na minha ignorância. Bom, não que saber de tudo isso seja ótimo, mas acho que se não soubesse seria bem pior, não? Você confiou em mim e não precisava ter confiado, depois de eu ter me comportado com tanta grosseria... Isso tudo é muita coisa e é assustador, mas é bom que pelo menos podemos confiar um no outro.

Lee abriu um pequeno sorriso corajoso e fez uma referência gentil.

– Isso... isso fez sentido para você?

– Todo o sentido – respondi. – Obrigada também, por acreditar em mim.

Ele riu, coçou a nuca e deu um passo para trás.

– É melhor eu ir, então, senão vamos ficar aqui nos agradecendo o dia todo. Adeus por enquanto, Louisa. Vou procurar você de novo, é uma promessa.

– Adeus.

Depois que Lee saiu do meu campo de visão e seus passos recuaram até a porta, recostei-me na janela e suspirei. Odiava ficar sozinha. Não tinha notado como era reconfortante ter a companhia de alguém "normal" como eu.

Eu tinha feito quase tudo que podia para limpar a biblioteca e procurar tesouros, então larguei o pano e fiz o possível para endireitar as outras pilhas de livros caídos. Lee estaria alerta agora para se proteger, proteger seu tio e, quem sabe, até me proteger. Seu tio seria avisado e isso me dava a sensação de que talvez eu tivesse feito a coisa certa. Por enquanto, não havia nada que eu pudesse fazer além de planejar os detalhes da minha fuga, sendo o mais importante a destruição daquele livro no sótão e, depois, a venda criteriosa dos livros raros que eu havia encontrado.

Ainda faltava limpar o canto mais distante da porta, e sequei o suor empoeirado que havia brotado na minha testa pelo esforço de reorganizar tantos livros pesados e gigantescos. Ajoelhada, espalhei os que estavam em uma pilha bagunçada, desaprovando o péssimo tratamento que tantas encadernações antigas sofriam ali. Aquilo era uma fortuna em papel e couro tratada como lixo. A maioria das lombadas, porém, ainda estava em boas condições, então peguei o livro mais robusto do conjunto para usar como base da pirâmide. Se estivesse mesmo com sorte, talvez houvesse algum livro nessa biblioteca que agiria como uma espécie de antídoto para aquele do sótão. Afinal, se um livro tinha causado todo esse estrago, outro poderia ser a solução. Agora era hora de ficar atenta a livros de aparência estranha ou misteriosa.

Limpei o último livro da pilha, o menorzinho, e estava prestes a colocá-lo no topo quando o título, ocultado por uma densa camada de poeira, chamou a minha atenção.

Não, não o título, o *autor*. Com a manga, limpei o pó, sentindo uma pontada de medo e uma onda de euforia travarem uma guerra dolorosa na minha garganta. Esse minúsculo objeto esquecido, que parecia mais um diário do que um livro propriamente, estava escondido nesse canto distante da biblioteca, apenas esperando que eu o encontrasse.

Seria o acaso ou alguma outra coisa? Algo como sorte, só que algo sinistro... já que agora eu sabia que portas, homens e livros tinham o poder de atrair e aprisionar. Mesmo assim, peguei o livreto e o guardei junto a mim, sentindo uma improvável esperança de que ele me diria o que eu precisava saber.

Essa seria a minha salvação.

– *Mitos e lendas raros* – sussurrei em voz alta. Bom, era um nome ao mesmo tempo misterioso *e* estranho. – *Coletânea de descobertas de H. I. Morningside.*

Capítulo Dezessete

Assim que pus o pé para fora da biblioteca, vi a coisa. Vigiando. À minha espera.

Movia-se como uma mancha de tinta suspensa no ar, deslizando para trás e para a frente, balançando de um lado para outro enquanto me observava. A criatura de sombra deu um passo na minha direção, com pernas terrivelmente longas de contornos turvos, como se seu corpo estivesse, de alguma forma, em minha visão periférica. Eu conseguia ver, mas não via; suas curvas sempre se arranjavam e rearranjavam enquanto nos encarávamos.

No lugar de olhos, havia minúsculos pontinhos de luz, em forte contraste com sua boca enorme, cuja forma parecia permanentemente fixada num sorriso encantado.

Mais perto. À espreita. A criatura parecia muito mais ameaçadora à luz do dia porque ficava óbvio que não era deste mundo. Sinceramente, eu tinha esperanças de que esses monstros não conseguissem agir fora da escuridão. Uma esperança vã. Senti sua força, sua temperatura estranhamente flutuante, enquanto se movia para me encurralar no batente. Será que tinha ouvido minha conversa com Lee? Sabia o que eu estava escondendo nas dobras do avental?

A sombra, ainda com aquele sorriso pavoroso, ergueu seus braços excessivamente longos, batendo os dedos uns nos outros pensativamente enquanto me encarava de cima a baixo. Sim, estava procurando algo, esmiuçando-me... Devia saber que eu tinha não apenas um nem dois, mas *três* livros escondidos sob o avental. Chegou mais perto, até eu sentir sua respiração gélida sobre meu rosto. Um calafrio percorreu meu corpo e recuei; o frio era tão intenso, tão concentrado, que poderia queimar minha pele.

– Não esconda de mim – a criatura grunhiu, cada palavra soando como o ranger de uma dobradiça de porta enferrujada, fazendo-me bater os dentes.

O frio era insuportável. Meu punho começou a latejar, pulsando como se em resposta à criatura que quase o tinha quebrado. Os dedos magros de uma das suas mãos se estenderam na minha direção e me crispei, tremendo, em silêncio. Consegui soltar apenas um pequeno gemido de protesto enquanto me preparava; a coisa ia chacoalhar minhas saias e encontrar o livro escondido. Se eu corresse, ela me pegaria; se tentasse desviar, seus braços me alcançariam.

Fechei os olhos com força e o frio ardente caiu sobre mim.

E então, num piscar de olhos, a criatura desapareceu. Ouvi passos pesados no mesmo momento em que a senti indo embora. Eu não devia estar sozinha; alguém ou algo a havia afugentado. E esse alguém estava descendo o corredor na minha direção: um homem corpulento de idade avançada, com um bigode cerrado e eriçado cobrindo metade do rosto, como se duas pombas tivessem pousado em cima do seu lábio superior. Tamanho era meu pavor que não consegui me lembrar de seu nome, embora a sra. Haylam tivesse mencionado esse hóspede brevemente. Era algum tipo de militar... Devia ser ele, pois estava usando um casaco que mais parecia um uniforme e que provavelmente um dia já fora elegante antes de o homem engordar demais para caber nele. Um turbante azul-marinho escorregou de sua testa e ele o enfiou de volta enquanto vinha a passos rápidos.

A sra. Eames vinha atrás, surgindo como uma noiva toda de preto, as mãos flutuando graciosamente ao lado do corpo. Ela usava um vestido leve e sofisticado, com uma cintura império e mangas tão bufantes e lindas quanto lamparinas de papel. Aquela mesma esmeralda gigante brilhava em sua mão – o único ponto de cor nela, um olho cintilante de cobiça, num corpo completamente austero.

Quem quer que fosse o homem, eu estava mais do que grata por vê-lo.

– Pergunta: este lugar está completamente abandonado? É uma desgraça. Precisei tocar aquele maldito sino por quinze minutos e, agora, encontro você vadiando aqui, imunda e boquiaberta. Senhorita, não estou pagando um bom dinheiro britânico para ser ignorado! – Ele atravessou o corredor alvoroçado, com o rosto vermelho de fúria, parando no exato e perturbador ponto em que a criatura de sombra estava pouco antes.

Seu hálito, porém, era quente e perfumado de tabaco de cachimbo.

– Ei? Ei, você! Está me ouvindo? – Ele ergueu as mãos, frustrado. – Bando de selvagens com cabeça de pudim, esse povo – ele resmungou, mais alto do que pensou. Continuou me ofendendo e senti meu pavor esbaforido de um momento atrás se transformar rapidamente em repulsa. Uma gigantesca criatura de sombra tinha acabado de desaparecer diante dos meus olhos e agora isso. Insultos. Senti meus punhos se cerrarem, duros e descuidados, em volta do pano de limpeza e da alça do balde.

– Não repreenda a menina – a sra. Eames disse, planando na nossa direção até parar e me olhar de cima a baixo. Encarei-a de volta com impertinência, perguntando-me se aqueles seriam os olhos de uma assassina calculista. Ela levou uma mão de luva ao lábio inferior, pensando. – Um empregado nunca leva um insulto sem cuspir no seu vinho – ela acrescentou. Seus olhos, já frios, pareciam ver através de mim.

E, quando o verniz de ternura e beleza desapareceu, pensei em como ela era semelhante às feras sombrias.

– O menino de George Bremerton comentou alguma coisa... sobre você ser nova aqui, minha filha. É verdade?

Fiz que sim.

A sra. Eames entrelaçou as mãos e sorriu, mas era um sorriso desmoralizante. Um cordão de contas de rosário pendia em volta de seu punho, tilintando baixo.

– Tomara que dure o suficiente para aprender a real recompensa da obediência. "Antes da ruína, o coração se exalta, mas antes da honra, vem a humildade."

– Seu chá – soltei entre dentes, virando as costas para ela deliberadamente para olhar para seu companheiro. – É claro, senhor. Levo já. Pode me lembrar qual é o número do seu quarto novamente?

– Segundo andar, quarto seis, chá para o coronel Mayweather, pelo amor de Deus! Devo instruir sobre como colocar uma chaleira para ferver também? O dr. Merriman sofre a mesma negligência? E Bremerton?

Abaixe a cabeça. Com cortesia. Em nenhuma circunstância jogue o balde de água imunda na cabeça dele para ver essa monstruosidade peluda em seu rosto murchar feito um cachorro molhado.

Saí na direção da escada, fugindo deles. Os odiosos coronel Mayweather e sra. Eames pensaram que eu estava a caminho das cozinhas. Eles podiam receber seu chá mais tarde, mas não das minhas mãos. Eu não tinha a menor intenção de levar nada àquele homem. De que adiantava? Como não tinha nenhum desejo de permanecer em Coldthistle, agora me parecia ridículo continuar a fazer qualquer trabalho que esperassem de mim. Eu aproveitaria melhor meu tempo estudando esse livro que o sr. Morningside havia escrito e encontrando uma maneira de romper aquela barreira, para então vender os livros raros e partir. O que poderiam fazer se eu abandonasse minhas obrigações? Me pôr para fora?

Se bem que eu teria adorado a oportunidade de amargar suas bebidas com meu cuspe.

Quando cheguei ao patamar, parei, considerando onde poderia ler o livro do sr. Morningside em paz. Ele estava fazendo um buraco nas minhas saias, implorando para ser investigado, ao menos para me dar um pequeno vislumbre sobre sua personalidade e suas motivações, e sobre como o livro no sótão poderia ser destruído. Mas agora tinha certeza de que os monstros de sombra não queriam que eu ficasse com ele – o que, obviamente, o tornava ainda mais valioso, mas também mais perigoso. Ler o livro dentro da casa estava fora de questão.

Saí pela segunda vez naquele dia. Ainda estava frio, mas não intolerável; havia um conjunto pesado de nuvens pousando como um pensamento sombrio sobre a mansão. Deixei o pano e o balde na pequena prateleira perto da porta para as cozinhas. Outras ferramentas e materiais ficavam em escadotes encostados à parede que formavam prateleiras improvisadas. Esvaziei o balde e torci o pano, deixando-os para serem encontrados por algum empregado mais dedicado que eu.

Dava para ouvir a sra. Haylam cozinhando o jantar lá dentro, o som de panelas e frigideiras retinindo. O quintal entre a porta e os celeiros estava vazio. Juntei as saias e o livro nas mãos, e apertei o passo rumo à construção baixa e escura. O vento ficou mais forte quando fiz isso e o familiar peso da atmosfera mudando antes de uma tempestade fez os pelos da minha nuca se arrepiarem. Aquelas nuvens lá no alto eram mais do que um simples pensamento; eram uma verdadeira ameaça.

O cheiro de palha e cavalos chegou até mim enquanto eu me aproximava do celeiro. Era uma construção robusta e bonita, feita de tábuas grossas. Tinha sido toda pintada de um tom forte de preto-amarronzado e parecia mais recente e em melhores condições do que a própria Coldthistle. Espiei dentro das portas abertas, com medo de encontrar Chijioke ou alguém. Mas estava sozinha. Bom, sozinha exceto pelos cinco cavalos em suas baias. Algumas orelhas se voltaram com interesse na minha direção, mas os animais não pareceram se incomodar com a invasão.

Sempre adorei o aconchego de celeiros, e os usei mais de uma vez como abrigo quando fugi de Pitney. Esse também quase chegava a ser acolhedor. Corri entre as baias dos cavalos até uma corda pendurada no teto, perto da parede oposta. Uma grande arcada dava para o depósito de coche e a oficina de Chijioke. Segurei a corda e puxei, grunhindo pelo esforço, depois subi a escada improvisada que descia do forro.

O palheiro era exatamente o que eu imaginava – vazio, quente e silencioso. Subi a escada atrás de mim e me acomodei num monte de palha. Havia apenas duas janelas no sótão, uma que dava para a casa, outra com vista para os campos vizinhos. Escolhi a com mais luz para ler, observando mais nuvens grossas de chuva passarem sobre o pasto.

O livro do sr. Morningside não havia sido bem tratado na biblioteca. Estragadas pela umidade, amareladas, as páginas pareciam frágeis a ponto de se esfacelarem nos meus dedos. Com cuidado, abri a capa desgastada, encontrando uma dedicatória escrita com uma letra elegante, que presumi ser de Morningside.

Spicer,
Acho bom que isso nos deixe quites, seu filho da mãe desgraçado. Sei que estou lhe devendo por causa daquela confusão na Hungria, mas isso está saindo do controle. Szilvássy nem era meu homem, e sim seu, mas admito que erros foram cometidos por ambas as partes. Aquilo deve ficar no passado, como todas as coisas ficam, inevitavelmente. Nem mesmo você pode guardar rancor por tanto tempo.
Seja como for, leia isto ou não leia, mas não diga que nunca fiz nada por você. Sparrow que arranje uma cópia para ela, já que ela me odeia mesmo.
Seu, para todo o sempre (há!),
Henry

Li a dedicatória três vezes. A segunda porque era difícil imaginar o sr. Morningside admitindo estar errado por alguma coisa. A terceira porque finalmente notei a data escrita sob a assinatura dele.

Dezembro, 1799

Ou a data estava errada ou Morningside era muito mais velho do que as minhas estimativas. Um menino de seis anos não poderia ter escrito um livro inteiro e feito uma dedicatória nele. Até mesmo um de sete, oito ou nove anos. Fazendo cálculos generosos, uma pessoa precisava ter no mínimo uns quinze anos para dar conta de um livro assim, de aparente complexidade, o que o colocaria atualmente em torno dos vinte e seis. Era impossível. Ele parecia ser no máximo um dia mais velho do que eu ou Lee!

Mas seus pés virados para trás também eram impossíveis. Assim como garotinhas assassinas, livros que atraem e aprisionam e criaturas de sombras que andam e falam. Nada disso era possível e, no entanto...

No entanto...

O pensamento racional e mundano precisava ser posto de lado, concluí. O sr. Morningside poderia ser um jovem, um ancião ou qualquer coisa no meio disso. Poppy o tinha chamado de velho rabugento. Ou ele havia encontrado alguma Fonte da Juventude ou havia mais coisas aqui que eu ainda não entendia. O livro, naturalmente, podia me dar alguma ideia. Portanto, comecei a ler. A introdução falava de viagens pelo mundo, jornadas de escunas e carruagens, aventuras de meses no dorso de cavalos, escaladas perigosas em montanhas nunca antes conquistadas, e fazia dezenas de referências a exploradores e historiadores que não reconheci.

Isso não me disse muita coisa. Ele havia viajado por toda parte, embora eu não pudesse arriscar um palpite sobre como, considerando seus pés anormais. Isso não era tão surpreendente – ele era um jovem (ou não) com uma incalculável fortuna e uma coleção de aves exóticas. Ser um explorador do mundo não ia contra esse personagem em particular.

Capítulo 1: No qual conheço uma filha dos faes das trevas e faço uma súplica fervorosa

Agora, *sim*, estávamos chegando a algum lugar.

Capítulo Dezoito

No qual conheço uma filha dos faes das trevas e faço uma súplica fervorosa

Minhas mais recentes viagens pela Irlanda me levaram a uma conclusão: faes não escolhem suas vítimas ao acaso, e faes das trevas muito menos.

Enquanto viajava para Derry, fiz uma breve parada na Pousada Crosskeys, onde conheci uma jovem, de talvez apenas quinze anos, mendigando do lado de fora sob a chuva fria. Convidei-a para jantar comigo, para sua grande surpresa, mas, logo em seguida, ela me acompanhou, comendo o que só poderia ser descrito como uma quantidade fenomenal de torta de fígado de frango. Ao longo desse banquete brutal e de alguns litros de uma boa cerveja stout, eu a incitei a me contar como havia se tornado uma pedinte naquela região. Ela reagiu com hesitação no começo, e isso talvez tenha sido culpa minha; todo esse tempo, eu a vinha examinando com atenção, pois a moça – vamos chamá-la de Edna – possuía as marcas que se espera encontrar em uma descendente dos faes das trevas.

O cabelo muito preto e os olhos igualmente pretos, a palidez, a estrutura franzina e as bochechas afundadas… Todos esses traços eu já havia observado antes ao encontrar o que os irlandeses chamavam simplesmente de "crianças trocadas".

– Minha mãe me teve muito jovem, e sem ter um homem – foi a explicação de Edna.

– Você quer dizer que era solteira – respondi.

– Como preferir – ela disse, visivelmente constrangida.

– Não julgarei você de forma alguma – disse a ela.

Edna assentiu e continuou, dizendo:

– A família costumava dizer que minha mãe nunca foi a mesma depois que voltou de um passeio ao rio para lavar roupas. É o rio Bann, quero dizer, e seus primos contam que ela desapareceu por dois dias inteiros só para enxaguar umas roupas. Dois dias! Não tem como ser verdade. Mas todos os presentes na época juraram de pés juntos e, por um bom tempo, minha mãe pensou que eles só estavam brincando com ela. Ela começou a acreditar um pouquinho mais quando chegou o bebê, que era eu.

E então ela parou, pois ficou emotiva de repente. Alguns homens na estalagem nos olharam com mais do que simples curiosidade cortês. Mais provas para minha teoria que se consolidava.

– Ela foi levada – falei, com calma. – Não é a primeira vez que ouço algo assim.

Seus olhos se arregalaram enormemente e ela assentiu, pegando a minha mão e a apertando – de alívio, tenho certeza, ou gratidão. Como acontecia com todas as descendentes dos faes das trevas, tive de lutar contra uma sensação incômoda dentro do peito. Pessoas não acostumadas às criaturas míticas e mágicas não entendem que estão sentindo a capacidade natural do corpo de detectar os elementos do Extraterreno ou das Trevas. Isso é quase um "instinto" ou um "pressentimento", que leva a uma repulsa imediata, mas é possível aprender a controlar essa resposta.

Não recuei de seu toque e Edna notou isso.

— Você é diferente — ela me disse. — Você acredita em mim.

— Sim e sim, mas devo pedir que tire a mão, madame, pois estamos atraindo vários olhares desagradáveis.

Edna obedeceu, mas sua euforia não diminuiu.

— Criança trocada vadia — ela sussurrou — é como me chamam. É por isso que não tenho família, não tenho um homem para chamar de meu. O povo daqui simplesmente sabe, consegue sentir. Eles sabem que tem algo de errado comigo, mas não é justo, é? Não fiz nada para ser tratada assim, e minha pobre mãe...

— A triste realidade que todos devemos enfrentar é que os sinistros, os diferentes e os estranhos sofrem uma espécie de exílio. O homem deseja conforto acima de tudo. Conforto, segurança... Você nasceu de um ser extraterreno com uma mortal desafortunada e, se uma lavadeira inocente pôde ser roubada para o coração da floresta e se tornar a consorte de um fae, então ninguém está bem e a salvo de verdade. Assim, aquele baque no meio da noite pode também vir atrás deles, da sua irmã ou do seu filho e isso seria caos. Ruína. Você é caos e ruína aos olhos deles, mas aos meus é adorável.

— Então você é valente ou idiota — ela disse, com muita razão. Caos e ruína. Onde isso me deixa, então?

— No meio do caminho, minha cara, onde todas as coisas mágicas vão para aguardar.

Coloquei algumas moedas sobre a mesa para pagar nossa refeição, depois dei a Edna o dinheiro que tinha a mais. Ela segurou minha mão de novo, tentando me puxar de volta à cadeira.

– Aguardar? Aguardar o quê?

Não a respondi no momento e ainda não consigo responder. Há muito suspeitava que o número crescente das chamadas crianças trocadas entre nós era um sinal de aceleração. Estamos avançando rapidamente rumo a uma reformulação do mundo, penso eu; a extensa proliferação de criaturas extraterrenas e mágicas não apenas sugere isso, mas aponta com firmeza e brada: o que foi feito nas trevas para servir às trevas há de se levantar por fim, por fim!

É o tambor grave e retumbante batendo mais rápido, anunciando uma era que nós, humildes exploradores e historiadores, mal podemos imaginar. Apocalipse, gritam alguns, mas eu discordo. Alguns dos meus colegas menos benevolentes usam seus estudos como um meio para o fim: a erradicação. O que é uma imprudência extrema. Essas criaturas, essas pessoas, não são ervas daninhas a serem arrancadas e jogadas de lado. Elas foram caçadas, queimadas e expulsas por milênios, e quem somos nós para negar sua ascensão?

Edna não merece uma casa e uma família para chamar de sua? Deve mendigar até a morte às portas daqueles que a marginalizam e a odeiam, e a mantêm para sempre se arrastando na lama, tudo pelo próprio conforto?

Estimados homens e mulheres desta curiosíssima profissão, peço que vocês, neste primeiro capítulo e em todos os que se seguem, ouçam isto, o mais próximo que chegarei de uma tese: vejam essas criaturas – crianças trocadas, sacerdotes das sombras, mulheres da meia-noite e tudo mais – não como curiosidades a serem estudadas, mas como pessoas a serem entendidas.

Minha cabeça girava, cheia de perguntas alvoraçadas, ardentes e terríveis, e, no entanto, peguei no sono. Nunca tinha começado a sonhar tão rapidamente quanto sonhei naquela noite no celeiro, encontrando-me de repente imersa numa memória vívida de minha cidade natal.

Waterford era um lugar fascinante para mim, mágico, com pastos fendidos e esboroados, e casas de cores vivas cercando um rio serpenteante.

Casas lindas e repletas dos resplandecentes vidros locais, casas onde princesas viveriam, casas que eu nunca teria. A nossa não passava de uma choupana à margem de toda aquela típica beleza irlandesa. No meu sonho, era noite e, do alto da nossa casa sobre uma berma seca, eu conseguia ver os barcos descendo pelo rio.

Eu era pequenininha de novo, não tinha mais do que cinco anos, e usava o vestido fino que minha mãe havia remendado até ficar irreconhecível. Poderia muito bem servir de pano para secar louça de tantos buracos, rasgos e costuras defeituosas que ele tinha. Numa mão, eu segurava minha boneca favorita, uma coisa grosseira que não passava de palitos e palha envoltos em recortes de saco de batata. Na outra, segurava um pedaço de madeira descartado pelo dono do açougue da rua de baixo. Só que não era um graveto velho e sujo para mim, era uma espada e eu estava lutando contra piratas.

E, claro, Maggie, minha amiga imaginária, era meu imediato. Maggie. Mary. Elas eram iguais até no sonho. Talvez ainda mais iguais. Seu cabelo estava como o meu, desgrenhado e sujo, com pedaços de palha e grama presos nos emaranhados. Nossas espadas duelavam. Ríamos e perseguíamos uma à outra em volta da casa. Minha mãe gritou lá de dentro para entramos, mas a ignoramos. Estávamos levando uma vida livre nos altos-mares. Éramos invencíveis.

Quando minha espada escorregou e acertou o punho dela e ela começou a chorar, peguei-a nos braços e pedi desculpa várias e várias vezes. *Desculpa, Mary, desculpa, preciso de você. Você é minha melhor e única amiga.*

Ela parou de chorar e voltou a rir, esquecendo o acidente. Foi quando viramos amigas; não no sonho, mas quando eu tinha cinco anos. Foi quando meu pai saiu de nossas vidas para começar outra família. Eu devia ter meios-irmãos e meias-irmãs espalhados por toda a Irlanda. Foi quando eles gritavam um com o outro dia e noite. Foi quando comecei a me esconder dentro dos armários, escutando as brigas, enfiando os dedos no ouvido até doer.

Aquela diabinha não é minha filha!

Ela é sua, Malachy Ditton, tem seu diabo dentro dela! Seus olhos!

Não são meus olhos, sua bruxa! São olhos do Inferno! Não me venha com essa vassoura, foi você quem desapareceu e fodeu com um demônio!

Mesmo quando eles sabiam que eu estava no armário chorando e ouvindo tudo, não paravam. Quando ele foi embora, ela disse que era só a bebida que o fazia falar aquelas coisas cruéis. Mas eu sabia a verdade, sentia-a nas profundezas do lugar aonde os segredos vão para apodrecer. *Olhos do Inferno.* Meus olhos sempre foram estranhos e pretos, não eram como os das outras crianças. Sentada dentro do armário, desejei ter um amigo que não se importasse, alguém que não me batesse no pátio da escola por causa da minha aparência ou por quem eu era.

Mary me salvou. Não, Maggie. Eu a chamava de Maggie. Não importava. Eu corria atrás dela pela casa e fui feliz por um tempo. Ela não se importava com meus olhos pretos ou com minha mãe esquisita.

Dávamos voltas e voltas, gritando de gargalhar, batendo uma nos ombros da outra com nossas espadas de graveto. Então ela saiu correndo da cidade e fui atrás dela para dentro da floresta, para as partes da enseada onde eu nunca deveria ir. Eu odiava escutar as impertinências supersticiosas da minha mãe. As histórias dela eram fascinantes, mas não tinham como ser verdadeiras – fadas, demônios, todas as criaturas na floresta. Era só um monte de arbustos, grama e árvores; não havia nada mais aterrorizante do que um coelho prestes a dar um susto em você.

Segui Mary pela floresta, subindo morros, perdendo o ar, mas adorando todos os segundos daquilo. Eu levaria uma surra por isso quando minha mãe visse como meus pés estavam imundos. Não importava. Corri atrás dela, perseguindo-a, forçando minhas pernas pequeninas. Subimos no topo de um morro baixo e paramos, admiradas com o lindo anel de fadas que havia brotado em volta de uma espécie de poço natural. Peguei uma pedra e taquei na água, rindo.

– E se tiver um espírito da água lá dentro? – perguntei.

De repente era noite. O sonho não parecia mais divertido. Mary estava lá, mas parecia triste. Estava sentada perto do anel de fadas, balançando a cabeça.

– É melhor não jogar pedras. Pode ser a casa de alguém.

Que bobagem. O que poderia viver naquela água além de peixes ou sapos? Joguei outra pedra lá dentro, mas não respingou. Alguém a havia pegado. Alguém furioso. Uma figura verde-cinza saiu da água, com o rosto e os ombros cobertos de lodo. Estava nua, mas tudo o que eu podia ver eram seus enormes olhos prateados.

– Criancinha gananciosa – ela sussurrou, erguendo-se mais alto até se assomar sobre nós. Soltei um berro. – Você perturbou a água e agora vou ter que levá-la de volta para casa. Ela é minha de novo, criancinha gananciosa, e você está sozinha. Sozinha... Sozinha...

A criatura pegou Mary pelos cabelos e a puxou, arrastando-a para a água, mergulhando de volta lá embaixo; Mary esperneava, se debatia, jogando água turva no meu rosto. Caí atrás dela, chorando, tentando resgatá-la... Mas ela tinha sumido. Fiquei olhando para a superfície, desamparada, que apenas refletia meu rosto e as estrelas.

Ouvi sua voz das profundezas lá embaixo.

Não chore, Louisa, só estou voltando para casa.

O primeiro estrondo de trovão me acordou com um susto.

Houve um estrondo e depois outro. A fúria terrível da natureza fez o celeiro tremer. Quase caí de cima do fardo de feno, fazendo o livro no meu peito tombar no chão quando outros trovões ressoaram lá no alto. Meus sonhos foram cheios de entidades sombrias e rodopiantes, obscurecidos por uma cortina de névoa que eu não conseguia penetrar. Era a voz da minha mãe nos sonhos, chamando-me, suplicando por algo, mas as palavras se separavam como tufos de feno antes de chegar aos meus ouvidos.

Ventos ferozes surravam as paredes do celeiro e, lá embaixo, eu ouvia os cavalos batendo as patas, assustados. O trovão retumbou em meus ossos e minhas mãos vacilaram enquanto eu pegava o livro, que caiu aberto na última página que li antes do sono tomar conta de mim. Página noventa e oito: "O mistério contínuo da Ordem Perdida".

A Ordem Perdida teria que esperar. Sob ventos uivantes e trovões, ouvi vozes lá fora. Não fazia sentido, a menos que Chijioke estivesse arrumando os materiais de jardinagem, prevendo a tempestade que cairia com tudo. Mas não era a voz dele que ouvi gemendo entre as explosões de raios. De qualquer forma, parecia tarde demais para arrumar as ferramentas de jardim. Espiando pela janela, vi a lua em seu ponto mais alto, cintilando entre as nuvens de chuva. Meia-noite.

No começo, pensei que fosse alguém perdido, vagando pela propriedade, chamando por ajuda. Mas, quando atravessei para a janela oposta, vi uma figura solitária parada de braços erguidos no espaço entre a casa e os jardins do fundo. Tinha mãos pequenas e a constituição esguia de uma mulher, e não parecia se importar nem um pouco com a fúria dos ventos em volta dela.

Suas palavras chegavam ao celeiro, mas não consegui identificá-las. Então, enfiei o livro do sr. Morningside dentro das saias e desci do palheiro, passando com passos leves e rápidos pelos cavalos que batiam as patas e resfolegavam. Lá estava de novo minha maldita curiosidade. Eu poderia subir de volta para o palheiro, poderia ignorar a tempestade e dormir, mas, em vez disso, estava abrindo as portas do celeiro, lançando-me aos ventos rodopiantes e protegendo os olhos da relva e da terra que se erguia na atmosfera. Parecia que todo o peso dos céus estava caindo sobre mim, mais do que apenas os elementos, mais do que apenas ar frio e trovão.

Tropecei para a frente, prendendo o pé num dos muitos buracos do quintal. Estatelada na grama, com as mãos molhadas e esfoladas, estreitei os olhos contra a tempestade, ajoelhando e depois levantando-me, aproximando-me com dificuldade da figura na clareira. Quem era essa pessoa, enfrentando os caprichos do próprio céu, com as mãos erguidas sem medo e os pés plantados com força e firmeza? Parecia algo particular, como se eu estivesse me intrometendo em sua conversa íntima com as nuvens. Sua voz se ergueu e caí numa espécie de cântico, cujos fragmentos avançaram sobre mim nas asas frias do vento.

Furain an t-aoigh a thig, greas an t-aoigh tha falbh...

Era Mary. O capuz de seu manto verde-escuro tombou para trás e seu cabelo marrom e ondulado caiu como um arbusto selvagem, envolvendo seu rosto pálido. Mais do que nunca, a multidão de sardas em seu nariz parecia uma mancha de sangue. Reconheci a língua galesa, mas não o sentido das palavras. Mesmo assim, sua estranheza não diminuiu a beleza assombrosa da voz dela. Era, ao mesmo tempo, uma canção de ninar e um grito de guerra. O refrão se repetiu, mais alto agora, pois eu estava me aproximando. Até que a canção atingiu seu crescendo.

Furain an t-aoigh a thig, greas an t-aoigh tha falbh!

A chuva começou a cair – e não era só uma garoa fina, mas uma tempestade abundante. Fiquei encharcada no mesmo instante e envolvi o livro com mais cuidado nas saias, desesperada para protegê-lo. O crepitar de um raio caiu tão perto do terreno da mansão que fiquei cega por alguns segundos.

Passado o choque, recuei um pouco, assustada; a casa estava iluminada como se fosse plena luz do dia. Vi sombras se moverem entre as janelas, suas silhuetas passando de uma para a outra, grandes corpos sôfregos à espreita onde quer que eu olhasse.

A voz de Mary chegou até mim novamente e me forcei a atravessar a chuva. Percebi, surpresa, que as gotas passavam em volta dela. Nenhuma gota d'água obscurecia seu manto. Era como se um feixe de luz dos céus a protegesse, mantendo-a seca e a salvo.

Tropecei em outro buraco e soltei um palavrão, e ela girou para me encarar. Eu nunca teria imaginado uma expressão tão brutal, mas ela suavizou assim que me reconheceu. Baixou uma das mãos, estendendo-a para mim, chamando-me. Recuperei o equilíbrio e atravessei a lama, pegando sua mão conforme o campo de força protetor em volta dela expulsava a chuva.

– Não solte – ela sussurrou. – Não solte, Louisa, vai ficar tudo bem.

Mas tive um sobressalto, assustada por outro clarão prateado de raio cortando o céu. As sombras estavam em todas as janelas agora e me ocorreu que, talvez, elas não estivessem fazendo nada lá dentro além de olhar para fora. Observando Mary. *Nos* observando.

E então lembrei: esta era a noite em que a sra. Eames morreria.

Mary apertou minha mão com força no exato momento em que o grito trespassou a casa. Não, não *o* grito – dois gritos, embora eles me atingissem ao mesmo tempo. Um era real, bruto e presente, mais breve que o outro, que soava estranhamente emudecido, como se, de repente, tivesse entrado água nos meus ouvidos e o líquido ainda balançasse dentro da minha cabeça, abafando tudo.

Senti um choque, uma dor de cabeça que veio e foi embora antes mesmo que eu conseguisse entendê-la.

Quando os gritos cessaram, o vento ficou mais forte e mais rápido. Encolhi-me contra Mary, segurando-me a ela, com medo de que fôssemos erguidas pelo ar e lançadas contra a parede. Mas a chuva se acalmou e, com ela, o vento; embora eu ainda tremesse pelo frio e pela água, a tempestade não era mais um perigo para nós.

Mary apertou minha mão de novo, voltando a sorrir timidamente com seu rosto doce e familiar.

– O que foi isso? – sussurrei, sem ar.

– Só um pouquinho de proteção – ela disse, como se fosse a coisa mais óbvia do mundo. – O grito da malandrinha da Poppy pode matar todo mundo. Ela nunca aprendeu a se controlar.

– Então a sra. Eames morreu. – Foi menos chocante do que eu esperava. Menos comovente. Eu não sabia se acreditava nas histórias sobre ela, mas sabia que não havia mais nada que eu pudesse fazer a respeito.

– Ah, sim – Mary respondeu, pegando meu braço. Ela me puxou levemente na direção da casa. – Mas foi tudo bem rápido. Sem sofrimento nenhum além do que já consumia o coração dela.

– Não. – Puxei o braço para longe de sua mão. – Não vou voltar lá para dentro.

– Bom, você não pode dormir aqui fora – Mary disse, franzindo a testa. – Vai acabar morrendo de pneumonia.

Com uma careta, apontei para o celeiro.

– É quentinho no palheiro. Aquelas coisas de sombra... nunca vou conseguir descansar sabendo que elas estão à espreita.

– Demora um tempo para se acostumar mesmo – ela admitiu. – Posso pelo menos levar chá para você de manhã? Alguma hora você vai ter que comer, você sabe.

Ela parecia tão triste, tão... magoada. E acho que, de certa forma, fazia todo o sentido. Eu a estava rejeitando, tanto quanto rejeitava o resto desse hospício em que ela vivia. Seu manto parou sob o vento que se acalmava, caindo mais junto ao corpo, e ela se envolveu nos próprios braços, à espera da minha resposta.

Eu não conseguia olhar nos seus olhos verdes e afetuosos. Olhos verdes que haviam me espreitado por anos e anos durante minha infância, olhos que haviam brilhado ao ouvir minhas piadas, e derramado lágrimas quando eu as derramava. Mas essa não era Maggie, era Mary, que tinha acabado de ajudar uma garotinha a matar uma pessoa. Eu não me permitiria ser enganada, por mais que seus olhos dissessem "confie em mim" e seu sorriso dissesse "tenho boas intenções".

– Eu me viro sozinha – eu disse, voltando-me para o celeiro. – Não preciso da ajuda de vocês. Nem quero.

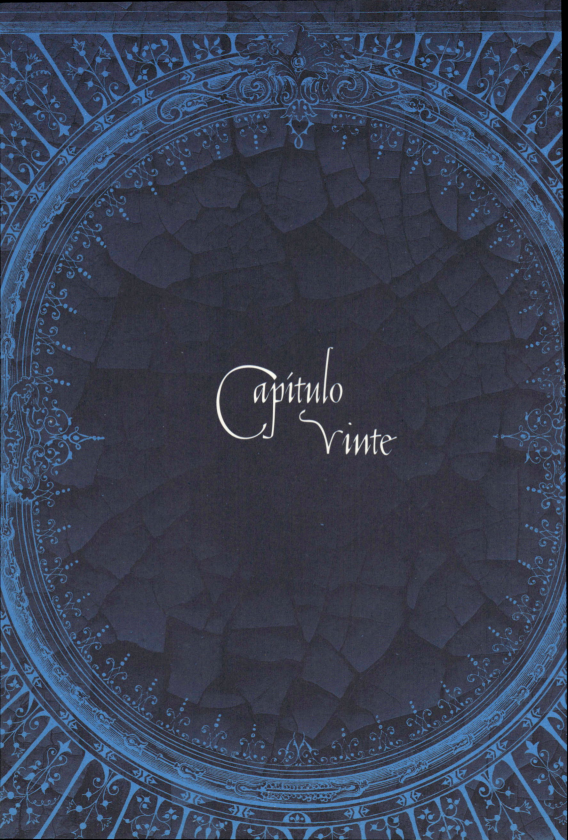

Ainsprid choimhdeachta: Anjos da guarda ou demônios da guarda? Uma jornada

Na primavera de 1798, levei alguns presentes para a enseada Kilmurrin, depois de ouvir boatos sobre um poço sagrado para os faes das trevas. Há o famoso Poço Sagrado, que é relativamente fácil de encontrar, mas essa fonte em particular era um segredo muito bem guardado de Waterford. Mencionar a fonte secreta em pubs e tavernas resultava em resmungos, rejeições e contas estranhamente altas. Esses questionamentos eram indesejáveis e, portanto, eu era indesejável.

Foi numa noite atipicamente quente, depois de mais uma tentativa fracassada de descobrir algo num pub, que um jovem rapaz me abordou enquanto eu saía. Ele era corpulento e tinha um rosto redondo, cabelos vermelhos e um sorriso de gato astuto. O nome que me deu, Alec, com certeza era falso.

— Se é o que quer, de um poço eu sei, digno de um rei.

Por mais encantadora que fosse sua rima, eu não estava no clima para jogos. No entanto, sua fala atiçou meu interesse, considerando que ninguém mais na cidade irlandesa parecia disposto a responder minhas perguntas. Então fiz sua vontade, respondendo na mesma moeda.

— Pago por seu trabalho se conhece o lugar; guie o caminho, amigo, onde segredos sombrios estão a borbulhar.

— Sim, à fonte vamos, mas não sem uma contribuição. Nós dois sabemos como os faes gananciosos são.

O garoto ruivo começou a caminhar por uma rota em espiral através da cidade coberta de sombras, evitando os becos onde gatos abandonados miavam e cachorros latiam. A fumaça de lenha preenchia o ar. O cheiro de urze dos vales ao redor iludia, fazendo parecer que era um dia claro e quente. Alec devia ter andado por vinte minutos comigo em seu encalço, guiando-me para a periferia de Waterford até a enseada propriamente. O porto estava pesado com o aroma de peixe, fazendo-me torcer o nariz tamanha era a potência do cheiro. Aqui os ventos sopravam com mais força e inspirei fundo, enchendo os pulmões com o ar fresco das correntes do rio.

Atravessamos o topo da enseada; era tão íngreme que dava até um frio na barriga. Um passo em falso lançaria qualquer um à morte, direto para as pedras afiadas que esperavam lá embaixo. Alec se movia com tamanha destreza que não parecia natural, um fato que me deixou mais certo de nosso destino. Avançamos por terra por quase um quilômetro, até um lugar onde a relva se tornava esparsa e as pedras se erguiam numa espécie de círculo desigual. Essa era a fonte; dava para ouvir a água espumando ali por perto e um anel curiosamente preciso de cogumelos crescia em volta das rochas.

— A fonte é aquela, mas um preço é preciso pagar. Para você, estranho, a resposta de um enigma e uma bugiganga hão de bastar.

Concordei e pedi que continuasse.

O sorriso de Alec cintilava sob as estrelas. Os cogumelos espalhados em volta da fonte eram de um vermelho-vivo, seus chapéus brilhavam como uma cobertura de diamantes triturados.

– Sou um cilindro aberto, envolvo-me em volta dele. Não sou de carne e osso, mas me encho de carne viva para aguentar a espetadela. – Ele riu, jogando a cabeça para trás. – Quem sou eu?

Era uma charada simples, que resolvi sem demora.

– Um dedal.

Fechando o semblante, Alec pareceu decepcionado com a rapidez da minha resposta. Mas logo voltou a sorrir, bateu as mãos e apontou para o bolso direito do meu casaco.

– O preço está aí dentro; na fonte tente lançar. Quem sabe que bênção o dedal pode lhe dar...

Coloquei a mão no bolso e, dito e feito, encontrei um pequeno e frio dedal. A fonte borbulhou mais fervorosamente enquanto eu me posicionava e olhava no fundo das águas turvas, perguntando-me o que aconteceria se atendesse o conselho do estranho rapaz. Mas atendi, fechando os olhos e atirando o objeto dentro da fonte.

Alec havia desaparecido quando reabri os olhos.

Foi assim que conheci a Fonte dos Ainsprid Choimhdeachta, os chamados demônios da guarda. As palavras estavam esculpidas em letra semilegível numa pedra ao lado da fonte. Eu tinha ouvido boatos sobre esses seres antes, espíritos guardiões do gênero feminino, que poderiam ser invocados para realizar todo tipo de feitiços, sobretudo para proteger o espírito e a carne. O mais curioso ainda é que diziam que são invocados por pensamentos sombrios ou orações, o que levou muitos demonologistas a supor que não são anjos da guarda, mas sim uma espécie de maldição, um peso em volta do pescoço do invocador. Ainda preciso encontrar evidências dessa maldição. Participei do jogo de Alec na esperança de criar um desses choimhdeachta para mim.

> *Infelizmente, nenhum desejo, oração ou praga produziu um espírito. Ou a lenda estava errada ou uma alma mais necessitada do que eu conseguiu tomar esse espírito de mim bem embaixo do meu nariz. Seja como for, senti uma forte e feérica energia em volta da fonte; ela me encheu de pavor e fascínio, e sentei ao lado das águas e do anel de fadas por um bom tempo, pensando conseguir sentir espíritos invisíveis dançando alegremente à minha volta na escuridão.*
>
> Mitos e lendas raros: Coletânea de descobertas de
> H. I. Morningside, *página 210*

Eu só tinha visto um cadáver na vida.

Quando ainda morava em Dublin com minha mãe, vimos quando tiraram um homem do rio Liffey no dia de mercado. Ele estava cinza e inchado, envolto por uma mortalha de algas e sujeira. Nada como o corpo que eu estava vendo agora. Nada como a ainda bela sra. Eames – com a cabeça caída sobre a penteadeira, ela poderia estar apenas dormindo. Ela segurava o rosário, mas a esmeralda em sua mão não brilhava mais, obscurecida pelo corpo morto.

Um único fio de sangue escorria de sua orelha e descia pela bochecha, destacando os olhos que me encaravam numa surpresa muda.

Fiquei parada na porta olhando fixo: para ela, para as muitas malas de viagem empilhadas com vestidos de gala, para os sapatos bem organizados ao lado da penteadeira, para o babado de renda de seu robe, para todas as prisões de uma pessoa que já viveu, e a bile me subiu pela garganta. O quarto cheirava a rosas secas – um aroma tão doce que me lembrou putrefação.

Ninguém a tinha encontrado ainda, embora já fosse a manhã do dia seguinte. Eu tinha vindo surrupiar um pouco de desjejum, mas me peguei subindo a escada, duvidando que tudo aquilo fosse mesmo verdade – que a sra. Eames estaria morta, assassinada por uma criança com a ajuda da doce

Mary. Talvez eu também quisesse ver se havia algum quarto destrancado com bugigangas para roubar, mas isso já não era mais importante agora. Ali estava eu, com o gosto da torrada amargando na minha língua seca. Era tudo verdade. A porta dela estava apenas entreaberta e, quando espiei lá dentro, senti na hora que essa imagem tinha sido deixada para que eu a encontrasse.

Mas isso talvez fosse egoísmo. Talvez a resposta fosse muito mais simples: esse não era um acontecimento de nenhuma urgência ou raridade. Se essa fosse a primeira hóspede a ser morta na propriedade, haveria algum tipo de comoção; mas, nessa paz, nesse silêncio, a sensação era de que tudo corria normalmente na Casa Coldthistle.

Só que, para mim, aquilo não era normal. Entrei com cautela no quarto, sabendo que minha presença pareceria suspeita para quem visse de fora, mas avistei algo embaixo da cabeça dela na mesa. Um pote de tinta estava aberto ao seu lado e uma pena tinha se enroscado em suas saias ao cair. O pergaminho sob a bochecha dela estava manchado. Não tive coragem de tocar nele, mas prendi a respiração, debruçando-me sobre ela, examinando a carta com uma crescente sensação de repulsa...

Meu caro Enzo: Os homens aqui são encantadoramente ingênuos – morbido come pane caldo –, em breve um ou dois esvaziarão seus bolsos para nós. Continuo aqui apenas até os corações deles estarem completamente seduzidos. Espere por mim em San Gimignano, você conhece o lugar, irei

Acabava aí, abruptamente, com uma enorme mancha de nanquim.

Meu bom Deus, era verdade. Tudo o que o sr. Morningside havia dito sobre ela e tudo o que ele havia ameaçado fazer. Era tudo verdade. Minha repulsa se transformou em náusea. Algo precisava ser feito, mas o quê? Dei meia-volta para sair do quarto, dando de cara com George Bremerton.

Ele já tinha visto tudo, dava para ver pelo espanto pálido em seu rosto.

– Socorro – murmurei, erguendo os olhos para ele, sentindo-me igualmente pálida, mas menos espantada. – Algo terrível aconteceu.

Momentos depois eu estava sentada olhando fixamente para a parede do Salão Vermelho enquanto um homem que eu não conhecia media meu pulso.

Eu estava completa e verdadeiramente encurralada agora, encurralada entre esses dois grupos – o dos hóspedes ricos que haviam restado na casa e o das estranhas criaturas determinadas a aniquilá-los –, e não pertencia a nenhum deles. O velho relógio na parede oposta brilhava, batendo tique-taque, tique-taque, marcando os segundos excruciantes. Ouvir o relógio era melhor do que a alternativa: o coronel Mayweather andava de um lado para o outro pelo carpete, discursando sem parar, com as mãos nos quadris, enquanto enumerava os horrores não apenas da morte da viúva, mas da minha aparente participação naquilo tudo.

Obviamente, George Bremerton não manteve silêncio sobre me encontrar no quarto dela e, agora, os dois homens mais velhos e um ligeiramente mais jovem me encaravam como se, a qualquer momento, eu fosse criar uma segunda cabeça para engolir seus corpos.

As mãos do médico no meu punho eram firmes, mas eu podia sentir meu sangue e tendões vacilando; o tique-taque ficava cada vez mais alto no meu cérebro até que era a única coisa que eu conseguia ouvir.

– É suspeito, digo! Muito suspeito! Se aqui fosse a Índia, posso dizer o que eu faria, ah, sim, posso dizer como resolveríamos as coisas na companhia.

Não. O relógio era menos desagradável.

– A menina já está em choque – disse o homem que segurava meu punho. Ele tinha uma voz suave e melodiosa, que claramente usava obtendo bons efeitos em pacientes nervosos. Dr. Rory Merriman era seu nome. Agora eu lembrava, ele tinha se apresentado antes de se sentar para medir meu pulso. O tempo entre encontrar a sra. Eames e agora parecia indistinto. Houve comoção, gritos, acusações para todos os lados, mas principalmente contra mim. – Você só vai perturbá-la mais – continuou o médico.

O coronel Mayweather se afundou num divã, resmungando.

– Isso é justificável, você não acha? Ela foi encontrada no quarto da pobre Cosima! Praticamente... Praticamente encarando-a com maldade!

– Se bem me lembro, o sr. Bremerton não comentou nada sobre *maldade* – o médico corrigiu.

– Ha, ha! Cosima agora, é? – George Bremerton levantou-se de um salto, cruzando os braços. – Estamos muito íntimos da falecida, hein? Não fazia ideia de que vocês dois eram tão próximos, coronel.

Os dois homens estouraram em gritos, inflando o peito um contra o outro da maneira mais ridícula possível, com ameaças e provocações voando à solta entre eles. Ouvi o doutor suspirar enquanto soltava meu punho. Ele era jovem para um médico. Tinha cabelos pretos e desgrenhados, que estavam ficando grisalhos nas têmporas, um rosto quadrado sem nada de especial e um tufinho de bigode sobre os lábios finos. Sua aparência me levou a pensar que ele era da Espanha ou talvez de algum lugar da América do Sul. Havia sofrido de catapora na infância, pois marcas e cicatrizes pontilhavam sua pele agora.

– Esses dois... – ele murmurou, revirando os olhos por trás dos óculos grossos. – Se pudessem ressuscitar os mortos com a força de seus argumentos.

– Realmente parece indelicado brigar por uma mulher que nem tem como se defender – respondi. Isso o fez rir baixo e ele se aproximou, estudando-me. Foi então que notei sua mão na minha coxa, num aperto firme demais para ser casual. Tentei me mover, mas não havia para onde ir no pequeno sofá. – Não foi culpa minha – acrescentei, fracamente. – Só a encontrei daquele jeito.

– Por dias ela se queixou para mim de dores de cabeça – ele concordou. – Não ficaria surpreso se simplesmente estivesse doente com alguma enfermidade desconhecida do cérebro. Nem as águas curativas podem ajudar com coisas assim.

Como ganância, por exemplo, ou perversidade.

– Então você vai falar em minha defesa? – perguntei, embora, na verdade, não fizesse diferença nenhuma. Para quem me denunciariam? Para o dono da casa? Ele dificilmente poderia me entregar às autoridades, sabendo que o homicídio era responsabilidade dele. Mas poderiam revistar meu quarto e encontrar os livros roubados que eu tinha guardado embaixo da cama. Então saberiam que eu pretendia roubá-los. O que o sr. Morningside faria com uma pessoa que tentasse roubar suas preciosas coleções?

– De muito bom grado, assim que esses dois parvos se acalmarem.

Ele sorriu para mim intensamente, intensamente demais para o meu gosto. Sua mão continuou na minha coxa e o calor dela ali me fez passar mal. Ninguém nunca havia me tocado daquela maneira. Embora eu geralmente confiasse em médicos, havia a questão de esse homem ser um hóspede ali. O que será que ele tinha feito para vir parar nesse lugar amaldiçoado? Encarei-o de volta e ele hesitou, interessando-se de repente pelas estampas dos carpetes. O que havia dentro dele? Será que, se eu olhasse com atenção suficiente, poderia ver a mácula negra em seu caráter?

A discussão enfurecida perto de nós atingiu um ápice abrupto e o dr. Merriman se levantou com um salto do sofá, separando os dois homens, que haviam agora começado a se socar pela honra da viúva. Não me surpreenderia nem um pouco se a tarde terminasse com um duelo.

Enquanto os três se estapeavam fracamente, respirei fundo, vendo Lee entrar na sala de repente, seguido pela sra. Haylam com o chá. Lee lançou um olhar rápido para os homens antes de me fazer companhia no sofá. Ele parecia tão pálido e abalado quanto eu. Eu não precisava de um espelho para saber que havíamos nos tornado reflexo do medo um do outro.

– Você está bem? – ele sussurrou, examinando meu rosto. – Foi... foi você que a encontrou?

– Foi tudo como eu disse – respondi, colocando igual peso em todas as palavras.

Ele entendeu o significado na mesma hora.

– Que pavoroso! Pavoroso e terrível – ele murmurou, com todo o sangue se esvaindo de seu rosto. Seus olhos vagaram para os homens discutindo, mas ele não estava olhando para eles de verdade. Estava olhando além, pensando, e eu também. O que faríamos agora que as poucas palavras de alerta que eu tinha lhe dado tinham se provado proféticas?

– Cavalheiros, devo insistir para que parem com essa barbaridade imediatamente! – a sra. Haylam vociferou, rígida. Era a voz de uma professora de escola, de uma mãe. Seu tom suave, mas ferrenho, fez todos os três adultos obedecerem na hora, como se não passassem de crianças levadas. – Temos chá aqui, está bem? Bebam. Sentem-se. Já houve transtornos demais nesta casa para uma manhã.

Os homens se separaram, cada um escolhendo um móvel diferente para ocupar.

– Agora, então – ela acrescentou, avaliando o salão e pousando o olhar finalmente em mim. Não deixou de notar, claro, o jeito próximo como eu e Lee estávamos sentados. Sua expressão firme só ficou ainda mais tensa. Eu tinha esquecido a potência bruta e afiada de seu olhar. Por um momento, lembrei da velha que me encontrou em Malton e, enquanto me fitava agora, dava para ver aquele mesmo espírito dentro dela. Ela havia trocado de roupas e se penteado, mas nada poderia mascarar perfeitamente a sua natureza. – Soube que nossa jovem criada foi a primeira testemunha da tragédia, isso é verdade?

Os homens ergueram a voz, mas era só a mim que ela observava enquanto eu fazia que sim.

– Dessa forma – a sra. Haylam continuou, entrelaçando as mãos e se aproximando de mim –, devo pedir que venha comigo agora e dê um testemunho ao dono da casa. Ele vai tratar diretamente com o condestável da vila. E, se não for muito transtorno, dr. Merriman, poderia examinar o corpo e preparar um relatório oficial do que encontrar? Isso vai tornar muito mais fácil enfrentar as dificuldades que estão por vir.

O médico se ergueu e arrumou o terno simples e sério. Estava respirando fundo, como se para concordar, quando o coronel Mayweather voltou a se levantar de um salto feito uma doninha pulando para fora da toca.

– Apenas um momento – ele disse, torcendo as pontas do bigode, agitando-as até formarem círculos perfeitos. – Você não pode esperar que fiquemos aqui parados enquanto nada é feito com essa garota! Não apenas meu senso de dever, mas meu senso de lógica exigem que ela seja interrogada de maneira minuciosa. *Extremamente* minuciosa! Por que não pediu ajuda? O sr. Bremerton comentou que achou a garota *espreitando* e eu, pelo menos, quero uma explicação para esse comportamento.

– Nisso estamos de acordo – George Bremerton concordou. Ele apoiou o cotovelo no joelho, apontando um dedo na minha direção. – Ora, o condestável da cidade é que deve fazer o interrogatório. É intolerável considerar ficar mais um momento neste lugar com uma assassina andando pelos corredores.

Eu não conseguia sentir minhas mãos. Tinham ficado dormentes de pavor gélido. O que eu poderia dizer? Que eles não corriam perigo algum? Era uma mentira e, embora não tivessem o que temer de mim, eu sabia que o mecanismo da morte deles já estava girando em algum lugar. Mentir para esses homens não me incomodava, mas, naquele momento, abalada e amedrontada como estava, eu não conseguia invocar uma única palavra de defesa.

– Não havia nenhuma arma no quarto – o médico apontou com sensatez, abotoando e desabotoando o paletó. – E, repito, lembro da mulher se queixando de fortes dores de cabeça...

– Ela não me falou nada desse tipo! – o coronel Mayweather bufou, voltando-se contra o médico.

– Para mim também não.

Eu conseguia sentir Lee agitando-se involuntariamente ao meu lado. Até a sra. Haylam parecia um pouco nervosa, parada no meio da sala, com o coronel de um lado e Bremerton do outro. Por mais vigorosas que fossem minhas súplicas silenciosas para que o médico voltasse a me defender, ele continuou em silêncio, alternando o olhar entre os dois homens enquanto se atrapalhava com o paletó.

– Pronto! Viram? Nenhuma objeção. – O coronel Mayweather torceu o nariz para mim, sorrindo, como se me acusar lhe desse um extremo prazer. – A menina deve ser entregue à força policial imediatamente.

– Mas não é isso que faremos.

A arrogância do coronel desapareceu na mesma hora. Ele e todos os demais nos voltamos para olhar a figura alta e de contornos elegantes no batente. O sr. Morningside havia chegado, e não parecia nada contente.

Capítulo Vinte e um

— Por acaso passei a propriedade deste estabelecimento para os senhores, cavalheiros? – O sr. Morningside estava vestido impecavelmente de azul-escuro com uma gravata verde-clara. O salão pareceu se encolher com a presença dele, e meu olhar desceu imediatamente para seus pés; pareciam normais, calçados em reluzentes botas pretas.

– Sinceramente, senhor, faça-me o favor. Ninguém está sugerindo...

– Nada de útil, o senhor está certíssimo, coronel. – O sr. Morningside agitou uma folha de pergaminho de um lado para outro enquanto entrava na sala. – Esta carta há de inocentar a jovem Louisa de qualquer suspeita. A viúva Eames não foi roubada e sua correspondência sugere que ela tinha todas as intenções de enganar tanto o coronel Mayweather como o sr. George Bremerton. Se há alguma acusação a ser lançada para lá ou para cá, não é contra Louisa. – Ele fez uma pausa ao chegar ao lado da sra. Haylam, encontrando meu olhar preguiçosamente e piscando. – A menos, claro, que a vejam como alguma intrépida vingadora da honra dos senhores, cavalheiros?

– Que absurdo! – O coronel Mayweather quase explodiu com a palavra. Ele piscou com força, torcendo as mãos e depois o bigode. – Simplesmente... revoltante. Insultar a nós e a viúva numa única frase...

– O insulto, sinto dizer, é apenas dela – o sr. Morningside disse, entregando a carta inacabada para o coronel. – Leia você mesmo. Acredito que encontrará evidência suficiente para suprimir as chamas da injustiça.

Antes mesmo que o velho conseguisse terminar de ler a carta, o sr. Morningside estendeu a mão para mim. Ele era o próprio retrato da calma convicção.

– Agora, Louisa, acredito que você deva se retirar do salão. Não há necessidade de suportar essas alegações infundadas por mais nem um minuto. Você deve estar exausta.

Não era um pedido, isso eu sabia. Levantei sem pensar, lançando um último olhar para Lee. Nunca havia sentido desejos tão conflitantes. Eu não tinha o menor interesse em permanecer no salão, mas também temia o que quer que o sr. Morningside pudesse dizer para mim em particular. Será que ele sabia que eu estava com o livro dele? Mas, agora, eu já estava em pé, a meio caminho de uma decisão, e não podia demorar-me mais sem levantar suspeitas. Eu poderia contar para aqueles homens que eles morreriam aqui, que a viúva era apenas o começo, mas que afeição eu poderia ter por eles se, momentos antes, estavam dispostos a me mandar para o condestável e, muito provavelmente, para a forca?

– Meus pêsames a todos – eu disse baixo, fazendo uma reverência. – Ela parecia uma mulher...

Os olhos do sr. Morningside cintilaram para mim.

– ... muito requintada.

Com isso, fui guiada para fora da sala pelo sr. Morningside, flutuando numa maré que eu era incapaz de deter. A sra. Haylam disse mais alguma coisa aos homens sobre se consolar com o chá e nos seguiu depois disso. Nenhum dos dois tocou em mim, mas isso não importava; eu sentia a força combinada de sua urgência e de algo mais... euforia, talvez. Entusiasmo.

A porta para o Salão Vermelho se fechou com um estrondo.

O sr. Morningside limpou as mãos, recostando-se no único espaço vazio da parede sem um quadro de ave.

– Em que nó enormemente intricado você quase se enforcou ali, Louisa – o sr. Morningside disse, com um brilho nos olhos.

– E o quê? Eu deveria agradecer pelo seu resgate? – As lágrimas estavam se acumulando, ameaçando cair, quentes e humilhantes, pelo meu rosto. – Você a *deixou* ali para que eu a encontrasse, não foi? Uma mulher está morta e tudo o que o senhor quer é fazer piadas de mau gosto!

Seu comportamento mudou; a euforia que eu tinha sentido antes evaporou como neve numa fogueira. Devagar, ele desviou os olhos de mim, buscando a sra. Haylam por sobre meus ombros.

– Por favor, procure o médico. Ele precisa fazer o exame. Quero finalizar logo as formalidades com a sra. Eames.

Suspirando, ela voltou na direção do Salão Vermelho, mas então hesitou.

– Deixar que ela fale com o senhor nesse tom...

O sr. Morningside fez um gesto para que ela não se preocupasse com isso; senti seus olhos dourados e ardentes queimando minha face. Eu não queria olhar para ele nem para ela. Queria apenas ficar longe dos dois. Já estava imaginando aonde iria em seguida – de volta para o palheiro, talvez, procurar mais pistas no livro e alguma forma de quebrar o poder desse lugar sobre mim.

– É apenas o zumbido de uma mosca. Permita que Louisa tenha seu ataque, não me incomoda.

– Se fosse esse o caso, uma mosca dificilmente faria o senhor desfilar aqui em cima. Fazia anos que eu não o via andando pela casa por tanto tempo – a sra. Haylam respondeu, mas seus lábios mal se moveram, com o rosto contraído de frustração. Quando ela foi embora, girei na mesma hora para correr para a escada.

– Prefiro ser a mosca a ser a aranha – falei com desprezo, e saí em disparada. Se eu era um inseto para ele, minha presença deveria ser ofensiva. E inconsequente. *Me deixe ir*, supliquei em silêncio. *Não sou nada nem ninguém, então me deixe ir.*

– Vai voltar para o palheiro, mosquinha? – ele disse com a voz arrastada. E me seguiu. *Maldição, deixe-me em paz!* Eu não queria lhe dar satisfação da minha raiva. Em vez disso, segui em frente, chegando ao degrau de cima quando ele falou mais alto atrás de mim. – Está apreciando o livro? Dê uma olhada na página cento e cinquenta e cinco. Acredito que vai achá-la muito instrutiva.

É claro que ele sabia. Eu não poderia deixar isso me impedir.

Sua voz forte desceu pelo vestíbulo enquanto eu corria, as palavras me envolvendo, dragando-me de forma tão real quanto a magia horrível que me tentou até sua porta verde, até o sótão. Suas palavras soavam tão claras, como se ele estivesse bem atrás de mim, mas, quando me virei, vi que ele ainda estava no alto da escada.

– Quanto mais você aprender sobre mim e sobre este lugar, mais vai querer respostas e, então, naturalmente, mais respostas. Repulsa e curiosidade são boas companheiras.

Ele estava errado. Tinha que estar errado. Eu conseguiria vencer a tentação da curiosidade, conseguiria superar tudo o que fosse preciso para fugir desse lugar.

– Não vou confiscar o livro. Eu teria lhe dito tudo o que quisesse saber e mais, mas você não veio me ver... – A mágoa em sua voz era inegável. – Isso fere meus sentimentos.

Fosse ele homem, criatura ou demônio, eu duvidava que houvesse um coração batendo em seu peito para ser magoado.

Minha mão estava pressionada contra a porta de entrada quando ele falou uma vez mais. Dessa vez, não foi apenas na minha cabeça.

– Você não vai encontrar o que está procurando!

Eu me escorei contra a porta, girando para erguer os olhos para ele. Sobre o patamar da escada, sua pose era a de alguém a ser retratado num quadro. Ele poderia ser mais jovem ou mais velho do que sua aparência revelava; qualquer que fosse sua idade, não havia como negar que era o senhor daquela mansão, pousando uma mão no balaústre, com o queixo erguido, o olhar apontado para mim do alto como se eu fosse sua humilde súdita.

– Então não há por que me seguir e me perturbar mais – eu disse, quase sem erguer a voz.

– Apenas me dói ver você perdendo seu tempo. – Ele estava certo, claro. Eu sabia o que aconteceria se chegasse ao fim da entrada para carros. Mais dor. Mais frustração.

Ele desceu a escada e me olhou do meio do vestíbulo. Agachei-me e escorreguei pela porta, fechando os olhos.

– O que aconteceu com seus pés? – perguntei, soltando um riso engasgado. – Da última vez que nos falamos... era imaginação minha?

– De maneira alguma. – Ele ergueu um pé e o virou de um lado para o outro. Observei, com repulsa, enquanto os ossos se rearranjavam, voltando para a forma anterior: voltados para trás. Para trás, como os pés de um demônio. Minha mãe tinha me contado histórias de seres amaldiçoados com os pés voltados para o lado errado. Eles eram assim para confundir: quando suas pegadas pareciam levar numa direção, na verdade, estavam atrás de você. Um calafrio me percorreu. Ele se assemelhava mais a uma espécie de sátiro da mitologia do que a um homem agora, com as panturrilhas voltadas para o outro lado e seus lindos sapatos engraxados parecendo absurdos pela posição desconjuntada. – Melhor?

– *Não* – murmurei, fechando os olhos novamente.

– É um encantamento. Magias simples, na verdade, pelo menos para mim. Seria simples para você também, desconfio, se tivesse disposição para tentar.

Agora eu queria ainda menos olhar para ele. Pressionei a testa com força na madeira desgastada da porta.

– O senhor é um mentiroso.

– Com frequência, sim, mas não agora.

Minha mão escapou da maçaneta mas a ergui de novo, endireitando-me, querendo fugir dessa criatura que falava palavras bonitas e confiantes como qualquer bom cavalheiro. Mas ele não era um bom cavalheiro. Era... era...

– O que *é* você?

Abri os olhos devagar, mas ele não tinha se mexido. E seus pés estavam normais novamente. Ele os tinha mudado de volta diante da minha óbvia repulsa? O sr. Morningside alisou o cabelo para trás, embora seus perfeitos cachos pretos não precisassem ser arrumados.

– Você realmente deseja saber?

– Não sei – sussurrei, sinceramente. – Não sei.

– Está no livro, Louisa, caso sua curiosidade ressurja. – Ele suspirou, dando um pequeno passo na minha direção. – Pare de se encolher assim, é desolador.

Empertiguei-me devagar, recusando-me a derramar lágrimas e parecer ainda mais uma mosquinha patética. Minhas mãos continuavam pressionadas com força na porta e eu estava decidida a sair naquele instante, ao menos para buscar refúgio no palheiro de novo, mas foi nesse momento que a sra. Haylam e o médico saíram do Salão Vermelho. Ouvi a conversa baixa deles e observei enquanto cruzavam a parte do corredor aberta para o vestíbulo.

Eles estavam indo buscar o corpo da viúva. Que não seria o último.

– Rawleigh Brimble não deveria estar aqui, sabia? – eu disse, sem entender como consegui não tremer a voz.

– Quem?

Ergui a cabeça e zombei.

– Rawleigh... Lee Brimble. O jovem. Ele é um dos seus *hóspedes*.

– Ah. – O sr. Morningside encolheu os ombros e cruzou os braços. – Bom, se é um dos meus hóspedes, então o lugar dele é aqui, sim, e é aqui que ele vai encontrar a morte. Está tudo tecido na tapeçaria do destino.

– Ele não fez nada de errado! Você cometeu um erro.

Ele balançou a cabeça e estreitou os olhos, examinando-me com mais atenção. Devagar, rindo, disse:

– Nunca cometo erros. Ele está aqui por algum motivo.

– Não, não, ele é uma boa pessoa. Seria errado fazer mal a ele. – É claro que Lee poderia ter mentido para mim, mas parecia impossível. Eu o olhei nos olhos quando ele me falou de seu guardião. A história toda era um mal-entendido. Um acidente. – Ele não devia estar em sua lista perversa.

– Por quê? Porque você gosta dele? Louisa, faça-me o favor, imploro que... seja melhor do que isso.

– Isso o quê? – perguntei, criando coragem.

– Uma garotinha ingênua.

Essa resposta só me deu mais coragem.

– Você consegue falar com alguém sem ser um parvo arrogante?

– Na realidade, não. – Ele deu de ombros novamente, com elegância, e se aproximou. Encolhi-me, mas ou ele não notou ou fingiu não notar. Um leve sorriso maldoso se abriu em seu rosto e foi isso, mais do que sua proximidade, que me aterrorizou. – Mas vou considerar sua teoria, Louisa, e, se você encontrar provas de que esse menino Brimble é de fato uma alma inocente, traga-as para mim.

– Você está falando sério? Você... vai *mesmo* me ouvir se eu conseguir provar que ele não é um assassino?

Ele fez que sim, pressionando os lábios.

– Mas por quê? Pensei... pensei que você nunca cometesse erros.

– Porque estou começando a gostar de você e porque você me lembra uma pessoa que conhecia. É ao mesmo tempo insolente e extremamente teimosa. Não que eu esteja encorajando essas características, mas todo mundo tem fraquezas. – Ele parou à distância de uma mão de mim e tirou algo da gravata. Era um clipe de ouro, brilhante, talvez do tamanho de um xelim, que me ofereceu abrindo a palma da mão. – Ou, claro, você pode ir embora.

O quê?

– Você disse que eu não podia! Disse que o livro estava me prendendo aqui! – Meus dedos ardiam para pegar o clipe, mesmo que fosse um truque; eu dava mais valor à liberdade do que à minha dignidade no momento. E, se fosse verdade, se eu pudesse buscar os livros embaixo da minha cama e levá--los para vender... Mas agora ele estava entre mim e meu quarto, e a pequena fortuna escondida embaixo do colchão.

– Isso ainda é verdade. Mas estes clipes sempre foram usados para se afastar do ritual vinculativo. Mesmo aqueles que se vincularam voluntariamente precisaram fazer trabalhos para nós em outros lugares, e é isso que permite a livre passagem deles. – Ele pegou o clipe entre os dedos, erguendo-o, esperando que eu estendesse a mão.

E estendi. Meu Deus, como estendi. Queria acreditar que era verdade, que eu realmente não estava presa para sempre num lugar de assassinato e trevas. Mesmo sem os livros para vender, eu poderia ser livre. O dinheiro poderia vir depois. O clipe caiu na minha mão, extraordinariamente quente e pesado.

– Cuidado! Esse clipe de proteção pertencia a Kit Marlowe. Os católicos não apreciavam muito seu trabalho pelo Extraterreno. Esfaqueado numa briga de bar, meu pé direito. Gostava de comer e blasfemar. Meu tipo de cavalheiro. – O sr. Morningside riu sozinho, como se algo que ele tinha acabado de dizer fizesse algum sentido. – O dramaturgo – ele esclareceu, arqueando uma sobrancelha. – *Doutor Fausto? O judeu de Malta? O massacre em Paris*? Meu bom Deus, pensei que haviam educado você naquela escola para meninas.

– Eu sei quem é Christopher Marlowe – murmurei, encarando o clipe reluzente na minha mão. – Só não acredito em você.

– Devo lhe mostrar o truque dos pés de novo? – Ele riu, vendo meu semblante se franzir. – Acredite em mim, Louisa, o clipe era dele. O fato de eu ter esse clipe e você estar com ele agora é o menor dos absurdos e encantos do Extraterreno.

– Extraterreno... vi essa palavra no seu livro – eu disse, pegando o clipe e guardando-o com firmeza. – Você faz parte disso, e Poppy também, com seus gritos, e Mary, com seus feitiços.

– Exatamente.

– E isto... – Parecia ridículo, mas virei o clipe na palma da mão, examinando-o, olhando para os pequenos caracteres gravados no ouro e no emblema de serpente atrás da frase. "*Eu sou a Ira.*"

O sorriso do sr. Morningside se aprofundou, enevoando seus olhos.

– É do *Fausto*. Tenho bastante orgulho desse discurso... mesmo tendo deixado Marlowe usar de graça. Quer dizer, em troca de uma cerveja, mas esse parece ser um preço barato, fazendo as contas.

– Você está me enganando – murmurei, prendendo o clipe no avental e sentindo seu peso de forma mais potente. – Você... você só pode estar... Quantos anos você *tem*?

– Ainda tão cheia de questionamentos, mesmo em posse da chave para sua liberdade. – Ele desviou da pergunta com uma piscadela, voltando os olhos para a porta atrás de mim e tudo o que ela simbolizava. Em seguida, o sr. Morningside se inclinou, chegando tão perto que eu conseguia sentir seu hálito quente no meu queixo. – Mas o que vai fazer? Pensei que seu novo amigo fosse inocente. Vai ficar para provar isso ou vai levar esse presente e nunca mais olhar para trás?

Capítulo Vinte e dois

Corri. Ferozmente. Rápido. Testando minhas pernas. Testando minha força. Não me orgulho disso, mas, por Deus, como corri.

Naquele momento, eu voei. Saí voando porta afora, entre as topiarias, sobre os paralelepípedos, através do quintal. Ficaram para trás os livros, o assassinato, Lee. Corri mais longe, mais forte, mais rápido, ignorando a pontada no meu abdômen e a dor aguda no meu punho enquanto movia os braços, abandonando toda dignidade pela chance de escapar. E o arroubo de adrenalina me levou para longe – muito além da entrada e da cerca. A cerca! Passei correndo por ela, sem sentir dor nenhuma. Nada nem ninguém me impediu.

Nada até eu estar quase dois quilômetros estrada abaixo, retraçando o caminho que tinha tomado para chegar a Coldthistle poucos dias antes. Parecia que uma vida havia se passado e, mais do que isso, parecia que muita coisa havia mudado. *Eu* havia mudado. Quando a mansão não era nada além de uma distante silhueta ameaçadora atrás de mim, diminuí a velocidade e caminhei, inspirando fundo o ar puro e fresco.

Pensei que seu novo amigo fosse inocente.

Não… Eu tinha que expulsar as palavras de Henry Morningside da minha cabeça. Na verdade, tinha que tirar toda a existência e a memória dele da minha cabeça. Meus dedos, ainda queimados do livro no sótão, encostaram no clipe de gravata no meu avental. Não me atrevi a tirá-lo de lá, com medo de que, sem ele, a dor voltasse. Teria que usá-lo para sempre agora? O que aconteceria se fosse roubado ou perdido?

Esses pensamentos – essas dúvidas – deveriam ser erradicados, junto com todas as lembranças da Casa Coldthistle. O que eu tinha visto não era de verdade. O que vira era apenas fruto de uma imaginação excessivamente instigada. O que tinha lido eram mentiras tolas, uma coletânea de loucuras sinistras escritas por um lunático. Nada daquilo era real. Não podia ser. Se fosse, eu me lembraria e sofreria, e pensaria no rosto bondoso de Lee enquanto dizia: "Eu acredito em você".

As nuvens estavam baixas, os ventos terríveis de ontem agora não passavam de uma brisa suave que agitava minhas saias e a grama alta à beira da estrada. Eu não voltaria atrás, não agora, não quando tinha essa única chance de ir embora. Eu seria uma pessoa melhor. Seria boa. Encontraria alguma forma de viajar para a América e começar do zero, onde nem a menor sombra desse lugar sobreviveria em minha mente. A distância daria um jeito.

E assim caminhei. Chegou o meio-dia, aquecendo os campos. Ninguém viajava pela estrada, e a solidão me trazia uma sensação maravilhosa. Envolvi-me em meus próprios braços e andei como uma prisioneira que acabou de sair de sua cela.

... o lugar dele é aqui, sim, e é aqui que ele vai encontrar a morte. Está tudo tecido na tapeçaria do destino.

Fechei os olhos com força, repreendendo-me por deixar que as palavras daquele monstro voltassem a invadir meu crânio. E se ele estivesse certo? Se a morte de Lee era inevitável, o que eu poderia fazer? Poderia encontrar um jeito de provar qual agricultor tinha ou não assado, ou quais nozes ele tinha ou não usado com a intenção de matar? Em primeiro lugar, isso não era da minha conta; em segundo, eu não tinha como resolver isso.

Mas você não contou tudo a ele, contou? Não contou que ele também estava marcado para morrer.

Não era da minha conta. Não cabia a mim arrumar essa bagunça. Continuei andando, decidida, tentando pensar no que faria agora que tinha escapado. Comida e abrigo tinham que vir antes de tudo, mas ainda faltava muito até Malton. Desviei para dentro dos campos, saltando a primeira cerca, e segui a curva do morro até voltar a mergulhar num vale raso repleto de violetas. Se eu olhasse para trás, veria Coldthistle. Por isso, virei o rosto na direção oposta, obstinada, viajando na diagonal rumo a outra subida e ao que parecia uma minúscula cabana no topo dela.

Conforme me aproximava, observei um gigantesco rebanho de ovelhas vir desde o outro lado da cabana. Elas se moviam em volta da casa, mantidas num círculo quase perfeito por um cachorro que corria em volta do perímetro. Os latidos e balidos eram quase relaxantes, um doce contraponto pastoral ao pesadelo que eu andava vivendo.

Foi então que vi a nuvem.

Nunca tinha visto uma nuvem tão escura e densa antes. Parei, observando-a ganhar velocidade e tamanho conforme bramia lá no alto, praticamente enchendo o céu. Abominável e negra, seguia diretamente para mim, vinda de Coldthistle. Enquanto ia baixando, mergulhando, furiosa, espalhando sons e penas, percebi que não era nuvem coisa nenhuma, mas uma terrível multidão de corvos. O barulho era insuportável; eram milhares de criaturas gritando e grasnando, descendo, mirando minha cabeça. Eles ganharam velocidade, passando e rodeando a cabana, virando, fazendo um círculo vasto enquanto se preparavam para mergulhar na minha direção por trás.

Voltei a correr, com a mesma força dessa vez, a toda velocidade rumo à cabana, murmurando uma oração desesperada, suplicando a poderes maiores que feras e aves para ter energia para correr mais rápido do que essa ameaça. Pedaços de penas pretas caíram sobre mim quando passaram novamente, tão perto agora que senti o bater das asas na cabeça quando mergulharam. Um bicou meu cabelo, puxando alguns fios dolorosamente. Outro perfurou minha orelha e gritei, erguendo os braços, chorando, sabendo que o próximo ataque seria o último.

Qual seria a sensação de ser morta por mil corvos? Bicada e despedaçada, como um cadáver putrefato na estrada?

Eles estavam dando a volta de novo, mas agora eu estava muito perto da cabana. As ovelhas se dispersaram numa explosão de corpos de lã, com balidos subitamente aterrorizados enquanto eu atravessava o rebanho. O cachorro latia alvoroçado aos meus pés, depois desapareceu. Enquanto eu corria na direção da porta da cabana, ouvi o animal virar e ladrar furiosamente para os pássaros.

Bati na porta com força. Era feita de madeira resistente, mas rangeu com o impacto. Trancada. Meus punhos batiam e batiam; o suor escorria pelo meu pescoço e minha testa quando olhei para trás uma última vez para ver os corvos mergulhando, formando uma lança negra assassina.

– Me deixe entrar!

Eles estavam se aproximando, tão perto, tão concentrados...

– Por favor, eu imploro! Me deixe entrar!

Cerrei os dentes, sabendo que a fúria dilacerante de cem bicos famintos cairia sobre mim. As ovelhas tinham se dispersado. O cachorro se postou à minha frente como se para levar o golpe. Mas, de repente, eu estava voando para trás, caindo em algo macio e quente antes de a porta se fechar, protegendo-me.

O som que veio em seguida foi terrível. Tremi, ouvindo as aves que não tinham sido rápidas o bastante se chocando contra a madeira. Algumas ficaram presas como flechas num alvo; outras gritaram antes de cair mortas na terra.

– Não são seus pássaros, imagino eu?

Devagar, levantei-me do chão, ainda trêmula e sem ar. Um homem de cabelo branco como a neve e uma jovem me observavam da segurança de sua lareira. O cachorro cheirou a porta e depois veio me cheirar, curioso.

– N-não, não são meus. Vocês salvaram minha vida – sussurrei. – Obrigada.

– Ah, não, eu que agradeço, minha cara. Nossa panela vai ficar cheia desses malandros carnudos por uma semana – o velho disse com uma risada sombria. – Agora, por que não se senta e toma um gole de cerveja? Sim, vai sentar e nos contar quem é você e por que trouxe maus agouros à nossa porta.

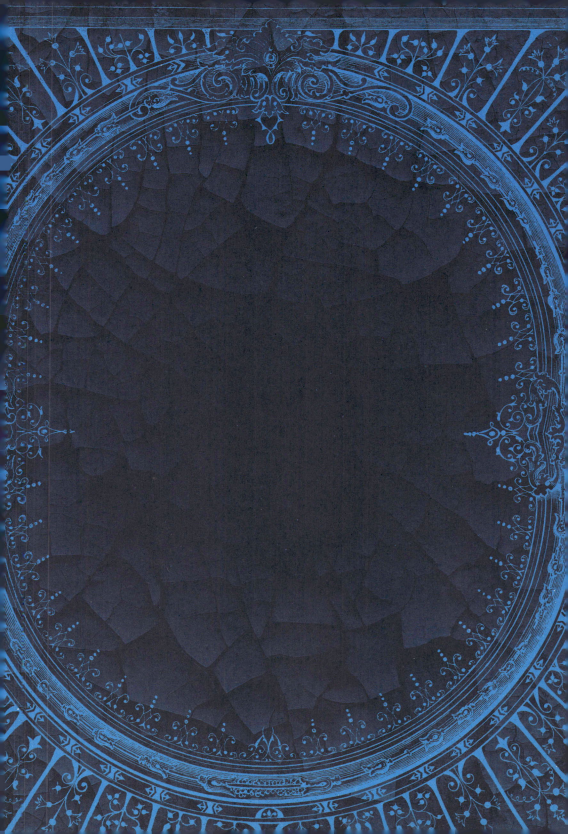

Capítulo Vinte e três

A cerveja desceu forte, amarga e energizante pela minha garganta. Engoli, talvez sofregamente, com as duas mãos firmes em volta do copo de barro. Durante todo o tempo, mergulhei mais fundo dentro de mim mesma, sentindo-me subjugada pelo peso de seus olhares fixos.

– Sinto muito por incomodar vocês. – Era a terceira vez em três minutos que eu pedia desculpas. – Não... não sei como uma coisa dessas foi acontecer.

Eu já tinha lhes falado meu nome, mas, sem mencionar os horrores da Casa Coldthistle, não havia como contar a verdade e ainda assim esperar algum tipo de hospitalidade.

– Eventos estranhos vivem acontecendo por aqui – o velho disse.

Ele não tinha me dito seu nome, mas algo na sua voz e nos seus trejeitos me dava vontade de confiar nele; ele tinha a aparência de um avô bondoso, com seu rosto redondo, terno e pálpebras enrugadas de sorrir com frequência. E seria difícil pensar algo ruim de uma pessoa que havia me salvado de um destino terrível. Foi então, com o rosto dele iluminado pelas chamas amarelas e douradas da lareira, que consegui ver a película sobre seus olhos. Cego. O cachorro malhado, um pastor-de-shetland, foi se sentar aos pés do dono, que sempre mantinha a mão em sua cabeça como se para se orientar.

– Teve uma vez que todo o campo oeste ficou coberto por esses malditos corvos. Não dava para dormir com a barulheira que faziam. Na manhã seguinte, só havia um círculo deles, e nenhum estava vivo.

– Ele diz que a gente se acostuma – a menina disse, encolhendo os ombros. – Mas acho que nunca vou me acostumar.

O nome dela era Joanna. Ela tinha me dado a cerveja e um pano úmido para limpar o sangue da orelha onde o pássaro havia perfurado a pele. Agora, estava sentada ao lado do velho – que pensei ser seu pai ou seu avô –, vestindo flanelas confortáveis, uma saia longa e botas desgastadas. Um xale grosso da cor de mingau estava dobrado sobre seus ombros estreitos. Seu cabelo louro cor de palha estava penteado em uma trança caprichada.

– Vocês já viram coisas assim antes? – Minha cerveja estava quase acabando e me refreei para saborear os últimos goles.

O velho fez que sim. Ele estava vestido como um típico pastor, com um quepe de aba macio e gasto abaixado sobre os olhos.

– São estranhos presságios, mas parece que nos damos bem com todos...

– Dizem que o Diabo em pessoa vive na Casa Coldthistle! – Joanna soltou. Ela se encolheu quando o velho bufou. – Que foi? Todo mundo fala isso, de Swinton até Wykeham. Círculos de corvos no campo oeste, serpentes surgindo embaixo dos nossos pés na horta e, no outono passado, metade do pasto era só erva-moura!

O pastor cego pigarreou, virando a cabeça na direção da garota, e ela ficou em silêncio, abaixando os olhos e mirando as mãos no seu colo.

– Só digo isso para avisá-la, pai. Por nenhum outro motivo.

– Eu sei, filha, mas ela já está assustada demais. Ainda não nos conhecemos, não é? Talvez ela não precise de aviso.

– Ah... Ah, claro, entendo o que quer dizer. Você veio de lá? – Joanna se levantou de um salto, correndo para a despensa e buscando a garrafa de cerveja. Ela encheu meu copo e depois se serviu, sentando-se mais perto. Não parecia prestar atenção nos grunhidos baixos de desagrado que seu pai soltava. Ela apoiou o queixo na palma da mão e se aproximou, sussurrando:
– Você o *viu*?

Ele. O Diabo. É claro que ela estava falando do sr. Morningside. A cerveja não desceu tão fácil no gole seguinte. É claro que eu o tinha visto, mas será que ele realmente poderia ser considerado o Diabo? E, levando em conta toda a sua maldade e estranheza, será que eu gostaria de ser associada a ele na frente dos meus anfitriões? Consegui abrir um sorriso desconfortável, girando a cerveja no copo.

– É... verdade que vim de lá, mas não cheguei a tratar com o proprietário. – O que dizer? E quanto? – Fui para lá para trabalhar como criada, mas achei as condições insustentáveis.

– Eles batiam em você? – o homem perguntou. Parte da tensão em seu rosto se desfez, mas sua filha continuava sendo a mais gentil dos dois.

– Não, nada desse tipo – eu disse. Ele não podia ver o curativo no meu punho, mas sem dúvida sua filha podia. Talvez eu conseguisse ganhar a simpatia deles e, posteriormente, sua ajuda. Um pouco de compaixão nunca fazia mal. – Já escapei de um lugar assim antes. Uma escola, Pitney; talvez já tenham ouvido falar. Eles escolhiam o tormento da carne como forma de punição. Minha esperança era nunca voltar, mas agora estou completamente perdida.

O homem cego se levantou e, com a mão ainda segurando o pelo do cachorro, encaminhou-se para a lareira para atiçar o fogo.

– Eles vão vir atrás de você?

– Quem? – perguntei baixo.

– Tanto faz, minha cara – ele disse com uma risada séria. – A escola ou o povo de Coldthistle. Você pode passar a noite e se recompor, mas não vou colocar Joanna ou meu rebanho em perigo.

– Pai, ela já está quase morta de susto e ferida! *Eu* é que vou ser um perigo para você se botar essa pobre ovelha para fora agora – a menina disse. Ela lançou um olhar furioso para as costas dele.

– Posso ser útil – murmurei. – Não preciso de caridade.

– Bobagem! É claro que precisa! – Joanna se levantou de um salto novamente e correu até o pai, tocando a pequena mão no ombro dele. – Ele é um bom homem, meu pai, só tem medo de que as pessoas tirem vantagem dele. Na verdade, já foi mais tolerante antes e pode voltar a ser; basta eu dar uma ou duas cutucadas.

– Já chega de cutucada – ele resmungou, mas, quando riu, foi mais leve. Mais doce. Não consegui identificar seus sotaques. Sem dúvida, não eram da região. A família de um simples pastor falaria com um dialeto mais forte de Yorkshire. – Posso falar por mim, minha filha, e é isso que vou fazer.

Suspirando, mas apenas meio sério, ele se virou e olhou na minha direção. Por um momento, parecia que ele realmente podia me ver sentada ali.

– Você pode ficar, mas não posso deixar de perguntar: você está completamente sozinha no mundo? Não tem nenhum lugar para onde ir? Nenhuma família? Nenhum amigo?

O nome de Lee ficou preso como um nó na minha garganta.

Voltei a abaixar os olhos para a cerveja e Joanna saiu de perto da lareira para se aproximar de mim, pegando meu punho bom de leve e apertando-o.

– Ei, não precisa se acanhar. Foi uma pergunta sincera e sem nenhuma má intenção, tenho certeza.

– Meus avós me compraram um lugar naquela escola infernal para se livrar de mim. Teve... uma pessoa que foi gentil comigo, mas não sei se posso chamá-lo de amigo... – *Você poderia, só que aí a culpa seria grande demais.* – Mas não há muito que ele possa fazer agora, e estou sozinha. Não busco piedade. Não tenho medo da solidão.

– Ah, mas deveria. – O pastor apertou os olhos na minha direção e fiquei paralisada, percebendo de repente que estava confiando cegamente nessas pessoas quando esses erros haviam me custado caro no passado. No começo, Coldthistle também não tinha parecido uma bênção? Afastei o punho da mão da menina, mas o homem simplesmente sorriu para nós. – Uma ovelha longe do rebanho fica vulnerável. Deve ser levada de volta para onde é seguro. Uma vida solitária é uma refeição para os lobos.

– Isso não é da nossa conta, pai – Joanna o repreendeu com ternura. – E aqui, você não pode ver, mas ela tem um lindo clipe de ouro! Pode ser trocado por uma passagem, tenho certeza. Sem dúvida levaria você até Londres e um quarto modesto.

Levei a mão ao clipe por instinto, cerrando o punho em volta dele.

– Não, este clipe... Ele... Bom, entenda, ele tem valor sentimental. Não posso me separar dele.

– Joanna. – O homem soltou o cachorro, virando-se e ficando de frente para nós. – Big Earl precisa comer. Pode levá-lo para fora? Tem uma junta de cordeiro para ele no barracão de defumação.

Ele a estava mandando embora de propósito e me preparei, sabendo que o que quer que viria em seguida não seria nada bom. Olhei para a porta, pronta para correr, vendo a moça morder o lábio de frustração e assobiar para chamar a atenção do cachorro, que a seguiu pela porta. Depois que ela se fechou, deu para ouvi-la chutando os cadáveres de pássaros para passar.

– Eu vou embora – disse, levantando-me. – Está claro que abusei da sua bondade.

– A oferta para passar a noite continua em pé, minha querida – ele disse. Ele deu alguns passos cuidadosos na minha direção, encontrando a mesa e apoiando-se nela para se equilibrar. – Mas não temos espaço nem recursos para outra jovem aqui. Adotei Joanna depois que a mãe dela entregou a alma a Deus e jamais a consideraria um fardo, mas essa é uma profissão humilde, de ganhos humildes. – Em seguida, fez uma pausa e, de novo, senti que conseguia me ver claramente apesar de sua cegueira. – Ela comentou que você usava um clipe de ouro...

– Uso, sim.

– Descreva-o para mim – ele disse. – Por que preço ele poderia ser vendido? Podemos conseguir fazer uma troca.

– É de ouro, com uma filigrana e um símbolo de serpente – disse a ele. A cerveja estava soltando minha língua agora e enfraquecendo meu juízo. No entanto, mesmo com a cabeça enevoada, a inscrição parecia estranha demais para ser revelada. O que esse velho pastor pensaria de uma menina solitária e errante, que trazia um *"Eu sou a Ira"* gravado em sua única posse de valor?

– Isso é tudo, Louisa?

– Este é o clipe exatamente – menti com a voz mais ou menos firme. – Mas não posso e não vou dá-lo para você.

O pastor teve um breve acesso de riso.

– Você me toma por ganancioso.

– De maneira alguma – respondi. Toquei o clipe novamente, segurando-o, sentindo seu anormal calor interno. – Você pode amar Joanna, mas ela é, *sim*, um fardo. Eu também sou. Todas as moças sem fortuna e sem família são. Ainda mais uma menina pobre e sem ninguém, instável e amuada como eu.

– Por Deus, minha querida, você é muito dura consigo mesma – ele disse, puxando uma cadeira e sentando-se devagar.

Cerrei os dentes, ofendida com sua piedade.

– A dureza de algo não muda sua verdade.

– Algo pesa muito sobre você – ele disse, fechando os olhos. Seu rosto estava suave e simpático novamente, como uma maçã banhada pelo sol. Com uma destreza surpreendente, ele serviu mais cerveja para si mesmo e depois mais para mim. Devagar, fui me sentando também. O som da voz de Joanna e o balido do rebanho que atravessavam as paredes eram agradáveis. – Antigamente, eu tinha a mente de um homem do clero. Sempre conseguia ver quando uma alma precisava de elevação. Não é um dom que se possa cobiçar; sentir tanta dor custa caro. Uma ovelha longe do rebanho fica vulnerável, e essa solidão tornou você fria.

Ficamos em silêncio por um bom tempo. Senti a cerveja tonteando meus pensamentos, deixando minha língua ainda mais atrevida que o normal.

– Foram os pais descuidados e professores sem coração que me deixaram fria, e é mais fácil eu virar a rainha da Inglaterra do que carregar a culpa pela crueldade deles.

O pastor assentiu, arrumando seu quepe de lã.

– Você comentou de um amigo e alguém lhe deu esse requintado clipe de ouro. Valor sentimental. Você tem pessoas, acredito eu. Mesmo se não as quiser, talvez elas queiram você?

Ser querida. Não era uma sensação com a qual eu estava acostumada. Eu tinha certeza de que não me interessava ser querida pelo sr. Morningside, mas Lee havia sido gentil. Havia acreditado em mim. Mary também havia me aceitado, assim como o resto da casa. *Não é porque eles me queiram que eu deva retribuir o sentimento.*

Ele esperou pacientemente por uma resposta – o que foi bom, porque demorei um bom tempo para encontrar uma. Para fugir de Pitney, minha única amiga lá, Jenny, havia criado uma distração enquanto eu escapava pela janela e fugia noite adentro. Ela fingiu um espasmo, e eu a convencera a fazer isso com a promessa de que encontraria uma maneira de resgatá-la também.

Não haveria resgate. Pitney tinha ficado para trás agora. Mas Coldthistle...

– Meu amigo... Acho que ele pode estar em perigo. Ele precisa da minha ajuda. Não é a solidão que me aborrece, pastor, é saber que eu poderia tê-lo auxiliado de alguma forma e, em vez disso, não fiz nada.

– Ah. – Ele deu um gole na sua cerveja e voltou a tocar no quepe. – Fé sem obras está morta em si mesma – ele disse em seguida. – Você vai passar a noite conosco, minha cara?

Coloquei o copo na mesa, sentindo o peso das minhas preocupações cair com tudo e então, inesperadamente, se apaziguar.

– Não, pastor. Obrigada pela sua hospitalidade, por me salvar, mas acredito que estão precisando de mim em outro lugar.

Capítulo vinte e quatro

A barqueira de Calabar

Poucos tiveram o enorme prazer de observar um autêntico barqueiro trabalhando. Bom, poucos estão dispostos a pagar o preço exorbitante que esses profissionais cobram por um vislumbre de sua embarcação. As variações do nome são incontáveis, mas "barqueiro" sempre me pareceu o termo mais preciso e poético de todos.

Há uma habilidade natural e necessária para o trabalho, obviamente, embora o charlatão comum ou o xamã pretensioso aleguem ser capazes de realizar magias *semelhantes. O barqueiro deve trabalhar na escuridão e no sigilo, e apenas sob a luz de uma lua de sangue. Não me deram o nome da mulher – eu a encontrei por meio de pesquisas discretas nos mercados da periferia de Calabar e, mesmo assim, apenas graças a um jovem aventureiro nigeriano que eu havia conhecido alguns anos antes em uma viagem para estudar os canis infernalis no distante Zanzibar. Olaseni conseguiu encontrar nossa barqueira por meio de um complexo sistema de símbolos deixados em portas e papéis entregues a mensageiros e meninos de rua, e então, por fim, após duas semanas de inatividade em Calabar, recebemos uma mensagem da barqueira em pessoa. Tínhamos que ir à beira d'água pouco antes da meia-noite e seguir os chamados dos noitibós-de-nuca-vermelha.*

Era uma noite quente, a costa estava cheia de moscas e bandos de morcegos se alimentando delas. Barcos altos flutuavam no porto, com as velas presas, os mastros expostos se sobressaindo da água como esqueletos de monstros gigantes. A terra estava arenosa enquanto esperávamos cada chamado do noitibó, então avançamos um pouco, para depois esperar mais um pouco... Era uma rara e cobiçada lua de sangue, cuja luz tingia as areias e a baía de um vermelho-alaranjado profundo cor de ferrugem. Olaseni era um jovem esguio e se movia com uma velocidade e um silêncio fascinantes. Esforcei-me para acompanhar o ritmo, seguindo o brilho de um lenço azul amarrado em volta da sua cintura. À nossa esquerda, havia água; à direita, a extensão sinistra de inúmeras árvores altas e entrançadas. Devemos ter esperado por uma dezena de chamados ressoantes de pios e chilreios, pios e chilreios, até depararmos com uma trilha de terra que cortava a vasta floresta costeira.

O nome dela era Idaramfon. Ela elogiou meu efik e elogiei seu inglês. Ela trabalhava numa área aberta, protegida por algumas poucas frondes baixas. Uma pequena fogueira tinha sido acesa na beira da clareira e um menino cuidava dela, de costas para nós. Idaramfon vestia uma túnica simples, limpa e pura, com uma faixa vermelha e preta torcida numa espécie de corda pendendo frouxamente de seu pescoço. Sua cabeça completamente raspada cintilava feito um rubi sob a lua de sangue.

O corpo de um jovem menino foi colocado em frente a ela num leito de grama. Ele estava lavado e nu, com um semblante de paz. Não havia marcas visíveis em seu corpo e só pude supor que alguma doença invisível havia tirado sua vida.

– Espero que não tenha medo da morte ou de morcegos, estranho – ela disse com um sorriso.

– Já vi minha cota de morte, barqueira. E, quanto aos morcegos, são criaturas fascinantes – foi a minha resposta. Verifiquei minhas anotações, espantosamente fáceis de ler sob o forte luar. – Eles não devem ser temidos. São eles sua... embarcação escolhida? É essa a palavra que você prefere usar?

Ela acenou e, quando fez isso, alguns daqueles mesmos morcegos desceram para se juntar a nós. Eles pousaram em uma das frondes baixas. Eram duas criaturas escuras e, para ser franco, de uma feiura grotesca. Seus rostos eram enrugados, e suas presas inferiores, pronunciadas, dando-lhes um ar faminto e ferino. Mesmo assim, sorri ao vê-los. Afinal, faziam parte do ritual que eu tinha vindo presenciar. Talvez esses bichos horrendos fossem uma escolha poética, considerando que serviriam como ponto de passagem para a alma entre a vida e a morte, até alguém ou algo decidir libertá-los.

Um miasma denso e frio nos cercou, emanando da jovem. Sussurros nos rodearam, um tornado baixo de vozes que desapareceu no instante em que tentei decifrar as palavras. Gotas frias de suor escorreram pelas minhas têmporas; a transição do ar quente para o frio tinha sido tão súbita que me deixou sem ar e entorpecido.

Os olhos castanhos dela brilharam escarlates, e então ficaram ainda mais vermelhos, carvões brancos em chama que pulsavam sob o luar. Ao meu lado, Olaseni soltou uma lamúria. Olhei no fundo dos olhos ardentes de Idaramfon e uma centena de almas perdidas me encararam de volta, desafiando-me e provocando-me a continuar olhando, continuar fixado naquele ponto e perecer para que pudesse me juntar a eles. Depois, quando voltei para sua casa, perguntei a Olaseni o que ele tinha achado da experiência. Com um olhar assombrado, *ele a descreveu nas seguintes palavras: foi como se conseguisse sentir o ponto em que meu corpo e minha alma se encontram; eu podia sentir a costura, e então senti que essa costura começava a ceder e a se rasgar.*

Na clareira, com os olhos vermelhos rodeados de prata, Idaramfon, a barqueira, sussurrou:

— Quando eu disser para fechar a boca e os olhos, estranho, obedeça. Pretendo embarcar apenas uma alma esta noite, e não deve ser a sua.

Mitos e lendas raros: Coletânea de descobertas de
H. I. Morningside, *página 233*

Chijioke e Mary estavam trabalhando lado a lado no gramado, tapando os buracos enquanto a luz laranja do crepúsculo crescia à nossa volta. Ao que parecia, um bom número de corvos havia sobrevivido à perseguição e, agora, repousava agrupado em cima do telhado da mansão, limpando as penas e se agitando. Quando saí da cabana do pastor, Joanna já tinha tirado os pássaros mortos da entrada, embora suas penas tivessem se acumulado feito neve negra.

Foi Chijioke quem me viu primeiro, enfiando a pá na terra macia e se apoiando nela. Ele protegeu os olhos e então acenou, chamando-me. Eu havia pegado a estrada de volta para Coldthistle, considerando-a mais segura do que os campos, onde outros daqueles corvos poderiam estar sobrevoando. Duas carroças esperavam na entrada circular em frente à mansão, e uma estava sendo carregada por Foster e George Bremerton, que equilibravam entre si uma longa ripa de madeira com um vulto coberto em cima dela. A sra. Eames. Não sei por quê, mas fiquei levemente grata em pensar que ela não seria enterrada ali na propriedade.

— Aonde estão levando o corpo? — perguntei, parando perto deles e observando os homens enquanto colocavam o cadáver dentro da carroça, sérios.

– Derridon – Chijioke respondeu. – É uma vila logo ao norte daqui. Imagino que a família vá querer que o corpo seja levado para ultramar ou talvez para Londres. – Ele não parecia interessado em observar o carregamento, em vez disso mantinha o olhar fixo em mim. – Soube que eles ficaram um tiquinho indignados com você por encontrar a moça. Você estava planejando fugir?

Alternando o olhar entre ele e Mary, notei seus ombros curvados e olhos caídos, e o acanhamento coletivo deles ficou completamente aparente. Eles acharam que eu tinha fugido porque estava sendo acusada de assassinato. Era ao mesmo tempo ridículo e adorável, mas eu não estava no clima para brincadeiras.

E, mesmo não confiando neles, não tinha a intenção de fazer os dois de palhaços.

– Não, fugi porque este lugar me dá medo. Não quero participar da sua... seja lá o que vocês pensam que fazem.

Vi os olhos de Mary pousarem no clipe em meu avental.

– Então por que voltou? Você sumiu por horas, mocinha. Pensamos que tinha ido de vez.

– Um bando de corvos me perseguiu até a cabana de um pastor – eu disse, ácida. – Fiquei lá sentada pensando, e decidi voltar para buscar Rawleigh Brimble.

– Ele realmente parece um rapaz gentil – Mary disse, abraçando a pá e se apoiando nela. – Mas o sr. Morningside não comete erros, Louisa; ele deve estar aqui por um motivo. Sei que é difícil aceitar, mas mesmo pessoas gentis podem ser podres por dentro. Nunca mordeu uma maçã que parecia deliciosa e descobriu que estava estragada? É horrível, e muita gente engana os outros da mesma forma.

– Rawleigh não é uma maçã podre – retruquei. – Ele só está... confuso. E é meu amigo.

Eles trocaram um olhar que não consegui interpretar. Chijioke passou a mão no maxilar largo e franziu a testa, com uma expressão que anunciava ainda outra repreensão.

– Muito bem, então.

– Como é que é? – Onde estava a devoção fervorosa à palavra do sr. Morningside?

Ele deu de ombros e voltou a tampar buracos.

– Coisas mais estranhas já aconteceram. Se você tiver razão, tenho certeza de que o sr. Morningside vai descobrir no final. O que o menino supostamente fez?

– Matou o guardião – eu disse, esperando que Mary interviesse em apoio ao patrão. – A história toda foi um acidente. Alguma reação violenta a uma noz ou coisa do tipo. A parte importante é que Rawleigh não queria que nada acontecesse com seu guardião. Acho que ele realmente amava e respeitava aquele homem.

– Então vai ver o lugar dele é no Extraterreno!

Levei um susto enorme, virando para encontrar Poppy e seu cãozinho bem atrás de mim. Ela deu um aceno minúsculo e depois apontou para Chijioke.

– Você está estragando todo o trabalho duro do Bartholomew!

– Os buracos são desagradáveis, Poppy – ele murmurou, revirando os olhos. – E perigosos. Quase quebrei a perna duas vezes só esta semana!

– Ele está treinando! – ela resmungou.

– O que você quer dizer? – perguntei, abaixando um pouco para falar com a menina de rabo de cavalo.

Poppy fez bico e cruzou os braços na frente de seu vestido azul e leve.

– Ele é pequenininho, mas precisa praticar agora senão nunca vai melhorar e voltar pro lugar quente! Não quero que ele vá embora, mas é o que toda a espécie dele precisa fazer. E por isso ele *precisa* praticar, *Chijioke*.

Então ela mostrou a língua para ele.

– Não sobre o cachorro – eu disse com um suspiro. – Sobre o Extraterreno. O que exatamente você quis dizer?

– Ah! – Ela gargalhou alto e acariciou a cabeça do filhote. – Lee pode ser um de nós. Isso nunca aconteceu desse jeito antes, mas Mary e Chijioke são muito, muito espertos e, se acreditam em você, é porque pode ser só um daqueles caminhos complicados.

– Ele parece perfeitamente normal – eu disse, depois me retraí. – Quer dizer... só...

– Não se preocupe – Mary murmurou benevolente, mas suas bochechas estavam vermelhas. – A gente sabe o que você quis dizer.

– Normal é uma palavra engraçada. Eu gosto do som dela. – Poppy riu de novo e deu um tapa na pá de Mary, depois chutou a de Chijioke. – Ele pode ser... um fae das trevas, ou um fantasma, ou um invocador de mortos, ou um barqueiro, ou aquela coisa que a Mary é e que eu ainda não estou convencida que são palavras de verdade, ou um sugador de trevas ou, ou...

– A gente entendeu, Poppy – Chijioke disse, movendo a pá para longe do alcance dela.

– Ele é só um garoto. – Era mais um absurdo em uma lista crescente. – Um garoto humano sem graça, assim como eu, uma garota humana sem graça. – Eles ficaram me encarando num estranho e tenso silêncio, um silêncio que foi quebrado quando notei a porta da frente da mansão se abrindo atrás deles. Lee em pessoa saiu, correndo até o tio e a carruagem. Então ele parou, encontrando-nos reunidos no gramado.

Ninguém falou nada enquanto ele apertava o passo até nós, usando um casaco de viagem remendado com uma guarnição cinza e leve e luvas de couro. Ele sorriu ao me ver, batendo as mãos uma na outra conforme praticamente saltitava na minha direção.

– Que surpresa agradável! A governanta disse que você tinha partido, mas não especificou por quanto tempo. Pensei que não voltaria a ver você tão rápido.

– Olá, humano sem graça – Poppy disse, acenando.

– Ah, hum, olá – ele respondeu, rindo de nervoso. – Estamos indo para a cidade por pouco tempo. Um lugar chamado Derridon. Não conheço, mas parece que tem um ótimo agente funerário lá. Pensei que você poderia querer ir junto, Louisa. Estou desejoso de sua companhia.

Discretamente, Mary pigarreou, puxando os outros para longe para nos dar privacidade. Corei, sabendo exatamente como aquilo parecia bobagem. *Desejoso de sua companhia.* Se eu admitisse para mim mesma o que aquilo parecia, teria que aceitar que Lee não estava apenas tentando ser meu amigo, mas me *cortejando*.

– Não posso fazer isso – sussurrei. – E as aparências? Sou apenas uma serva aqui.

Ele se aproximou e piscou, e a proximidade tornou a piscada mais potente e fatal.

– Por mim? Você não pode inventar alguma coisa? Já sei! Você pode dizer que vai ajudar com a entrega ou, sei lá, você é mais esperta que eu.

Os outros estavam nos observando e eu não saberia dizer o que me deixava mais constrangida, ele ou a plateia. Eu não tinha voltado justamente para salvá-lo? Ele precisava ser alertado. E talvez eu pudesse ir. Talvez pudéssemos subir naquela carroça e partir sem nunca olhar para trás.

Peguei sua manga e o puxei na minha direção, abaixando a voz num sussurro tenso.

– Vou dar um jeito de ir com você, mas, se não conseguir, prometa para mim que não vai voltar aqui. Vá para Derridon, se preciso, mas depois contrate um coche e vá embora. Vá embora, Lee, para o mais longe que puder da Casa Coldthistle.

Capítulo Vinte e cinco

O eterno mistério da Ordem Perdida

Na vastidão das minhas viagens, na Síria, em Jerusalém, em Veneza, Roma e nas Catacumbas de Paris, deparei com uma seita sem nome que me perturba mais do que banshees assassinas ou cães do inferno. Digo sem nome, mas sei que essa é uma inverdade – eles têm um nome e, com certeza, deve ser um nome de grande importância, pois, em todos os seus locais de adoração, o nome da ordem foi removido. Quando não está queimado ou pintado por cima, está laboriosamente lascado da pedra, deixando para trás apenas o vislumbre desgarrado de uma letra aqui e acolá. Isso me parece um desperdício absurdo de tempo e esforço

– cinzelar o nome e os feitiços da ordem numa parede ou no chão apenas para apagá-los logo em seguida.

Como escreveu o bardo, "O que é que há, pois, num nome?".

Apesar de apagar o nome em si, eles não se dão ao trabalho de apagar as evidências de sua presença: crânios deformados usados para fins ritualísticos, cadáveres mirrados de serpentes de listras vermelhas e brancas, enrolados e mutilados. Até fragmentos de seus feitiços são deixados para trás, quase descaradamente, como se para provocar. Eles louvam Mixcoatl, Gurzil, Maahes, Laran... Deuses da destruição e da guerra, mas a que fim?

Outros demonologistas sugeriram que os praticantes desse culto não passam de amadores aleatórios, uma turba desorganizada brincando de feitiçaria e magia, que não têm nenhum propósito maior de estudar o estranho. Devo discordar. Existe uma ordem em sua loucura, e ordem implica propósito. E propósito implica uma meta.

Mitos e lendas raros: Coletânea de descobertas de
H. I. Morningside, *página 98*

Eles terminaram de carregar as carroças quando o sol mergulhou atrás do horizonte. As lamparinas brilhavam no gramado de Coldthistle, então a luz fantasmagórica foi se apagando até não ser nada além de poças fracas na escuridão iminente.

Aproveitei as sombras, oferecendo-me para ajudar Mary e Chijioke a encher os buracos até as carroças parecerem prontas para partir. Então, prontifiquei-me a levar as pás de volta para o celeiro, uma gentileza que eles aceitaram de bom grado. Chijioke iria com os homens para Derridon e Mary estava sendo chamada na cozinha. Eu poderia ter simplesmente saído andando para as carroças com Lee, mas já tinha tentado uma tática audaciosa antes e um bando de corvos veio atrás de mim, enviados pelo sr. Morningside ou outro alguém, fosse um alerta ou uma punição. Dessa vez, uma tática mais sutil conviria melhor.

Eu precisava escapar de Coldthistle, mas não antes de saber que Lee estava a salvo. Mesmo se eu conseguisse chegar à América, um oceano entre nós não me livraria da culpa de sua morte.

No celeiro, decidi guardar as pás e voltar furtivamente ao palheiro para buscar o livro. Eu tinha considerado abandoná-lo, mas o sr. Morningside estava certo sobre uma coisa: eu ainda estava curiosa. Curiosa para saber se havia alguma verdade no que ele dizia sobre um mundo maior e extraterreno, curiosa para ler mais sobre seus relatos ridículos, por mais que eu mal acreditasse neles. Além disso, se não terminasse de ler o livreto, eu não poderia saber se ele seria capaz de me instruir, direta ou indiretamente, sobre como desfazer o poder coercivo do livro no sótão. Parecia tolice confiar eternamente num simples clipe.

Puxei a escada até o palheiro e subi correndo para o pequeno e aconchegante esconderijo, parando de repente ao encontrá-lo ocupado.

Sr. Morningside. Ele folheava seu livro casualmente, de costas para mim, então se virou, erguendo uma sobrancelha preta enquanto me observava por sobre a capa esfarrapada.

— Sabe, foi extremamente grosseiro da parte de Spicer não se dar ao trabalho nem de levar esse livro com ele. Malcriado. Acho que eu não deveria esperar nada menos de alguém do Extraterreno. — Ele fechou o livro e o estendeu para mim, parecendo o retrato da benevolência casual.

Não estendi a mão para pegar. Parecia mais uma de suas armadilhas.

— Como foi seu pequeno passeio pelo campo? Fez algo de interessante? Observou pássaros, talvez?

— Você mandou aqueles corvos — eu disse, sentindo os segundos passarem numa velocidade espantosa. As carroças sairiam sem mim se eu não me apressasse. — Eles me *atacaram*. Pensei que você tinha dito que eu poderia partir.

– É claro que pode. Dei o clipe para você, não dei? Enfim, como você sabe que os pássaros estavam atrás de você, hein? Talvez fossem destinados àquele velho tolo da cabana.

– Você sabe sobre o pastor? – perguntei, olhando para a pequena janela do palheiro. Estava completamente escuro agora. Eu precisava correr.

– Nosso caríssimo vizinho. Vez ou outra, uma das ovelhas estúpidas dele entra na nossa propriedade. Então, sim, já tratei com ele. Ele tem a cara de um pudim cru, você não acha?

– Ele foi gentil comigo – eu disse, erguendo o queixo desafiadoramente. – E ele não está mantendo em segredo uma casa cheia de assassinos.

– Então talvez você devesse viver naquela choupana imunda com ele. Tenho certeza de que você vai achar incrivelmente estimulante. Ovelhas! Quanta emoção. Espero que seu coraçãozinho aguente a adrenalina. – Ele deu um passo na minha direção, abrindo seu sorriso cheio de dentes, estendendo o livro até tocar no meu braço. – Leve. Tenho uma centena desses acumulada no meu armário.

– Ninguém quis comprar uma coletânea de contos de fadas para crianças? – Era um risco, mas talvez eu poderia enfurecê-lo o bastante para fazer com que ele fosse embora. Se ele ficasse, não haveria como chegar a Lee e levá-lo com segurança. No entanto, a provocação só o fez bufar. Peguei o livro das suas mãos e cruzei os braços sobre ele.

– Já chegou ao capítulo sobre crianças trocadas, Louisa? – ele perguntou, estreitando os olhos.

– Não. Tem um nome insípido.

– Apropriado, então. – Ele riu diante do meu semblante pasmo e quase se virou ao meio para chegar à janela do palheiro, estalando a língua. – Parece que sua carona para Derridon está prestes a partir. Você deveria correr agora para não perdê-la.

Minha carona? Não consegui evitar; fiquei tão embasbacada que o livro quase escapou dos meus braços.

– Por que eu iria para Derridon? – perguntei, enquanto meu coração saltava com as possibilidades.

– Tem alguma coisa incompreensível naquele tal de George Bremerton – o sr. Morningside disse, empertigando-se. Ele inclinou a cabeça para o lado, e seus olhos dourados passearam pelo teto. – Ele veio com o sobrinho para investigar alguma reivindicação tediosa de herança, mas não fez nada além de flertar com a cara finada sra. Eames e vasculhar a casa. Se quer tanto roubar o dinheiro daquele menino, por que não se esforça mais para colocá-lo nas mãos de Brimble primeiro? Não, algo não parece certo, se entende o que quero dizer. Não há nenhum bom motivo para Bremerton ir a Derridon esta noite, e quero saber por que ele de repente está tão interessado em ir. Você pode me ajudar com isso.

Ele estava agindo rápido demais. É claro que era uma possibilidade e, sim, a casa parecia atrair canalhas, mas isso era esforço demais só para enganar o sobrinho. Porém, eu não tinha gostado dele logo de cara, não é? Minha cabeça começou a doer. Não, não, não, eu não gostava dele simplesmente porque ele era exatamente o tipo de patife rico que eu poderia roubar com facilidade. Essa devia ser algum tipo de tramoia... uma distração. Uma maneira de colocar Lee e eu um contra o outro.

– Não vou espionar para você – eu disse, recuando de volta à escada do palheiro.

– Quem falou alguma coisa sobre espionar? – o sr. Morningside perguntou. Ele ergueu as mãos inocentemente, mas eu sabia a verdade. – Pensei que seu amigo Lee Brimble era inocente. Se o tio dele tem planos de tomar a fortuna do rapaz, então certamente você deve querer protegê-lo. Só quero saber se minhas suspeitas sobre o homem estão corretas. Você sempre esteve tão disposta a provar a inocência de Brimble... Isso mudou?

– Não mudou – eu disse, virando as costas para ele. – Talvez eu e ele simplesmente fujamos, já pensou nisso?

– Não há o que pensar. Se o lugar dele é em Coldthistle, ele estará aqui. Nada além de um milagre vai impedir isso. – O sr. Morignside deu de ombros e caminhou em direção à escada, cercando-me. Sua proximidade fez minha pele se arrepiar e, no entanto, eu não conseguia me mover; sua órbita era tão repulsiva quanto irresistível. Eu o odiava, e queria que ele falasse mais. Revelasse mais. Como ele poderia ter tanto poder sobre as pessoas? Como poderia saber de livros, de maldições e de um extraterreno que se movia feito uma sombra perversa sob o nosso mundo?

Ergui os olhos para ele, fumegando e encarando seu olhar felino.

– Então talvez eu seja esse milagre.

Com isso, ele soltou uma gargalhada.

– Você? – ele perguntou depois de se recuperar, secando lágrimas invisíveis das bochechas. – Você é um milagre, pequena Louisa, ou uma *maldição*? – Ele abaixou a voz e a cabeça, aproximando os lábios da minha orelha e completando a ideia num sussurro gutural. – Acho que nós dois sabemos a resposta.

– Senhor? Senhor? Sr. Morningside? – Era Chijioke chamando de baixo, com uma voz que ecoava pelas vigas de madeira.

– Aqui em cima. – O sr. Morningside recuou a uma distância segura e sorriu mais uma vez. – Acho que essa é a sua deixa, Louisa, ou quer ficar e conversar mais um pouco?

– Não – eu disse, desaparecendo escada abaixo. Eu me recusava a olhar mais para ele. Recusava-me a cair em suas armadilhas. – Estou indo embora, sr. Morningside, para nunca mais voltar.

Chijioke me ajudou a entrar no fundo da carroça que conduziria para Derridon. Subi no banco direito, preso ao piso. O segundo banco ficava no lado oposto do leito da carroça e, entre mim e ele, jazia o corpo da viúva, envolto num cobertor pesado. O piso da carruagem estava coberto de cocô seco de passarinho.

– Eu preferia ir na carruagem com os outros – eu disse baixo, tocando apenas a ponta dos dedos no chão. Agora seria quase impossível convencer Lee a fugir de Coldthistle para sempre, comigo ou sem mim. No entanto, ir era melhor do que nada. Eu tinha que me certificar de que ele não voltaria para essa casa. Mesmo ali no alto, eu estava apenas um pouco acima da altura dos olhos de Chijioke. Ele estava usando um casaco de lã pesado e um cachecol volumoso de tricô.

– O sr. Bremerton pediu privacidade para ele e o sobrinho – ele respondeu, também num sussurro. – Por enquanto, ele é um hóspede e deve ter o que quer. Não tem espaço para você no meu banco, mocinha. Com vocês e o corpo da viúva, mal tem espaço para o engradado de provisões lá na frente. Só não perca a cabeça, está bem? Você não deve confiar no médico. Nem em nenhum deles.

– Confio em Lee – retruquei. – Ele não é como os outros. E, além disso, o médico me defendeu.

Chijioke balançou a cabeça e esperou até o dr. Merriman chegar e subir no leito da carroça. A traseira foi trancada e Chijioke cerrou o maxilar, esperando para falar até trocarmos olhares.

– Pense o que quiser, Louisa, só se lembre do que eu disse. Grite se precisar de mim.

Ele saiu andando pela escuridão e, por um momento, o perdi de vista enquanto saía da luz segura da lamparina e dava a volta pelos cavalos.

Havia uma manta velha sobre o banco, que coloquei sobre o colo, tentando conter um calafrio.

Foster gritou para os cavalos na carruagem à nossa frente e ouvi o estalar de um chicote enquanto partiam pela noite. Seguimos logo atrás e pensei nostalgicamente no calor dentro da carruagem. Meu Deus, quanta coisa havia mudado desde aquela vez. Fazia menos de uma semana, mas eu me sentia tão diferente, como se o mundo tivesse sido virado de cabeça para baixo. A inocência poderia morrer num piscar de olhos. Eu estava tão ansiosa para chegar a Coldthistle e, agora, não conseguia esperar nem mais um minuto para deixar tudo isso para trás. Eu sobreviveria ao trajeto congelante em nome do que estava do outro lado.

Com um amigo, lembrei a mim mesma. Essa era a minha chance de fugir com ele para longe do sr. Morningside e de suas cruéis maquinações. Provavelmente seria preciso deixar o tio de Lee para trás. Apesar do que seu sobrinho dizia, que homem feito acreditaria na minha história? Ele me chamaria de histérica e tola, e talvez envenenasse a cabeça de Lee contra mim.

Se já não estivesse fazendo isso agora. *Pediu privacidade.* Não era um bom sinal. Ele estava fazendo o possível para nos separar, mas por quê? Conseguia sentir que estávamos ficando próximos?

— A senhorita parece perturbada.

As carroças viraram na saída do terreno, as rodas fazendo barulho sobre a pedra e o cascalho, as lamparinas rangendo em suas alças enquanto o movimento as balançava para a frente e para trás. Eu tinha me encolhido feito um bicho morto no banco imundo e virei a cabeça com um sorriso triste para o médico. Na mesma hora, a estrada ficou acidentada; as chuvas tinham destruído qualquer chance de um trajeto tranquilo.

— Viajar à noite sempre me deixa insegura — menti. A noite não me assustava, não mais, não agora que eu sabia da existência de coisas muito mais aterrorizantes que a escuridão.

— Não tema. Tenho certa habilidade com uma pistola — ele disse, com um risinho —, e não *apenas* com bisturis. Foster também deve ter algum treinamento marcial, e o sr. Bremerton comentou durante o chá que é bem habilidoso com os punhos e o sabre. Lutou boxe na juventude, pelo que diz, e passou um tempo no Levante e nas Américas.

Assenti, fingindo estar encorajada. O frio sob a coberta persistia e meu olhar vivia se voltando para o fardo enrolado entre mim e o médico. Eu tinha apenas uma vaga noção de que uma mulher morta estava assim tão perto de mim. O cadáver não cheirava mal e, enrolado daquele jeito, mais parecia um tapete ou um embrulho do que um ser que já esteve vivo um dia.

— Como tudo pode mudar tão rápido... — murmurei.

Foi uma surpresa o médico conseguir ouvir apesar das sacudidas na traseira da carruagem de carga.

— A beleza da vida está na sua efemeridade — ele disse, sério, fechando a mão sobre o coração. Ele era um sujeito verdadeiramente ridículo, mas, pelo menos, era mais agradável do que o coronel. — Espero que não esteja tão aflita por nossas condições de viagem um tanto quanto... fora do comum.

— Vou encontrar um jeito de suportar — respondi. Eu tinha minhas dúvidas se ele tinha me ouvido em meio ao tumulto das rodas que se moviam com estrépito pela estrada esburacada.

Cometi o erro de erguer os olhos para ele e descobri que ele estava me observando atentamente. Intensamente. Sua expressão era de profunda ternura, como se olhasse para uma velha amiga e não para uma completa estranha. Fiquei inquieta, puxando o cobertor com mais força em volta de mim. Então, recostei a cabeça e fingi dormir, mas ainda sentia seu olhar pesado como chumbo sobre mim.

— Sabe, você parece um anjo desse jeito. Tão serena. Inocente.

Abri os olhos de repente, assustada.

— Não sou nenhum anjo, senhor, apenas uma criada cansada.

— Não, verdade, você não é nenhum anjo. — Ele riu, passando o indicador sobre as manchas escuras de seu bigode, delineando-o. — Há quem duvide se realmente não fez nada com a viúva.

– Como é que é? – Eu queria desaparecer embaixo do cobertor ou talvez empurrá-lo para fora da carroça. A estrada ficou plana e Coldthistle se tornou um borrão atrás de nós. Ainda assim, dava para ver as sombras passando entre as janelas, os Residentes ganhando vida fervorosamente com o cair da noite. Olhei para a minha direita, para a cortina cerrada, e Chijioke atrás dela.

– Ah, os outros acham que você tinha inveja dela, da beleza e da riqueza dela, mas duvido que recorreria a assassinato por algo tão mesquinho – ele disse, ainda afagando o bigode. – Você parece uma menina inteligente. Encontrou a carta? Sabia que ela pretendia extorquir aqueles homens cegos?

– Eu a encontrei exatamente como você a viu – respondi rápido. – A maquinação dela não tinha nada a ver comigo. Por que eu me importaria?

O dr. Merriman assentiu devagar, mas seu olhar ficou mais intenso.

– Então você é *mesmo* inocente.

– Deus do céu, é *claro* que sou!

A carruagem avançava às voltas de um lado para o outro, sacudida pelo terreno irregular. Foi a coisa errada a se dizer. O médico sorriu para mim e se moveu rápido, saltando do seu banco para o meu, passando por cima da viúva sem dificuldades com suas pernas longas. Ele se sentou ao meu lado. Perto. Perto demais. Então lembrei de sua mão na minha perna no Salão Vermelho, e a geada do ar noturno ficou perigosamente congelante. Quanto duraria o trajeto até Derridon?

– A verdadeira inocência é algo tão raro – ele disse, e me encolhi com o tom sedutor de sua voz. Ele não me observava mais com aquela ternura estranha, mas suportável. Sua atenção havia se aguçado, seu hálito pesado e acre estava sobre meu ombro. – Minha garotinha também era inocente. Você me lembra dela, da minha filha. Tem o mesmo cabelo e olhos escuros...

Fiquei procurando a coisa certa a dizer. A distração certa.

– Como ela é?

– Não muito inteligente, mas boa e ingênua. Sempre ouvia o pai. Sempre fazia o que eu mandava. – Ele soltou um suspiro saudoso. – Até que um dia deixou de ouvir. Vivo me perguntando como isso foi acontecer... Como uma boa menina, tão amorosa, poderia se tornar uma moça atrevida e emburrada, importante demais para o pai, importante demais para todo mundo.

O médico voltou a suspirar, mas agora parecia desapontado.

– Talvez a inocência seja como uma vela; ela pode ser apagada logo cedo ou pode queimar até virar nada, mas está destinada a morrer, de um jeito ou de outro. – Ele balançou a cabeça e colocou aquela temida mão na minha coxa. Senti meu espírito se encolher com seu toque. Por Deus, Chijioke estava certo e, maldito seja, o sr. Morningside também estava certo. As pessoas atraídas a Coldthistle eram podres por dentro. – Por um longo tempo eu culpei a mãe dela. Mas não, Catarina escolheu seu próprio caminho. Ela preferiu outro homem a mim e nunca mais foi a mesma.

– Por favor – eu disse num sorriso abafado. – Pode retirar sua mão...

– Creio que não. – Ele usou mais força, e seus dedos cortaram pela coberta e as saias até minha carne. – Eu a enterrei com minhas próprias mãos, sabe. Lavei seu corpo. Vesti seu corpo. Cavei a cova por mais tempo do que imaginei, mas valeu a pena tudo isso, ser o único sozinho com ela no final.

Engoli em seco e ergui os olhos para o teto. Talvez ele fosse apenas um pai de luto. Esse momento passaria quando se recompusesse.

– Você deve sentir uma falta terrível dela.

– Sim. De cada momento.

– Se entristece você, não precisamos falar de...

– Ajuda falar sobre ela – ele interrompeu. Seus olhos castanho-escuros se encheram de lágrimas. – Tem tristeza, sim, e rancor. Raiva. Arrependimento... Tanto arrependimento.

– Tenho certeza de que você fez tudo que um pai pode fazer – eu disse fracamente. Uma voz de confiança no fundo da minha mente insistiu em reafirmar que eu não queria saber como a menina havia morrido.

A aspereza da estrada e a maneira como ela nos chacoalhava faziam meu maxilar doer.

O dr. Merriman balançava para a frente e para trás, com a mão ainda firme na minha coxa, como uma prensa. Seu semblante relaxou depois de um momento e ele me deu um tapinha na perna. Parecia que desviaria desse assunto perturbador, mas, então, olhou para mim mais uma vez e senti meu coração parar.

Era o olhar de um cachorro feroz. Faminto. Cego, ávido e maníaco. E, embora sorrisse, não havia alegria ali, apenas fixação.

– Você poderia ser como ela. Como a boa Catarina. Poderia ser obediente e doce, sem nunca preferir nenhum outro homem ao seu pai.

– Eu... tenho certeza de que sua filha era insubstituível.

A risada que ele deu mais parecia um soluço.

– Você não faz ideia de como é. Não teria como saber... como é criar alguém. Criar outra pessoa! É padecer no paraíso, pois o amor que você carrega é doloroso. Toda mentira que eles contam, todo raspão que infligem, fere você. Eles são sua carne, mas não agem como sua carne. Não há como controlá-los; eu não consegui controlá-la. Você não tem como entender, jovem Louisa, a sensação de falhar dessa forma.

Fiz do meu semblante uma máscara inexpressiva de submissão. *Não sorria. Não franza a testa.* O menor indício de deboche ou discórdia poderia fazer com que ele mergulhasse mais fundo em sua melancolia. Sua mão estava molhada de suor, uma umidade que vazava pelas cobertas e pelas minhas saias até minha pele. Contive um tremor de repulsa.

– Eu falhei com ela. Falhei comigo mesmo. Fiz um corpo com meu próprio corpo, e ela cresceu para se tornar rebelde e estranha. Em seus últimos dias, eu mal reconhecia a doce menina que antes sentava no meu colo e cantava cantigas. Meu pai me batia, ah, Deus, como me batia! Mas nunca encostei um dedo nela, nunca até ela se tornar uma estranha. Sua carne e seu sangue nunca devem se tornar estranhos.

Coldthistle estava longe da vista agora, tragada pela noite e por uma leve névoa que vinha dos pântanos. O desaparecimento da casa me assustava mais do que eu gostava de admitir; atravessávamos a noite no que parecia um mar de névoa e sombra, desancorados, à deriva até chegarmos a Derridon.

Se eu chegasse a Derridon.

Minha coxa doía, uma cãibra que se espalhava a partir do ponto em que ele apertava minhas veias.

– O senhor está machucando minha perna.

O médico continuou divagando, o suor fazendo sua pele brilhar. A carroça passou por outro buraco na estrada.

– Eu criei aquela carne e ela estragou. Só havia um caminho possível para mim: pegar aquela carne de volta e tentar novamente.

– Pegar... a carne de volta – repeti num sussurro horrorizado.

– Você se retrai, doce menina, mas, assim como as tribos da Nova Guiné, busquei transportar a alma de Catarina para a próxima geração. Eu sou a embarcação e a carrego comigo agora, como fiz antes de ela nascer neste mundo. – Ele olhou para a parede por sobre o meu ombro com um semblante sonhador. Esse sorriso pensativo logo se desfez e ele voltou a atenção para mim, com as narinas alargadas, o maxilar tenso. – Estava errado em tirar a vida dela? Sei que não. Estava errado em consumir sua carne? Vai saber... O que me arrependo é de tê-la criado mal. Arrependo-me de ver os primeiros sinais de insolência como nada além de caprichos infantis. E, agora que paro para pensar, vejo que devo pegar outra filha. A alma dela está maculada. Não era inocente quando deixou o corpo.

Hematomas estavam surgindo sob as unhas dele. Minha perna latejava. Senti seu humor mudar tarde demais e gritei, empurrando os ombros do médico e me lançando em direção ao outro banco.

– Chijioke! – Tentei gritar, mas o grito se extinguiu na minha garganta; um golpe atrás da minha cabeça me fez engasgar, cuspir e cair no chão. Minha visão ficou turva, os excrementos brancos nas tábuas sob meus dedos se misturaram até a madeira parecer puro marfim. Com dificuldade, consegui me erguer para o banco e tomei ar.

Ele me pegou pelo tornozelo e puxou, furiosamente, e me debati, com as unhas arranhando o banco enquanto me esforçava para me segurar, sem sucesso. *Chutem!*, comandei às minhas pernas. *Chutem, caramba!* Mas meu corpo estava fraco, meus músculos reagiam com indolência.

– Chijioke... – tentei de novo, mas saiu como um mero sussurro rouco.

O médico me socou novamente e tossi, tentando dar outro chute. Meu calcanhar acertou sua caixa torácica e ele tombou para trás, mas apenas por um momento. Seu chapéu havia caído no meio da comoção, voando para trás da carruagem, sugado pela noite enevoada. Merriman estava em cima de mim novamente, batendo-me contra uma parede da carruagem e então me jogando de um lado para o outro.

O cadáver da sra. Eames amorteceu minha queda, mas apenas um pouco, e tossi, sentindo-me enjoada e trêmula. Mal conseguia ver; os socos na cabeça me deixaram zonza e distante, como se meus pensamentos e minha vontade de lutar escapassem do meu alcance, fazendo-me apenas girar, lânguida, e gemer. Devia ter algo que eu pudesse fazer; eu tinha simplesmente que respirar. Respirar e lutar. Inspirei, trêmula, recuperando-me bem no momento em que Merriman caiu de joelhos ao meu lado e pegou minhas pernas, que se debatiam, tirando a gravata e usando-a para prendê-las.

– Foi emocionante, admito – ele sussurrou, com a língua para fora enquanto apertava a seda em volta dos meus tornozelos. Minha garganta estava se fechando em pânico; o nome de Chijioke era apenas um pensamento que eu não tinha como transformar em grito. As sacudidas do chão tornariam nosso combate indecifrável no caminho acidentado. – Cortar a carne dela, cozinhar, conhecer seu gosto como ninguém conheceria.

Ele grunhiu enquanto apertava o nó da gravata; meus pés foram ficando dormentes.

– E confesso – ele disse, agachando-se sobre mim, encarando-me feito um maníaco e suando nos meus olhos – que anseio por esse sacramento profano. Anseio, minha cara, doce e inocente Louisa, *e vou ter o que quero*.

Seu rosto horrendo era apenas um borrão marrom e preto em cima de mim. Eu não conseguia ver nada, e então o próximo golpe acertou meu queixo, jogando-me de lado.

Quantas vezes rezei nessa vida? Apenas em momentos de desespero. Apenas quando precisava de um milagre. Eu já tinha sido religiosa, tanto quanto meu pai e minha mãe e meus avós queriam, entregando horas do meu dia a um Deus que nunca me protegia. Então cansei de ser testada. Cansei das justificativas. Não sei dizer se algum dia parei de acreditar, mas sei que parei de tentar acreditar. Mas agora, quase cega pela dor na minha cabeça, com lágrimas escorrendo pelas bochechas enquanto eu ouvia o som baixo e metálico de uma faca ser desembainhada, eu rezei. Tive esperança. Esperneei, soquei cegamente e desejei que alguém fizesse tudo isso acabar.

Gritei várias e várias vezes por Chijioke, mas havia sangue escorrendo pela minha garganta, e minha voz vacilava. Meus dentes deviam ter cortado algo na minha boca quando ele bateu minha cabeça de um lado para o outro. Seu hálito quente pingava sobre o meu rosto. Lutei, arranhei e tremi quando ele conseguiu pegar meus dedos e segurar meus punhos com uma só mão. Não havia nada que eu pudesse fazer agora além de me contorcer fracamente como um peixe fora d'água.

Por favor. Alguém deve estar ouvindo. Alguma coisa. Qualquer coisa. Os bons e celestiais guardiões de que me falavam, ou os sombrios e perigosos que agora eu sabia que andavam entre nós.

Minha visão estava se recuperando, mas isso só piorou as coisas. Eu não queria ver esse monstro mascarado de homem e descobrir que ele estava sorrindo enquanto me feria. Um vislumbre prateado passou diante dos meus olhos. A faca. Um soluço misturado a sangue saiu pela minha garganta, um murmúrio triste e perdido que fez eu me sentir completamente derrotada.

Então ouvi o estrondo distante. Ele também ouviu. Ergueu a cabeça sobre mim e me esforcei para escutar, para sentir um laivo de esperança. Cascos de cavalo. Aproximando-se, chegando até nós numa corrida árdua. Lancei o pescoço para trás e observei, de cabeça para baixo, enquanto uma cavaleira se aproximava por trás da carroça, galopando para dentro do meu campo de visão com uma capa cinza saltando em volta da cabeça, agitada pelo vento, assim como seu cabelo castanho e encaracolado.

Mary.

– Pare a carroça! – ouvi sua voz trespassar o zumbido doloroso nos meus ouvidos. Era a voz forte e segura que ela havia usado quando me segurou durante a tempestade. A mesma voz que Maggie usava quando eu estava no armário e precisava de alguém para me dizer: não vai ser assim para sempre.

O estalar de um chicote. Uma dupla de éguas gritando. A carroça tremeu e rangeu tão abruptamente que a traseira quase se ergueu do chão e tombou para o lado. Uma chuva de pedras e terra caiu sobre nós meio segundo antes de Mary saltar de seu cavalo. O bicho bateu as patas e girou, mas não consegui vê-lo mais enquanto Mary pousava a centímetros da minha cabeça, recuperando-se do salto antes de se lançar em cima de Merriman.

– Me solte! – ele trovejou. Os dois rolaram em cima de mim e do cadáver da viúva. Lutaram pelo que pareceram horas de tormento e, embora eu estivesse com as mãos livres, meus braços e pernas tremiam demais para que eu conseguisse usá-los. Minha cabeça latejava, minha boca estava cheia do gosto forte de sangue, e meus pés estavam dormentes pelo aperto das amarras em volta deles.

Mas eu conseguia ver mais agora, e a visão se fortalecia a cada momento. Apoiei-me nos cotovelos, vendo Mary se lançando para trás, desviando de um golpe de faca do médico. Ele tinha sido encurralado num canto, mas agora estava avançando. Senti os pés dela escorregarem nos meus antes que conseguisse encontrar um apoio melhor, caindo sobre as minhas pernas e a viúva. Os olhos dele se inflamaram e ele disparou à frente. Tentei proteger Mary por trás, para garantir que não cairia da carroça de cara na estrada.

Mas o trabalho foi feito por mim. A cortina que separava o leito da carroça do banco do condutor se abriu, e Chijioke entrou violentamente na briga com um urro. Merriman tomou um susto, girando e levando um golpe de bastão.

Tuác! Tum! O barulho ecoou em meus ossos, repulsivo e derradeiro, mas Chijioke o acertou de novo com o porrete, lançando o médico contra a parede da carroça antes de cair perto de nós.

— Céus, Louisa! Você está bem? — Mary se virou e se agachou ao meu lado, retirando a gravata amarrada em volta dos meus tornozelos. Mexi os dedos, sentindo-os voltarem à vida gradualmente.

— Consegue falar? — Chijioke jogou o bastão de lado e se ajoelhou do meu outro lado.

Fiz que não, ainda zonza. Minha pele estava sensível e vibrando de medo e choque. Mary pegou a gravata e limpou algo no meu rosto — sangue ou suor ou as duas coisas. Ela mordeu o lábio e olhou para o amigo.

— Não seria melhor voltar?

— Derridon é mais perto — ele respondeu, pegando-me no colo e ajudando-me a sentar num dos bancos. A manta que cobria o corpo da viúva tinha se deslocado; uma mão pálida e morta apontava para nós. Mary ajeitou a mortalha com o pé.

— Você está segura agora — ela me tranquilizou. — Como pôde deixá-la sozinha com ele?

— Eu sabia que ele era ruim, mas não... desse jeito — Chijioke respondeu num sussurro. Olhou por sobre o ombro, mas o médico estava imóvel, com o rosto pálido, roxo e esmagado. — Era um trajeto curto, Mary. Eu não sabia.

Ergui uma mão, tentando silenciar os dois. Tossi, e minha voz saiu áspera e rasgada, mas compreensível.

— Não é culpa dele — grasnei. — Tentei gritar. As rodas. Muito barulhentas.

— O que vamos fazer? — Mary examinou a carroça em busca de respostas, ainda limpando meu rosto.

– Ele está morto. Vamos levar o doutor e a viúva para o coveiro. O sr. Morningside vai ter que entender. E podemos cuidar de Louisa lá. Mary, me dê sua capa aqui. – Ela desamarrou a capa cinza e aconchegante e a entregou para ele. Chijioke fez sinal para eu me inclinar para a frente e, com cuidado, envolveu-me no capote, puxando o gorro para esconder meu rosto ferido.

– Consegue viajar mais um pouco?

– Só estou machucada – sussurrei.

– Vamos precisar nos livrar das coisas dele – Mary disse. Ela se levantou e pegou a maleta do médico embaixo do banco, onde ele a havia guardado. Manchas de excremento de passarinho tinham se prendido no couro. Ela abriu o trinco e espiou dentro, fechando os olhos com uma exclamação contida. Então, com a mesma rapidez, voltou a trancar a mala com firmeza.

– Sim, precisamos nos livrar disso.

– O que tem aí dentro? – perguntei.

Mary virou a maleta para longe de mim, voltando um olhar preocupado para Chijioke.

– Nada importante, Louisa. A única coisa que importa é que você está segura.

– Quero saber.

Ela fechou os olhos de novo e inspirou fundo, abrindo o trinco e mostrando o interior para nós. Estava escuro demais para vermos direito, mas definitivamente dava para vislumbrar algo branco e o que parecia um pedaço de seda vermelha.

– Ossos – Mary murmurou. – E uma mecha de cabelo com uma fita. Não olhe, Louisa, é terrível demais.

Eu me encolhi junto a Chijioke e abracei os joelhos junto ao peito, segurando-os com firmeza. Poderia ser eu ali. *Poderia ser eu.*

Capítulo Vinte e oito

Derridon foi surgindo aos poucos na traseira da carroça. Mary ficou comigo; seu cavalo estava apeado aos outros enquanto avançávamos cidadezinha adentro. Não havia muito mais do que uma aldeia, uma capela de reboco e sapê, e uma fileira de casas baixas e pitorescas dos dois lados da rua principal. Estava tudo silencioso, exceto pelo ruído baixo e alegre que escapava da taverna.

Mary segurava minha mão ou, melhor dizendo, mantinha a palma da mão aberta no banco e pousei os dedos sobre ela; o tremor ocasional vibrava pelo meu corpo.

– Como você sabia? – perguntei. Minha voz estava melhor agora, mas ainda doía falar. – Eu estava rezando... torcendo... aí você apareceu.

Ela inspirou trêmula e longamente. Agora que tudo estava calmo de novo, ela parecia tão frágil e insegura quanto eu. O corpo do médico estava escondido embaixo da coberta da viúva, mas seu sangue fresco empapava a manta, tingindo uma máscara macabra onde eu sabia que estava seu rosto.

– Eu sou assim – ela disse. – Arre, eu poderia ter protegido você de longe, mas estava fraca demais por causa do último ritual. Conseguia ouvir você me chamando nos meus sonhos. Me despertou com um balde de água fria. Vim o mais rápido que pude, Louisa, espero que saiba disso.

– Obrigada.

– Ora, não precisa agradecer. – Mary virou a cabeça para trás, olhando fixamente para o teto. – Você nunca deveria ter ficado sozinha com ele. Juro pela minha vida, Louisa, que eu não sabia o que ele era, e conheço Chijioke bem demais para achar que ele desejaria você correndo algum risco.

– Ele comeu a filha – sussurrei, desolada. – *Comeu* a própria filha.

– O Diabo que o carregue! Chi deveria ter dado mais umas dez cacetadas nele.

– O que você vai fazer com os ossos?

– Enterrar, acho. Fazer uma lapidezinha. Ela não devia ficar numa maleta.

Concordei com a cabeça e massageei com cuidado a garganta dolorida.

– O nome dela era Catarina.

– Está bem. Você pode me ajudar a fazer a cruz. – Mary tirou a mão de baixo da minha e tocou meu ombro bem na hora em que a carroça parou devagar. – Mas você está *mesmo* bem?

– Vou ficar – consegui dizer. *Tomara.*

A carroça chacolhou enquanto Chijioke descia do banco do condutor. Ele apareceu um momento depois, coberto pela luz laranja que brilhava dos dois lados da rua. O acendedor de lamparinas passava com seu longo cabo de metal. Considerando a força da lua cheia, o trabalho dele era quase redundante. Era uma lua de sangue tão brilhante que parecia um rubi incandescente cravejado nos céus. Em algum lugar atrás de nós, ouvi Lee conversando com o tio. Espiei as fachadas com os olhos ainda turvos. Tínhamos parado na beira da cidade entre a Pousada Trapaça & Embuste, marcada com a silhueta de um pássaro bicando o chapéu de um homem, e uma placa suja e desalinhada que dizia simplesmente FNERÁRI. As letras *U* e *A* tinham sido apagadas, restando apenas manchas descascadas de tinta.

– Giles deve estar lá dentro – Chijioke disse, subindo e destrancando a porta do leito da carroça. – Vou distrair Bremerton e o garoto enquanto você leva Louisa lá pra dentro, depois posso dar a volta pra descarregar.

Ai, Deus. Lee. Seria impossível fazê-lo ir embora se me visse naquele estado. Ele era gentil demais, bondoso demais para me abandonar, sendo que eu havia conseguido escapar da morte por um triz. Por mais que me recusasse a deixar que alguns machucados feios me impedissem de nos salvar de Coldthistle, eu precisaria de tempo para cobrir as marcas na pele. Talvez pudesse roubar alguns dos cosméticos do coveiro para esconder os hematomas, pelo menos o bastante para levar Lee a pensar que eu estava bem. Mas então... o sr. Morningside estava certo sobre a viúva.

E estava certo sobre o dr. Merriman também. E se Lee realmente estivesse escondendo algo inconcebível? Não. O ataque tinha me deixado abalada, era só isso. Eu sossegaria por um tempo, talvez tomasse um chá ou um tônico, depois encontraria um jeito de escapar de Chijioke e Mary para reencontrar Lee.

– Os cavalheiros gostariam de uma rodada no Trapaça & Embuste? – ouvi Chijioke dizer, apesar do barulho das saias de Mary enquanto descia do banco e me estendia a mão.

Pisamos nos paralelepípedos e Mary trancou a porta da carroça; depois, enganchou o braço no meu e me guiou para o lado oposto, mantendo o leito alto e coberto entre nós e os homens que conversavam do outro lado. Coloquei o capuz na altura dos olhos e seguimos perto dos cavalos até a sombra do toldo da janela de vidro.

– Aquela era a Louisa? Queria falar com ela aqui na cidade.

Vou voltar para buscar você em breve, prometo.

– Bom, nós duas precisamos de algo quente para beber. – Mary me conduziu por uma passagem estreita e atulhada de retratos de família e vasos de planta. O chão estava varrido e limpo, mas os ladrilhos estavam rachados e descorados. Os homens nos retratos poderiam ser irmãos, com rostos finos e narizes grandes, queixos pontudos e arenosos cabelos louros cor de palha penteados para trás. O cheiro de vinagre era tão forte que torci o nariz.

– Giles! Giles? Ah, onde *está* aquele homem confuso? – Mary procurou de porta em porta. Passamos por um vestíbulo, uma chapeleira, além de várias portas fechadas com placas funestas como UTENSÍLIOS FUNERÁRIOS e SUBSTÂNCIAS QUÍMICAS DIVERSAS. Era um andar de corredores labirínticos e salas pequenas, uma mais quente que a outra.

– Vocês devem vir aqui com frequência – comentei baixo, espiando os cantos escuros repletos de ratoeiras caseiras. Uma havia tido sucesso, e exibia um rato peludo praticamente partido ao meio por uma faca de jantar amarrada a uma mola.

– Eu não – Mary respondeu, levando-me por uma curva em direção a uma porta branca em que se lia PARTICULAR. – Já ajudei Chijioke uma vez, mas normalmente ele se vira sozinho.

Enquanto ela levava a mão à maçaneta, a porta se abriu para dentro com um estrondo. Um homem que poderia ter simplesmente saído de um daqueles retratos nos observava de cima com olhos ampliados pelos óculos. Ele usava um elegante terno preto com risca de giz roxa e uma gravata vermelho-escura. Um pequeno crânio de passarinho pontilhava o nó da seda. Ele levou uma das mãos magras à gravata, enquanto a outra ajustava o óculos.

– Meu bom Deus! Mary! De onde você surgiu?

– Giles. – Ela suspirou. – Temos aqui mais trabalho do sr. Morningside. Era para ser apenas um corpo, mas nós... Bom, houve um contratempo.

– Sempre há. Entrem, então – ele disse, chamando-nos à frente para uma salinha de estar surpreendentemente agradável. Os carpetes eram de um verde-vivo e as poltronas estofadas, com pernas de mogno nodoso, forradas com uma estampa pastoral. – Quem é essa menina esquisita? Uma nova recruta para o *armée du diable*?

– Ela trabalha em Coldthistle, sim – Mary respondeu, com impaciência. – Louisa Ditton, este é nosso agente funerário preferido, Giles St. Giles. O gato malhado e gorducho se chama Francis.

– Francis está de dieta – o agente funerário nos informou com gravidade. – Ele não consegue mais pular na cama, o coitadinho.

Francis não parecia nem um pouco coitado; na verdade, parecia perfeitamente gordo e contente, ronronando no tapete diante da lareira. Mary me guiou para uma das cadeiras perto da pequena mas robusta chama e tirou a capa apertada em volta dos meus ombros.

– Tem chá? A Louisa aqui teve um desentendimento da pior espécie.

Esse sim é um eufemismo enorme.

– Prossiga – Giles disse alegremente. – Preciso das fofocas locais, sabe. Os negócios andam péssimos depois que aquele idiota pomposo do John Lewis abriu em Malton. Eu acho que ele coloca ruge demais nos cadáveres, faz com que pareçam um bando de Colombinas coradas.

– Tenho certeza de que ele não é nada comparado a você – Mary disse com gentileza. Ela sentou na poltrona perto de mim, erguendo minha trança para verificar os hematomas que se formavam no meu pescoço. – Você tem alguma coisa para isso, Giles? Queria tanto que a sra. Haylam estivesse aqui. O cataplasma dela aliviaria isso num instante.

– Meus clientes já estão mortos e não se importam com meros hematomas, mas vou dar uma olhada na oficina. Primeiro a chaleira, porém, e um biscoito ou dois. Mas nada para você, Francis, seu gorducho voraz...

Francis miou em protesto e se virou, mostrando os pelos arrepiados da barriga.

– Eu cuido da cozinha – Mary disse, levantando-se de um salto e seguindo até um arco pintado de branco do outro lado da lareira. – Chijioke vai entrar a qualquer momento e duvido que queira se demorar.

– Não, ele está sempre ansioso para fazer seu trabalho e eu estou sempre ansioso para assistir – Giles respondeu, esfregando as mãos uma na outra. Ele passou com seu corpo alto de cegonha por uma porta atrás de mim e ouvi suas botas estalarem num lance de escadas que dava para o andar de baixo.

– Como está se sentindo? – Mary perguntou, pondo-se a trabalhar com o fogão e uma pesada chaleira preta. Observei-a pelo arco, estendendo o braço para acariciar o pescoço do gato.

– Como uma maçã podre – respondi com um suspiro. – Meu punho estava começando a ficar melhor e agora isto.

Armários abriam e fechavam em alvoroço. Eu mal conseguia acompanhar Mary, que saltava de um lado para outro da cozinha juntando pequenos frascos e caixas de madeira nos braços. Enquanto ela se ocupava na cozinha, olhei ao redor em busca de algum cosmético que eu pudesse usar. Não encontrei nada além de livros, um globo e alguns desenhos emoldurados.

– Ah! Podemos cuidar disso. Homem bobo. Ele tem quase tudo de que eu preciso aqui... erva-da-lua, folha-de-guandu, até violetas-bálticas. E eu achando que Giles era um caso perdido como jardineiro.

– Acho que não conheço nenhuma delas.

– Não tem como conhecer. Algumas só crescem em certos solos durante certas fases da lua, e murcham com o toque de humanos e animais. A erva-da-lua só cresce em terras adubadas pelo cadáver de uma fada – Mary explicou. Ela abriu todos as latas e frascos que havia juntado e começou a misturar diferentes medidas de cada em um minicaldeirão sobre o fogão. Ela acrescentou a água da chaleira e um pouco do que parecia ser uma garrafa de vinho. Na mesma hora, um aroma delicioso e florido se espalhou. O gato Francis virou de barriga para baixo e arqueou as costas, cheirando. – Não sou tão talentosa com tônicos, mas tento prestar atenção quando a sra. Haylam ensina Poppy.

Ela me trouxe uma xícara entalhada, cheia até a borda com um líquido fumegante de tão quente. Coloquei o nariz no vapor e inspirei fundo, com o estômago roncando pelo cheiro. Era como leitelho infundido de violetas, ou pão assado atravessando um campo de flores.

Giles St. Giles entrou pela porta que dava para o porão com uma jarra de sanguessugas pretas e medonhas enfiada embaixo do braço. Seu rosto esmoreceu depois de sentir o aroma da bebida em minhas mãos.

– Mary, sua malandrinha, você me mandou numa tarefa inútil. Pensei que podia fazer uma sangria nela. Quase todas as doenças da vida podem ser curadas com uma boa sangria. Exceto anemia, claro. – Ele riu como se essa fosse a piada mais engraçada da história.

– Acho que podemos pular as sanguessugas hoje, Giles. Ela já passou por coisa demais.

– Criaturas incompreendidas – ele resmungou, erguendo a jarra e acariciando-a. – Elas só querem ajudar.

Enquanto eles conversavam, bebi o tônico doce e grosso, e o calor foi se espalhando pelo meu corpo até os dedos dos pés. A dor na minha garganta e na minha cabeça aliviou, como se tivesse sido arrancada de mim como o veneno de uma mordida. Eu poderia cair no sono ali mesmo naquela poltrona confortável ao lado da lareira, mas Chijioke espiou dentro da sala de estar, tirando o cachecol e batendo os pés.

– Nenhum de vocês bate na porta? – Giles perguntou, franzindo a testa.

– Perdão. – Chijioke não parecia no clima para uma discussão, indo diretamente à lareira e aquecendo as mãos junto a ela. Francis se arqueou contra o tecido grosso das calças dele. Mas ele ignorou o gato, tirando o casaco e voltando-se para o agente funerário com o semblante carregado. Podia ser um truque da luz do fogo, mas seus olhos brilhavam carmesim. – Os corpos estão lá embaixo, Giles. A gente devia começar. A lua de sangue está cheia e suas almas são mais perversas que as da maioria. Quero me livrar delas de uma vez por todas.

Capítulo Vinte e nove

O porão estava frio e cheirava a pedras molhadas, e dois cadáveres jaziam nus e lavados na mesa.

A cena que surgiu na minha frente era nebulosa como um sonho. Bebi o tônico quente e me aconcheguei no cobertor de retalhos, olhando diretamente no rosto do homem que havia tentado me matar. Bom, o que havia sobrado de seu rosto.

Nervosa, eu ficava batendo o pé sob o cobertor. Eu precisava que Lee me escutasse sem se preocupar, e isso não aconteceria sem os cremes e tinturas para cobrir as últimas evidências visíveis do ataque de Merriman. Ao contrário da sala de estar no andar de cima, esse cômodo era cheio de substâncias químicas de todo tipo. Estreitei os olhos, tentando encontrar rótulos promissores nas latas empilhadas por todo o lugar. Muitas das substâncias só pareciam perfumes variados para cobrir o cheiro de podridão dos corpos. Chijioke voltou a subir a escada, depois ressurgiu com o agente funerário, que não parava de falar sobre seu concorrente em Malton. Duas pombas arrulhavam baixo numa gaiola carregada por Chijioke, mas as aves se aquietaram quando foram levadas à mesa com os cadáveres e a gaiola foi colocada ali. À minha direita, altas estantes de madeira cobriam a parede, com centenas de ferramentas, facas, pás e estranhos utensílios médicos amontoados em fileiras reluzentes. Assim como o andar de cima, a sala toda tinha um leve cheiro de vinagre.

Havia duas entradas para o porão, uma pela escada que eu tinha usado e outra, um par alto de portas, por um vão atrás dos corpos. Pegadas arrastadas e um rastro de terra iam daquelas portas até a mesa. Chijioke devia ter descarregado os corpos por essa entrada dos fundos.

Mary cantarolava enquanto dispunha algumas velas em volta da mesa alta e robusta com os corpos. Ela voltava os olhos para mim mais do que o estritamente necessário.

– Mal sinto os golpes agora – disse a ela, escondendo-me embaixo da bebida. Eu precisava sair dali, mas escapar dos três naquele minuto, quando sua preocupação estava tão fortemente fixada em mim, parecia impossível.

– Você é forte – Mary respondeu, pausando com uma vela acesa na mão. Parte da cera preta pingou em sua pele e ela silvou, chacoalhando os dedos e depois soprando-os. – Eu não teria me recuperado tão rápido.

– Em uma semana, fui atacada por sombras, um bando de corvos e um maluco que comeu a própria filha. Eu não chamaria de força, mas de autopreservação. Se eu pensar demais em tudo isso, vou acabar como esses assassinos na mesa.

Mary sorriu e colocou a última vela, depois secou a mão nas saias.

– Mesmo assim.

O agente funerário deu a volta pela sala, apagando todas as velas que não eram pretas. As chamas dançando em volta dos corpos queimavam em púrpura brilhante com centros escarlates. Chijioke se posicionou entre os dois cadáveres e abriu a gaiola. Nenhuma das pombas ousou sair. Dava para entender; a sala era fria e desagradável, as chamas roxo-avermelhadas reluzindo como olhos profanos na penumbra. Giles St. Giles desapareceu atrás do banco onde eu estava sentada, rodeando o canto num pequeno vão separado do porão por uma cortina. Houve um silêncio por um momento e, então, o guincho metálico de engrenagens rangendo uma contra a outra, um antigo mecanismo que ganhava vida e se agitava. Ouvi quando ele começou a ofegar e o imaginei girando uma manivela imensa. Quase dava para acompanhar os tubos e eixos que compunham a máquina no alto. Vi algumas rodas girarem e então um alçapão que eu não tinha visto se abriu bem em cima de Chijioke e da mesa.

O alçapão não dava para a sala de estar, mas diretamente para o céu, enchendo o porão com o luar escarlate. Prendi a respiração e me agachei mais sob o cobertor. Era bonito e estranho; os cadáveres sobre a mesa praticamente cintilavam com a intensidade daquela luz. O movimento rangente da máquina parou e um baque alto ecoou ao nosso redor conforme a luz do céu parava em posição. Giles St. Giles voltou a se juntar a nós, sentando-se na cadeira vazia à minha frente. Ele se deixou cair nela com um suspiro de ansiedade e bateu as mãos uma na outra, esfregando-as.

– Minha filha, já viu um transbordo antes? – ele sussurrou, como se estivéssemos prestes a assistir a um espetáculo teatral.

– Tudo isso é muito novo para ela – Mary explicou. – Talvez seja demais.

Sim, perfeito. Concordei veementemente com a cabeça, começando a me levantar do banco. Essa era a minha chance de fugir. Mas Giles colocou a mão no meu braço, puxando-me para baixo novamente.

– Bobagem! Não tem nada mais belo, mais deslumbrante do que o transbordo de almas. Ora, ela deveria se sentir honrada por testemunhar isso. *Privilegiada.* E tão pouco tempo depois de chegar a Coldthistle! Passei dez anos como servo de confiança do sr. Morningside para ele me convidar a assistir. Considere-se mais do que afortunada, jovem...

– Ah, cale-se, Giles. Toda essa discussão me distrai – Chijioke murmurou, arregaçando as mangas e apertando o nariz.

Mary aproximou-se do meu outro lado, colocando uma mão leve e reconfortante no meu ombro enquanto Chijioke inspirava fundo e jogava a cabeça para trás para olhar o teto.

– Quando eu disser para fecharem os olhos e a boca – ele disse, com a voz grossa e baixa –, obedeçam.

Ele mesmo fechou os olhos por um longo momento e, quando voltou a abri-los, estavam completamente vermelhos, como rubis iluminados por dentro. Na mesma hora, a atmosfera na sala se tornou opressiva, e uma tensão crescia forte e súbita no meu peito. Mary apertou meu ombro com mais firmeza, como se para me ancorar na cadeira. O próprio ar começou a zumbir, um miasma prateado subindo do chão e se acumulando em volta de Chijioke até ele estar vestindo um manto de névoa.

O frio no porão se dissipou, substituído por um calor úmido, como as primeiras gotas da chuva de verão, e Chijioke começou a entoar uma espécie de cântico. Eu não conseguia identificar as palavras, mas podia sentir o poder delas crescendo e crescendo até o calor na sala ser quase insuportável e a névoa rodopiante o envolver como um casulo, obscurecendo tudo menos o brilho de seus olhos vermelhos.

Tudo foi ficando mais e mais quente, e mais alto, de alguma forma. Um trovão distante que mais parecia o batimento de um coração encheu o espaço ao nosso redor. As pombas na gaiola começaram a saltar em seus poleiros e a trinar, virando de um lado para o outro, como se a vida estivesse sendo tirada delas. Estava ficando difícil respirar. Segurei a xícara de chá com uma mão e toquei a garganta com a outra. Quando era criança, havia caído e perdido o ar inúmeras vezes, e essa sensação era parecida, só que mais lenta, uma espécie de expiração funda sobre a qual eu não tinha nenhum controle.

De repente, nada mais aconteceu devagar – as pombas saíram voando da gaiola, quase invisíveis na névoa, duas manchas brancas e velozes, e os corpos na mesa convulsionaram com os peitos erguidos, os dois pares de olhos se abrindo, cheios de uma terrível chama carmesim.

As pombas pousaram, empoleirando-se na carne ferida do queixo do médico e no rosto branco e perfeito da viúva, abaixando-se e mergulhando os bicos nas bocas mortas como se fossem tomar néctar de botões de flor. O instinto que me dizia para desviar os olhos não era tão forte quanto a pura curiosidade. Era terrível, doentio e, no entanto, de certa forma belo, coreografado de forma tão intrincada, como um balé sinistro se apresentando diante de meus olhos.

Arrebatada como estava, só então percebi minha falta de ar. Mary e Giles também estavam sem fôlego; suas respirações eram rápidas e rasas enquanto eles lutavam contra a pressão que comprimia todos. Chijioke continuava impassível, entoando algo em silêncio. A névoa em volta dele foi se desfazendo quando os olhos da viúva e do médico deixaram de brilhar, apagando-se no mesmo instante em que os olhos dos pássaros explodiram em cor.

Eu estava sufocando. Todos estávamos. Meus pulmões ardiam, famintos de ar.

— Fechem os olhos e selem os lábios! — A voz de Chijioke cortou a atmosfera pesada feito aço. Obedeci na mesma hora e senti a dor em meu peito aliviar. Sussurros encheram a sala, uma centena de vozes, um milhar, e todas insistiam para que eu abrisse os olhos e tragasse o ar com a boca aberta. Mantive os lábios fechados com firmeza, franzindo o rosto, ignorando as vozes tentadoras, a pressão, as risadinhas e arrulhos desencarnados que nos cercavam. Será que os outros também ouviam? Tinham coragem de desobedecer a ordem de Chijioke?

Tão rápido como começou, o ritual chegou ao fim. Uma única rajada de vento correu sobre mim, fazendo o cobertor e meu cabelo voarem, e então a sala ficou parada, silenciosa e fria.

— Acabou. Já podem abrir os olhos.

Espiei de olhos semiabertos, vendo que as pombas haviam voltado à gaiola. Elas se limpavam como aves normais, mas pensei ver uma pontada de vermelho se apagando em seus olhos.

— O quê... O que você fez com elas? — sussurrei.

— Elas conseguem guardar almas e mantê-las em segurança — Mary explicou. — Como pequenos cofres vivos.

As aves... Pensei nas centenas que o sr. Morningside abrigava na mansão. Será que todas também estavam guardando almas capturadas ou eram apenas embarcações vazias esperando ser preenchidas? Que necessidade um homem tinha de ter pássaros recheados de almas humanas? Uma sensação sombria, sinistra, feita de agouro e repulsa, consumiu-me. Aquelas aves pousadas calmamente no escritório dele não pareciam mais uma extravagância charmosa, mas um presságio. Estremeci, puxando mais o cobertor para me proteger do frio, que tinha voltado. As velas tinham se apagado. A névoa havia mitigado. Olhei para a minha direita e vi Giles com as mãos unidas embaixo do queixo, sorrindo de orelha a orelha.

– Espetacular – ele sussurrou, ruborizado. – Puro esplendor.

De certa forma, eu tinha de concordar. Não sabia ao certo *o que* havia presenciado, sabia apenas que era hipnotizante. Ele estava erguendo as mãos para aplaudir quando um ruído lá no alto assustou todos nós. Era a porta; alguém estava batendo freneticamente. Levantei da cadeira de um salto, deixando a xícara para trás no banquinho e seguindo para a escada. Chijioke me venceu, subindo na frente.

– Pelo menos *alguém* bate nessa maldita porta – ouvi Giles murmurar, vindo atrás.

– Pode ser o Lee – eu disse. Era um trajeto curto até o primeiro andar e a sala aquecida. Francis ainda estava relaxando perto da lareira e não ergueu a cabeça enquanto passávamos. – Ele sabe que vim junto.

– Hum. – Chijioke nos guiou rapidamente pelo labirinto de corredores até a entrada e todos os seus retratos de família. – Que bom que não apareceu meio minuto antes.

– O que acontece se você for interrompido? – perguntei, esperando atrás da porta junto com ele. Os outros se apertaram atrás de nós e Mary tentou espiar por sobre meu ombro.

Chijioke voltou o olhar para mim, sorrindo.

– Não faço ideia. Também não tenho muita vontade de descobrir, mocinha. – Ele se aproximou da porta, observando pelo olho mágico. – Parece que você estava certa. É o garoto Brimble.

– Deixe que eu fale com ele – eu disse. O assombro do transbordo e o choque de ser atacada tinham desaparecido. A exaustão estava lá, claro, logo sob a superfície, mas distante o bastante para ser ignorada. E agora ali estava meu eventual conspirador, e estávamos longe da Casa Coldthistle. Essa era a melhor chance que eu poderia ter de planejar uma fuga. Eu não tinha encontrado nenhum cosmético, então teria que o persuadir da melhor maneira possível.

– Eu e a Louisa vamos sair – Mary disse. Seu tom era insistente o bastante para me fazer crispar. – Vocês dois podem terminar aqui, tudo bem?

Mas Chijioke não se afastou da porta. As batidas persistiam. Ele me encarava, arqueando uma sobrancelha irônica.

– Você já não teve aventuras demais por uma noite, srta. Louisa?

– Só queria dizer oi – respondi. O cobertor havia caído na altura dos meus cotovelos e o dobrei com cuidado, entregando-o para Giles. – Foi um prazer conhecer você.

– É claro – ele disse, fazendo uma reverência pomposa. Ele se empertigou e ergueu um dedo no ar. – Da próxima vez, fazemos uma sangria, hein? Faz maravilhas pela compleição.

– Da próxima vez – ecoei. Sim. Uma sangria. Uma festa do mastro. Um chute forte na cabeça. Eu concordaria com qualquer coisa desde que pudesse sair pela porta.

Chijioke deu um passo para o lado, devagar, suspirando o tempo todo, em um descontentamento tão visível que me encolhi ao passar por ele. Do lado de fora, Lee tinha parado de bater, apoiando-se nos cotovelos e avaliando a casa como se pudesse encontrar uma janela onde bater. Ele já estava com seu sorriso explosivo no rosto no instante em que nos viu.

– Pensei ter visto todos vocês correndo aí dentro – ele exultou. – Sabia que tinha um brilho esquisitíssimo saindo da casa? Vocês viram?

– Talvez fosse uma carruagem passando no beco – Mary sugeriu. – Há uma entrada nos fundos para a entrega de, bom... Há uma entrada nos fundos.

– Hmm... – A resposta não pareceu deixá-lo satisfeito, mas ele logo passou para a próxima preocupação: o meu rosto ferido. – Por Deus, Louisa, o que aconteceu? Toda vez que vejo você, você sofreu uma nova pancada ou arranhão.

Havia tanta coisa que eu queria dizer, mas, assim como antes, eu não sabia o que poderia falar sem colocá-lo em risco. Pelo amor de Deus, eu tinha acabado de ver um simpático e gentil rapaz transferir uma alma humana para uma ave! Eu jamais teria acreditado nisso. Já a crueldade mais mundana dos homens, eu apostava que Lee conseguiria entender. Olhei para Mary, tentando fazer a pergunta óbvia com os olhos. Ela fez que sim, discretamente.

– O dr. Merriman me atacou no caminho – eu disse. – É uma história longa e desagradável, mas, por sorte, não teve sucesso. Enfim, temos outros assuntos para discutir, Lee.

– Atacou você?! Ele foi subjugado? Eu deveria... digo... mil punições vêm à minha mente. Que motivação ele poderia ter? – Lee se aproximou, fechando um olho e examinando minha têmpora direita. – Esse brutamonte deveria apodrecer para sempre na cadeia.

– Ele vai apodrecer para sempre embaixo da terra – murmurei.

– Ele *morreu*? – Lee considerou isso por um momento, fazendo careta. – Tão pouco tempo depois da sra. Eames... – Dava para ver que ele estava calculando as implicações disso. Outros hóspedes estavam morrendo, o que significava que ele poderia ser o próximo.

– Tente não se preocupar demais – eu o tranquilizei. – Ele era uma pessoa má. Muito má. Ao contrário de você.

– Eu deveria estar lá para socorrer você – Lee disse, baixando os olhos. – Deveria ter insistido que fosse conosco na carruagem. Não havia necessidade de você passar por isso.

– Estou bem – disse, categórica. O dr. Merriman estava morto, sua alma detestável estava aprisionada no corpo de uma pobre pomba, mas ainda estávamos vivos. Pensei se Mary se importaria se eu pedisse que ela nos deixasse a sós. Eu poderia falar do choque de ser atacada. Poderia me aproveitar de sua compaixão óbvia. Será que ela entenderia se eu quisesse ir embora? Parecia errado perguntar, considerando que ela havia acabado de salvar a minha vida.

– Aonde você acha que seu tio está indo? – Mary perguntou, apontando para a estrada, acompanhando a trajetória do vulto alto e agasalhado de George Bremerton, que andava a passos largos para o oeste. Já estávamos na beira da cidade e parecia que ele estava caminhando em direção a nada além do horizonte.

– Não acredito. – Lee deu alguns passos atrás do tio. – Ele queria que eu ficasse na pousada e ameaçou me dar um tabefe se eu saísse. Eu não imaginava que era para que ele fosse a algum lugar sem mim. Isso é sobre os *meus* pais. Tenho o direito de saber o que está acontecendo...

– Você não falou que o endereço na maleta dele era em Derridon? – Era impossível não ficar à espreita com os outros. O sr. Morningside tinha dito que não sabia o que pensar de Bremerton, mas todas as suas dúvidas pareciam tolas para mim. Ele estava decidido a matar aquele homem de qualquer forma. Por que se preocupar com as idas e vindas de seus crimes?

– É claro, Louisa! – Lee se virou para nós, com o sorriso intrépido e radiante de sempre. – Bom? Você não vem também?

Olhei com atenção para onde George Bremerton tinha ido. O limite da cidade. Podíamos chamar uma carroça ou simplesmente encontrar um bom esconderijo e esperar Mary se cansar de procurar. Se ela viesse conosco, isso a levaria para mais longe de Chijioke – longe de alertá-lo do fato de que tínhamos fugido.

– Quer levar um tabefe? – Mary perguntou com uma risadinha.

Mas Lee já estava indo, descendo a travessa na ponta dos pés e fazendo um sinal para o seguirmos. O brilho da lua cheia fazia sua pele reluzir como osso polido.

– Ah, mas eu sofreria coisas muito piores para resolver esse mistério.

Acreditei nele, e era isso que me aterrorizava.

Capítulo Trinta

E aqui? – perguntei enquanto nos aproximávamos de três cabanas a quase um quilômetro do centro da vila.

Elas estavam posicionadas atrás da rua principal que atravessava a cidade. Uma única trilha de terra, sem placa, levava a um conjunto de árvores que cercava as casas como um muro. Andávamos bem perto uns dos outros; a mão de Mary encostava na minha enquanto evitávamos o cascalho mais ruidoso da estrada, pisando na grama alta.

– Até onde eu sei, sim – Lee respondeu com um sussurro. – Não que essas casas sejam lá muito sinalizadas.

– Como você sabe desse lugar? – Mary diminuiu um pouco o ritmo. Estávamos chegando perto das árvores. As cabanas atrás delas estavam escuras do lado dentro. Olhei para trás na direção de Derridon, cujos limites tinham a forma irregular de uma batata vista de lado. A pousada ainda estava iluminada e convidativa, e as casas pitorescas dispostas em fileiras ordenadas eram muito diferentes dessas casas que pareciam não querer ter relação nenhuma com a cidade.

– Eu e meu tio estamos pesquisando uma questão de herança – Lee explicou. Ele puxou alguns galhos de ulmeiro para trás e inspecionou o caminho à frente. – Achei as direções para esse lugar nas coisas dele.

– Por que ele mesmo não mostrou para você?

– Não sei. – Ele deixou o galho voltar para o lugar e se virou para nós, coçando o queixo pontudo. – Ele não parece estar muito animado com a busca. Mal comentou dela desde que chegamos. Só me resta achar que...

Voltei a pensar nas suspeitas do sr. Morningside, mas não disse nada. De que adiantava preocupar Lee com isso agora? Podíamos simplesmente espionar George Bremerton e descobrir o que ele estava tramando.

— Ou ele não se importa, ou acha que sou uma causa perdida — Lee concluiu. Ele inspirou fundo, movendo-se cuidadosamente pelas árvores. — Já que estamos aqui agora, bem que podíamos ver do que se trata.

— A essa hora? Não seria uma extrema falta de educação? — Mary perguntou, acanhada.

— Meu tio está indo, não está? Ele deve conhecê-los... Já esperei tempo demais. É minha família, entende? Quero saber o que ele descobriu.

Eu não tinha tanta certeza e Mary também não, a julgar pela sua sobrancelha franzida e seus lábios cerrados. Demorando-me, observei Lee empurrar os gravetos e o arbusto de lado enquanto seguia em frente, e Mary pegou minha mão, apertando-a.

— Algo não parece certo — ela fez com a boca.

— Só tome cuidado — respondi calmamente.

Ela acenou com a cabeça e seguiu os passos de Lee com uma precisão quase perfeita. Uma coruja piou no alto, vigiando de algum lugar nas folhas sobre nós. Havia luar mais do que suficiente para guiar o caminho, mas essa luz me fez sentir exposta e vulnerável enquanto saíamos da segurança das árvores para dentro do vazio perto das cabanas. Nenhuma luz. Nenhuma fumaça das chaminés. Absolutamente nenhum sinal de vida. Duas casas esperavam em dupla diante de nós, a terceira ficava à frente delas do outro lado da trilha de terra. Esta tinha sido pintada recentemente e sua porta brilhava com uma nova camada de tinta branca. Uma carroça estava encostada na cabana de porta branca e os arbustos de framboesa que cercavam a trilha pareciam amassados.

Lee encostou o ombro na cabana mais próxima, espreitando pela beirada para espiar a de porta branca. Nós o seguimos, dando cobertura. Mary tinha razão — parecia haver algo errado. Não era só a escuridão nas casas, mas o silêncio inquietante. Nenhum cachorro havia notado nossa aproximação, e qualquer agricultor que morasse longe da segurança da vila teria um cão de guarda.

E havia mais uma coisa – algo difícil de descrever como mais do que uma sensação geral de vazio. Era como saber que você estava sendo vigiada de longe. Você sempre pode sentir aquela cócega na nuca, mas também sente quando não há absolutamente ninguém por perto. Se quiser roubar um pedaço de pão no mercado ou afanar algo da cozinha em Pitney, é melhor criar olhos nas costas. A casa parecia sem vida. Oca. Nem um pouco segura, e sim desabitada.

Mas George Bremerton tinha vindo até aqui. Aquelas cabanas eram importantes o bastante para ele as mencionar em seus itens particulares. Não seria certo levar Lee embora agora, não quando ele estava mais perto do que nunca de encontrar alguma pista sobre seu parentesco.

– Qual você imagina? – Mary murmurou.

Sem pensar, respondi:

– A de porta branca.

– Sim – ela respondeu, baixo demais para Lee ouvir. – Há trevas atrás daquela porta. É assim que nós sabemos.

– Nós?

Um graveto estalou. E sim, perto da porta que tínhamos imaginado. Virei para olhar para ela, mas Lee havia pegado meu punho, puxando-me para fora da trilha de terra na direção da reluzente porta branca.

– Vem, vai ser meu tio...

Não havia ninguém na travessa, apenas nós e a coruja com seus lamentos. George Bremerton teria sido uma visão agradável até, mas não havia absolutamente ninguém escondido nas sombras em volta da cabana. A porta, porém, não estava trancada; a maçaneta tinha sido arrombada, e havia lascas na ponta denteada.

– Cuidado – murmurei, puxando a parte de trás do casaco de Lee. – Olhe, alguém invadiu.

Ele ergueu a mão, hesitante, colocando a palma na porta antes de cerrar o punho. *Ah, não.* Eu e Mary avançamos ao mesmo tempo para tentar impedi--lo de bater, mas já era tarde demais. *Toc, toc, toc.*

– Hm... oi? Tem alguém... Parece que tem alguma coisa errada com a sua porta.

Estremeci, segurando a respiração, mas a porta não foi aberta por nenhum fazendeiro armado e furioso, nenhum bandido de estrada nem ninguém. Silêncio. Não sei por quê, mas isso era muito pior. Lee bateu de novo e de novo. Era educado da parte dele, mas, depois da terceira ou quarta vez, ficou claro que ninguém atenderia.

Mary me puxou levemente de lado.

– Louisa... você está sentindo esse cheiro?

Por Deus, eu estava.

– Cobre. Tem cheiro de...

– Sangue – ela fez com a boca.

Lee não tinha nos ouvido. Ele deslocava o peso de um pé para o outro, avaliando suas opções.

– Então acho que vamos entrar – ele disse com a voz rouca. Sua mão tremeu visivelmente quando pegou a maçaneta torta e a empurrou, abrindo a porta para encontrar uma cena de terror inimaginável. – Senhor... – ele sussurrou, cobrindo o nariz e a boca com a manga. – É... Meu bom Deus, está por toda parte.

Sangue. Cobrindo o chão. Respingando pelas paredes. Gotejando pela escada em rios lentos e pegajosos. O cheiro era terrível; eu mal conseguia respirar. E não era apenas sangue, mas todas as outras partes macias e arremessáveis do corpo humano – tripas e pedaços de tripas, pele e tendões, tudo pendendo dos candeeiros, do corrimão, da cabeça de cervo pendurada no vestíbulo.

No sangue que cobria o chão, havia um único par de pegadas. Grandes.

– É melhor a gente ir embora – sussurrei, já recuando.

– Tio? – Lee gritou, entrando corajosa ou estupidamente nas profundezas da cabana. O vestíbulo tinha três saídas: a escada para cima, uma passagem para os fundos e um arco aberto à direita. Ele escolheu o cômodo à direita, ainda cobrindo o rosto enquanto atravessava a carnificina. – Tio, você está aqui? Tem alguém aí? Você está ferido, tio?

Meus sapatos chapinhavam, sugados pelo sangue ainda úmido que cobria o chão. Eu o segui pela casa, evitando as partes inidentificáveis no chão. Um globo ocular me fitou de baixo de uma cadeira de balanço e senti meu estômago revirar. Era quase demais para suportar, era violento demais para entender.

Lee não estava mais chamando o tio. Estava paralisado no meio do que devia ter sido a sala de estar da cabana. Sobre a cornija da lareira, suspenso por duas cordas no punho, havia um esqueleto rosado pingando, desordenadamente despedaçado, com partes de pele e músculo penduradas nos ossos como tecidos rasgados.

Ouvi Lee vomitar e contive minha própria bile.

– Não é um simples assassinato – Mary disse, parada ao meu lado, com a voz abafada pela manga da blusa. – Acho que é um aviso, não? Tem uma mensagem aqui. – Ela apontou para o sangue esparramado atrás do cadáver pendurado. Alguém havia desenhado um símbolo, um desenho grosseiro de uma ovelha comendo o próprio rabo cercada pelo sol.

– Não é muito uma mensagem se não dá para entender. – Lee tossiu, endireitando-se e limpando a boca discretamente.

– Isso só significa que não é para nós – eu disse. Mas eu a memorizei. Se a viagem de George Bremerton para cá não era suspeita, eu não sabia o que era. O sr. Morningside estava certo; havia algo de errado com o tio de Lee. Mesmo se ele não tivesse nenhuma relação com o massacre naquela casa, esse endereço estava em suas coisas. Arrisquei um pequeno passo na direção da cornija e do esqueleto pendurado sobre ela. A lareira tinha sido acesa recentemente, pois as cinzas ainda emitiam um calor sutil. Algo branco cintilava na pilha preta e queimada. Agachei-me, tomando cuidado para desviar do pé viscoso acima de mim.

Rapidamente puxei o papelzinho enrolado, silvando com o calor das cinzas.

— O que achou aí? – Lee perguntou. Era possível ouvir o enjoo em sua voz.

— Não sei direito – respondi. E não sabia, até ler a única linha escrita no papel carbonizado. Não fazia sentido, mas guardei mesmo assim, escondendo-o na palma da mão e então deslizando-o para dentro da manga, um antigo truque de furto se provando útil.

As únicas palavras reconhecíveis eram a última de uma frase e as primeiras da frase seguinte: *traidora. O primeiro e o último filhos vão se erguer com ou sem a sua*

— Não é nada – eu disse a eles. – Só uns detritos que não queimaram completamente.

— Shhh! – Mary girou, apertando meu ombro. – Tem alguém aqui.

Ouvi um único passo pesado no corredor e fiquei rígida, convencida de que estávamos prestes a encontrar o monstro terrível que havia despedaçado essa pessoa. Virando apenas a cabeça, vi Mary correr até o arco, escondendo-se da porta. Foi Lee quem me tirou do choque, pegando minha mão e me puxando para um canto de sombras formadas pela massa pedregosa da lareira. Ele me pressionou junto ao peito, colado à parede. Seu coração batia forte nas minhas costas, sua respiração em pânico era quente no meu pescoço. Seus braços envolveram minha barriga e me seguraram. Ele deu um único aperto e fiquei paralisada ao me dar conta de como aquilo parecia um adeus.

Os passos avançaram devagar. As tábuas de madeira rangeram cada vez mais alto. Estavam mais perto agora. Mantive os olhos semicerrados, esperando, sem saber se Mary continuaria escondida ou se atacaria, sem saber se tínhamos alguma chance de sair dessa maldita casa com vida.

Então o estranho falou e senti todos perdendo o ar.

— Rawleigh? – Era George Bremerton. – Você está aí, rapaz? Está vivo?

— Tio! – Lee saiu em disparada de trás de mim, tropeçando até o meio da sala. O esqueleto olhava para eles com órbitas vazias, um público silencioso e terrível. – A gente precisa sair daqui, o assassino pode estar em qualquer lugar!

Eles se abraçaram e George Bremerton passou os olhos por mim, com o maxilar tenso de raiva ou desespero, não soube dizer. Ele fechou os olhos com força e segurou o sobrinho, virando-o para protegê-lo da visão do cadáver.

– Falei para você não vir – eu o ouvi sussurrar ferrenhamente. – Falei para você não vir. Não olhe agora, Rawleigh. Por Deus, isso não é jeito de uma mãe conhecer o filho.

O trajeto de volta à Casa Coldthistle foi longo e mudo. George Bremerton não reclamou quando Lee fez um sinal silencioso para que eu os acompanhasse na carruagem. Eu sabia que era porque tinha sido atacada pelo médico na viagem de ida, mas também senti que ele me queria lá. Queria consolo.

E, por Deus, como ele merecia.

Fiquei aliviada por ele não querer conversar, afinal, o que dizer a um rapaz que tinha acabado de ver a mãe em um estado tão pavoroso? Era impensável. Devastador. Meu coração doía por ele. Doía de uma forma que me deixava profundamente confusa. Seria essa a sensação de ter um amigo de verdade? Se importar com alguém a ponto de quase esquecer o próprio bem-estar e a própria felicidade? É claro que eu não tive coragem de falar em fugir depois do choque. Aquele sonho voltou a parecer distante agora, escondido atrás de uma cortina negra e pesada que eu não tinha as ferramentas ou a energia para mover.

Mas algo precisava ser feito. Nunca tive que lidar com tanta morte na minha vida até chegar à Casa Coldthistle.

A jornada estava quase no fim quando Lee desencostou a cabeça da janela. Ele havia permanecido assim por todo o caminho, com a testa pressionada com força contra o vidro. Sua pele deixou um borrão na janela enevoada. Devagar, virou-se para mim com uma expressão aflita, desamparada, um sorriso que não era um sorriso, mas uma porta escorada para a dor que poderia se abrir.

Ele empurrou algo pelo banco na minha direção, um pequeno objeto cintilante, fino e esculpido com folhas.

Uma colher.

– Pensei que poderia ser um presente engraçado – ele disse com a voz baixa. – Roubei do Trapaça & Embuste. Depois me senti tão mal por roubar que deixei uma moeda para pagar por ela. Achei que me sentiria mal por um tempo, mas é só uma coisinha de nada agora. Uma coisinha idiota de nada.

– Não é idiota – respondi. George Bremerton nos observava descaradamente, mas isso não importava; seu julgamento e sua opinião eram irrelevantes. O mundo fora da carruagem era irrelevante, porque essa pessoa que havia se tornado meu amigo contra a minha vontade estava sofrendo. – Obrigada, Lee. É perfeito. E acho que qualquer estabelecimento chamado Trapaça & Embuste deve contar com alguns pequenos roubos de vez em quando.

Ele quase sorriu, abaixando a cabeça antes de voltar a olhar pela janela. À nossa frente, George Bremerton nos fitava. Ou melhor, olhava-me feio sob a sobrancelha pesada de consternação, quase sem piscar, mal se mexendo, apenas comunicando seu desgosto em silêncio.

– Por que você estava na casa? – Ele estava perguntando para mim, afinal, Lee estava aparentemente acima de qualquer censura no momento.

Isso eu conseguia. Era mais fácil usar uma máscara e responder friamente do que lidar com a tristeza de Lee.

– Nós seguimos você.

– Foi ideia sua, não foi? – Ele bufou e jogou o cabelo de lado feito um cavalo bravo. – Má influência. Eu sabia. Consigo identificar uma interesseira feito você a quilômetros de distância.

– *Tio* – Lee disse baixo, inseguro, como se acordasse de um sono profundo. Bremerton abriu um sorriso maldoso.

– Fique longe do meu sobrinho ou vou dar um jeito de você ser demitida.

– Ora essa – respondi, atrevida. – Dê tudo de si.

– Não fale com Louisa desse jeito – Lee resmungou. Ele cruzou os braços diante do peito, aproximando-se ligeiramente de mim no banco acolchoado. – Não foi ideia dela coisa nenhuma, foi minha. Se quiser alguém para botar a culpa, então me culpe, mas não entendo por que precisa culpar alguém agora. Houve uma tragédia, eu perdi minha mãe e a única coisa que você consegue fazer é arranjar briga com a minha amiga!

– Não é a hora nem o lugar para essa discussão – Bremerton começou.

– Por que não? Fale o que quiser, tio, eu confio nela.

– Rawleigh... – Ele apertou a testa com o polegar e o indicador, pressionando os lábios um contra o outro até ficarem brancos. – Muito bem. Eu não tinha ido à casa antes porque meus contatos em Derridon me enviaram uma nota em Coldthistle. Era sobre a sua mãe. Sobre as... predileções recentes dela. Ela estava metida em práticas abomináveis. Adoração ao Diabo. Feitiçaria. Não quis que você a desprezasse. Queria proteger você de uma verdade terrível.

Silêncio. Não era o momento de falar, então observei o sangue escoar do rosto de Lee. Ele abriu e fechou a boca algumas vezes, mas não saiu nenhuma palavra.

– Lamento muito, lamento mais do que você imagina, que a história tenha terminado dessa forma – Bremerton acrescentou. – Aquela mulher não merecia morrer.

Lee não fez nada além de assentir várias e várias vezes, preso num estupor.

– Então imagino que devamos partir. Ela não tem como oferecer provas da minha paternidade agora.

– Vou mandar alguém para retirar e organizar os pertences dela. Talvez ela tenha deixado algo que endosse sua reivindicação. Depois que o enterro estiver finalizado, vai ser hora de partirmos – ele disse. – A menos, claro, que você queira voltar para casa sem mim, sobrinho. Você não tem nenhuma obrigação de permanecer.

– Não – Lee respondeu com firmeza. – Quero estar lá. Não ligo para o que ela se tornou no final. Ficarei aqui até ela descansar em paz.

A carruagem virou devagar na entrada de coches enquanto a aurora raiava no céu. Uma pequena linha azul cintilava no horizonte, os corvos se reuniam nas árvores do quintal e nas empenas da casa. Eu não estava feliz de ver Coldthistle novamente, mas sabia que, pelo menos, uma cama esperava por mim em algum lugar. Não dava mais para combater a exaustão, meus olhos se fechavam a cada momento que passava. O balanço e o calor da carruagem poderiam ter me feito dormir se não fosse a tristeza tensa que pairava entre nós. E eu me sentia devastada pelo peso do meu fracasso; tudo naquela noite tinha dado completamente errado. Não tínhamos fugido. Eu tinha sido atacada. A mãe de Lee tinha morrido de uma forma brutal. Por mais que eu tentasse, todos os caminhos me levavam de volta à pensão.

A sra. Haylam estava esperando por nós do lado de fora, e Foster saltou rapidamente para nos ajudar a descer. Parei sob a sombra ameaçadora da casa e notei a governanta nos observando; vi o momento em que ela percebeu que o dr. Merriman não estava mais entre nós. Ela não olhou para mim em busca de respostas, mas para Chijioke, que havia parado a carroça de carga logo atrás de nós. Mary entrou no quintal trotando sobre seu cavalo, indo imediatamente para o celeiro.

– Nosso querido médico preferiu ficar na cidade? – ela perguntou com firmeza.

– Ele preferiu os confortos da pousada de lá – Chijioke explicou suavemente. – Não o veremos de novo. Vou fazer as malas dele e entregá-las agora mesmo.

Eu sabia que era uma performance para os hóspedes e Lee não fez nada para corrigir a história. Eu não sabia nem se ele tinha ouvido algo. Simplesmente seguiu para a casa, lento e pálido como um fantasma.

Quando os homens entraram, ofereci-me para acompanhar a sra. Haylam, adentrando com ela devagar até a vastidão abobadada do vestíbulo.

– Ele ficou maluco depois que falou da filha morta – eu disse sem ser questionada. – Achei que ia me matar. Ele teria me matado, tenho certeza, se Mary e Chijioke não tivessem me socorrido.

– Como ele partiu não é problema nosso – ela disse. Paramos e observamos Lee se arrastar escada acima. Mary já tinha entrado na casa e saído da cozinha com uma bandeja de chá pesada, seguindo os hóspedes para o andar de cima. – O patrão me falou do crime dele, mas não achamos que ele fosse perigoso a ninguém além da própria família. Ele nunca teria saído sozinho com vocês se achássemos isso.

Concordei com a cabeça.

– Não lamento a morte dele.

– Não? – Ouvi a surpresa em sua voz e também o interesse não tão sutil. Ela estava usando um xale branco formal sobre o vestido e o avental azuis, com o cabelo grisalho trançado e enlaçado sob a touca.

– Não.

Ela não me pressionou mais e eu não teria elaborado se ela tivesse.

– Preciso dormir. Desesperadamente. De manhã tenho algo a mostrar para o sr. Morningside.

– Isso soou estranhamente como uma ordem – a sra. Haylam disse com a voz arrastada. Seu olho branco cintilou. – Mas acredito que posso perguntar sobre a agenda dele. Descanse agora, minha filha, e não tema ninguém. Os Residentes ficarão de vigia em sua porta esta noite.

– Parco consolo – murmurei. Mas não tinha energia para discutir. Arrastei-me escada acima com tanta dificuldade quanto Lee, e fui até o meu quarto ao fim do corredor. Assim que fechei a porta, ouvi o arrastar de passos do lado de fora. Ao espiar pela fresta, não vi nada além de uma sombra negra enevoada. Um Residente tinha vindo ficar de guarda. O hematoma que cicatrizava sob a faixa no meu punho latejou como se o reconhecesse, como se o cumprimentasse.

Eu não fazia ideia de como me sentia em relação a isso. Talvez estivesse apenas cansada demais para pensar claramente no assunto. Mas, em vez de medo, senti uma dormência fria. Uma distância. Os Residentes haviam tentado me manter longe do livro no sótão, e não tinham me causado nenhum outro mal. Já um homem de carne e osso havia tentado me matar, e eu tinha visto as consequências trágicas de uma violência real; quando fechei os olhos, vi o esqueleto pendurado, com a boca do crânio aberta e torta em agonia.

Talvez eu quisesse aquela criatura de sombras entre mim e o resto do mundo. Pelo menos um pouco. Pelo menos enquanto eu dormia. Soltei uma risada seca e me despi, prendendo o cabelo e escondendo com cuidado o papel que havia pegado na lareira da cabana embaixo do meu travesseiro. Alguém, e eu conseguia adivinhar quem, havia deixado o livro do sr. Morningside sobre o meu travesseiro. Quando olhei com atenção, notei que não era a mesma cópia manchada de água que eu conhecia, mas uma diferente.

Abri a capa, encontrando uma nova dedicatória ali também.

Louisa,
Você tem perguntas. Existem respostas. Elas esperam por você aqui, se tiver coragem de procurá-las.

Deitei na cama, suspirando, enrolando-me sob o conforto bem-vindo dos cobertores com o livro junto ao travesseiro. Alguém havia colocado uma vela acesa na mesa de cabeceira e decidi deixá-la queimando um pouco mais, examinando o índice do livro e folheando as páginas até cair num capítulo que ele havia sugerido em mais de uma ocasião.

"Aplicações práticas: Técnicas para identificar crianças trocadas."

De manhãzinha, eu me vesti e fiz minha toalete como sempre, depois desci até a cozinha. A casa parecia enorme e vazia, como era de esperar, com dois de seus poucos hóspedes tendo partido para sempre. No vestíbulo, Chijioke estava dando instruções para Foster, que estava ao lado de uma pilha de bagagens com o monograma *R. M.*

Rory Merriman. Perguntei-me brevemente que notícia os conhecidos dele receberiam. O médico havia partido para o norte da Inglaterra para aproveitar as águas curativas e nunca mais voltou. Será que ele tinha algum familiar infeliz que receberia suas coisas ou ficaria sabendo onde ele fora enterrado? Observei Foster pegar as malas nos braços e sair pela porta – uma porta que, agora, parecia-me mais uma boca: os hóspedes chegavam aqui sem saber de nada e eram prontamente engolidos.

– Tem café da manhã – Chijioke falou alegremente, fechando a porta atrás de Foster. – Bacon – ele acrescentou com um sorriso radiante – e um pouco de cozido de carne de cordeiro do pastor vizinho.

– Que atencioso – comentei. Chijioke guiou o caminho até a cozinha, onde, como prometido, uma comida modesta nos aguardava. Poppy estava sentada à mesa, balançando as pernas sob as saias, conversando com seu cão enquanto moía uma espécie de caroço de frutinha com um pilão.

– Não moa isso tão perto da comida, garota! – a sra. Haylam gritou, entrando com tudo e empurrando a bandeja para o outro lado da mesa.

– Desculpa – ela disse com uma risada. Então me notou e acenou, jogando pedaços do caroço de fruta por toda parte. A sra. Haylam tentou varrê-los. – Bom dia, srta. Louisa. Coma um pouco de café da manhã! Estou fazendo venenos.

– Que gentil da sua parte – respondi, sentando na frente dela e me certificando de que meu prato não tinha nenhum daqueles misteriosos flocos marrons antes de me servir um pouco de comida.

— Ajude-a a guardar isso e depois asse os inhames para o lanche da tarde, Louisa. O sr. Morningside vai ver você em seguida.

E, de repente, eu era uma serva de Coldthistle novamente. Parecia tão normal que chegava a ser desconcertante, como pentear o cabelo com uma escova velha ou calçar um par de sapatos gastos. Eu sabia guardar um pouco de caroço moído e sabia assar inhame, e esse saber e a simplicidade disso fez o horror do dia anterior parecer uma memória distante. Era assim que a vida deveria ser – rotineira, comum, sem cadáveres, rituais ou monstros à espreita nas sombras.

Essa facilidade também me assustava; eu não estava limpando a bagunça ou cozinhando numa pensão respeitável. Essas pessoas haviam me protegido, mas também tinham me colocado em perigo, e nenhum aroma de inhame assado me faria esquecer isso.

A manhã passou rápido. Logo terminamos de cozinhar e Poppy estava perseguindo o cão porta afora, tentando recuperar um pedaço de casca de inhame que ele havia roubado. Os risos dela saíram da porta até o celeiro e fui atrás, limpando as mãos no avental e me recostando na ombreira, fechando os olhos diante do calor inesperado do dia e da brisa leve que o cortava. Meus dedos se fecharam em volta da colher no bolso do meu avental e franzi a testa, pensando em Lee e no que ele deveria estar fazendo. Talvez seu tio o estivesse obrigando a beber aquela água sulfurosa detestável de que a viúva não parava de falar. Enquanto cozinhava, eu tinha visto a sra. Haylam montar uma bandeja para ele; pelo visto, ele não queria sair do quarto.

No entanto, ele havia me procurado tantas vezes que talvez fosse a hora de eu fazer o mesmo por ele. Finalmente fui visitar as águas curativas, saindo da cozinha e virando a oeste em volta da casa. Os jardins e celeiros eram visíveis da casa, mas a trilha entre eles era coberta por um dossel de árvores grossas que se apoiavam uma na outra, criando uma cobertura emaranhada que obscurecia o caminho até a água. Eu pensava que só Bath fosse abençoada com uma característica natural como essa, mas, pelo visto, esse era um segredo bem guardado. Sem dúvida, deixava os hóspedes que a descobriam ainda mais interessados em ficar.

O fedor da água se misturou à brisa enquanto eu penetrava os galhos de árvore e seguia o caminho fresco até a água. Eu podia ouvir o borbulhar baixo de uma fonte normal, mas a trilha logo se curvou para a direita e mergulhou para baixo, revelando uma piscina rasa contida por pedras marrons e arenosas. As pedras pareciam antigas e eram entalhadas com estranhas marcas e pinturas. Na grama alta, havia um pequeno copo e uma jarra de estanho.

Parei abruptamente; não estava esperando realmente encontrar Lee ali. Ele estava de costas para mim, e um ou outro *plop-plop* quebravam o ar enquanto ele lançava pedras na fonte com apatia.

– Acho que era para beber a água, não brigar com ela – eu disse baixo.

Lee parou no meio do lançamento, virando sobressaltado na minha direção. Ele parecia abalado e insone, e talvez um pouco louco. Mas parte do antigo Lee retornou quando ele deixou a pedrinha cair e me chamou.

– Por favor, diga que veio me procurar – ele murmurou. – Seria bom me sentir lisonjeado.

– Eu vim. Espero que isso anime você.

– Eu me animaria muito mais se você falasse isso com um sorriso – ele provocou.

– Você primeiro.

Um levíssimo sorriso irônico expulsou parte da exaustão em seu rosto.

– Mesmo quando o mundo está caindo à minha volta, você consegue torná-lo mais tranquilo – ele disse.

Cheguei perto dele na beira da água, olhando para o fundo, gostando da maneira como os reflexos em movimento lançavam raios brancos de luz dançante por toda a gruta.

– Imagine só, a sra. Eames até que estava certa sobre este lugar. Cheira um pouco mal, mas realmente parece capaz de curar todos os males.

– Alguns – Lee respondeu sombriamente. – Com certeza não todos.

Por um longo momento, não fazia ideia do que dizer – o que poderia ajudá-lo ou aliviar parte do fardo terrível de seus ombros? Primeiro, seu querido guardião; agora, sua mãe. Eu já havia sofrido perdas na minha vida, mas dois golpes tão próximos um do outro?

– Não é justo – arrisquei, sentindo uma estranha compulsão adolescente de pegar sua mão. Ele me poupou o transtorno, estendendo a mão para pegar a minha. Ardeu quase tão vivamente quanto quando toquei aquele livro amaldiçoado, só que dessa vez não era dor, mas consolo, um tipo de doçura paralisante que não existia na minha vida desde muito tempo. Eu não sabia o que fazer com a sensação, então não fiz nada. – Você é a única pessoa boa em toda essa casa e, mesmo assim, o infortúnio encontrou você.

– O infortúnio encontra todos – Lee disse. Ele parecia mais velho de repente. Mais sábio. – A única diferença está em quando e como você resolve enfrentá-lo.

– E como você vai enfrentar isso? – perguntei, acostumando-me com o calor acanhado de sua mão na minha.

Lee olhou para mim e deixou que seu sorriso se abrisse um pouco mais.

– Não sozinho e, por enquanto, isso vai ter que bastar.

– Sim, mas eu deveria saber o que fazer. Não deveria ter deixado você seguir seu tio. Assim nunca teria visto... Não teria que viver com aquelas imagens para sempre.

Seu aperto ficou mais fraco na minha mão.

– Não é culpa sua, mas não posso deixar de pensar... Essa casa, as coisas terríveis que acontecem nela, não parece que tudo está conectado ao que vimos? Como ela morreu? Existe um mal que cerca este lugar. Sinto que ele vaza por todas as direções.

Não havia como discordar disso. Ele não estava olhando mais para mim e senti, desastrosamente, como se ele estivesse a mil quilômetros de distância. Como eu poderia culpá-lo por me associar à morte dela e a este lugar assombrado?

Meus sentidos formigaram. Pitney havia me ensinado a saber quando estava sendo vigiada. Não estávamos mais sozinhos. Soltei sua mão e me virei, encontrando a sra. Haylam observando-nos com imperscrutáveis olhos escuros.

– Desculpe a intrusão, sr. Brimble, mas o sr. Morningside gostaria de ver Louisa.

Ela não se virou para nos deixar a sós e olhei para Lee, desamparada, fazendo com a boca:

– Encontro você depois.

Parecia ser isso que ele precisava ouvir, e ele assentiu, caminhando na grama e pegando o copo de estanho que esperava ali. Ele o ergueu para nós e disse, dando de ombros:

– Mal não vai fazer, não é?

A sra. Haylam continuou em silêncio até estarmos a poucos passos da porta da cozinha. Fui na frente e tentei ignorar as palavras dela, embora elas conseguissem diminuir a leveza inesperada que tinha surgido no meu coração por rever Lee.

– Falei para não se meter com aquele garoto – ela advertiu.

– Eu não teria me metido se vocês o deixassem em paz – retruquei. – Tenho certeza de que ele me odeia de qualquer jeito, já que trabalho com um bando de lobos.

A resposta dela foi interrompida por seu empregador, que deu a volta em torno da mesa alta da cozinha e se juntou a nós ao sol.

– Vamos nos reunir nos meus aposentos? – O sr. Morningside estava vestido com seu elegante terno de sempre, um fraque de corte quadrado e calças sociais fulvas bem ajustadas. Sua gravata marfim combinava com a camisa. Sua roupa me fazia sentir maltrapilha, mas honesta. Eu não saberia o que fazer se me oferecessem um vestido de seda e sandálias.

– Acho melhor não – eu disse. – Seus pássaros são... Não quero ficar perto deles.

– Ah, sim. Soube que assistiu ao transbordo. Inacreditável, não é?

– É um jeito de descrever. – Tirei o avental e saí para a luz do dia, evitando por pouco o filhote que corria em disparada pelo jardim, fugindo habilmente de sua dona com um pedaço de inhame na boca. – Uma caminhada me cairia melhor.

– Um meio-termo, então: o salão oeste. Não há pássaros lá, até onde sei.

Eu mal tinha colocado os pés no grandioso salão do primeiro andar da casa. Às vezes, os hóspedes comiam e bebiam lá, mas não era um lugar onde os servos se reuniam. Voltamos pela cozinha e pelo vestíbulo até o salão atulhado com sua miríade de sofás de veludo verde e paredes repletas de pinturas empoeiradas. Parecia imenso e pequeno ao mesmo tempo, um espaço grande e recheado de antiguidades e móveis demais. Quase não dava para ver o papel de parede envelhecido por trás de tantas pinturas.

O sr. Morningside fechou as imensas portas atrás de nós enquanto eu seguia desatenta até o meio da sala. Eu não fazia ideia de onde me sentar, com tantas opções de sofás, poltronas e canapés. Mas ele caminhou com confiança até uma mesa de madeira escura com pernas espiraladas perto da janela lateral. Duas cadeiras estavam posicionadas num ângulo vistoso. Ele pegou uma, sentando-se elegantemente com as pernas estendidas. Seus pés, felizmente, estavam voltados para a frente.

Sentei na cadeira diante dele, sentindo-me constrangida e deslocada, como um dente-de-leão preso num buquê de rosas.

– Indo direto ao ponto – ele disse, limpando a garganta. – Mary me contou que houve alguns acontecimentos um pouco vis na noite passada em Derridon. Primeiro, o dr. Merriman, e depois uma mulher assassinada numa cabana atrás do morro.

– Eu quase fui morta, e uma mulher foi despedaçada e teve seu esqueleto pendurado sobre a cornija da lareira – eu o corrigi, inflamadamente. – Então, sim, houve alguns acontecimentos *um pouco* vis.

– Não há necessidade de sarcasmo, Louisa, embora eu peça desculpas pelo médico. Ele não era responsabilidade sua. Para ser franco, subestimei o sujeito. Nunca achei que seria tão descuidado. – Ele suspirou e ergueu as sobrancelhas. – Você está se recuperando?

– Sim, vou me recuperar. – Eu não queria conversar sobre Merriman. Ele estava morto e o mundo era um lugar melhor por isso, mas não queria que o sr. Morningside tivesse a satisfação de saber que eu pensava dessa forma. – Havia algo estranho em relação à mulher – eu disse, tirando o pedaço de papel do bolso do avental e empurrando-o para ele sobre a mesa. – George Bremerton diz que era a mãe de Lee. Nós o vimos subindo para as cabanas e o seguimos, mas ele não tinha como ter tempo de... Acredito que levaria um longo tempo para remover completamente a carne de alguém e espalhá-la por toda a casa daquela forma.

– Talvez nem tanto – ele disse, pensativo, pegando o papel e examinando-o com atenção. Cheirando-o. *Lambendo-o*.

– Isso... estava na lareira.

– Obviamente. – Ele o tirou de perto do rosto e o girou entre os dedos. – Mas você viu Bremerton lá?

– Sim, mas só depois que encontramos o corpo. Ele não chegou muito antes de nós, talvez cinco ou dez minutos. – Vasculhei o salão por um momento, encontrando uma escrivaninha com pena e tinta do outro lado dos diversos carpetes. Rapidamente, busquei os instrumentos de escrita, depois peguei o papel dele, virando-o do lado branco. – Havia um símbolo desenhado com sangue atrás dele. Fiz questão de memorizar.

– Prestativo da sua parte – ele disse, com uma risada. – Eu sabia que fazia bem em mandar você.

– Depois do que vi, preferia que não tivesse me mandado – respondi, terminando o desenho e devolvendo o papel. – Um tipo de cordeiro ou ovelha devorando a si mesmo com um sol atrás.

O sorriso desapareceu de seu rosto.

– Você reconhece?

O sr. Morningside fez que não, mas não tirava os olhos do desenho rudimentar.

– Um cordeiro – ele sussurrou, batendo a unha do polegar nos dentes. – O que um cordeiro simboliza... Juventude ou ingenuidade, mas, para os tementes a Deus, pode ser pureza e paz, até mesmo o próprio filho de Deus. Sempre se vê o uróboro da serpente. Uma cobra comendo o próprio rabo. Mas trocar isso por um cordeiro... O que pode significar?

– E o sol? – perguntei. – Um cordeiro e um sol parecem símbolos alegres demais para uma mensagem escrita em sangue.

– Falei para você, Louisa. A beleza pode ser ilusória.

– O que você acha da caligrafia? Para mim, parece a mão de um homem. Só o diretor de Pitney tinha uma caligrafia tão forte. – Poppy e Bartholomew passaram pela janela; o filhotinho ainda a guiava numa perseguição tortuosa.

– Nisso concordamos, sem dúvida é a letra de um homem – ele disse, virando o papel. – Bremerton?

– É possível – admiti –, mas improvável. Ele pareceu sinceramente horrorizado quando descobriu que Lee havia encontrado a mãe assassinada e exposta daquela forma. E, na carruagem, também expressou lamento.

Ele me examinou sobre o pedacinho de papel, estreitando os olhos dourados e inclinando a cabeça.

– A viúva, Merriman. Você sabe que essas pessoas estão aqui por alguma razão. George Bremerton é um ladrão famoso, e já matou por dinheiro e dívidas antes. Não deixe de ver os defeitos dele por causa do sobrinho.

– O senhor não a viu. O senhor... Não consigo acreditar que ele faria uma coisa daquelas com a mãe de Lee e depois voltaria para abraçar o menino. E, além disso, quem quer que tenha cometido o assassinato estaria coberto de sangue da cabeça aos pés, e ele não tinha nenhuma gota.

– É uma conclusão sensata – ele admitiu. Suspirando, deixou o papel cair de volta na mesa e passou as duas mãos pelo cabelo preto penteado com cera. – É exasperador. Temos muito mais perguntas do que respostas. Esse símbolo, o bilhete que você encontrou, Bremerton, a mulher... Tudo isso deve estar relacionado.

Eu não tinha tanta certeza. O tio de Lee tinha realmente nos encontrado naquela cabana, mas a história dele fazia sentido. Esconder as escolhas questionáveis da mãe de Lee parecia a coisa afetuosa a se fazer. O interesse dela pelo oculto, pelas trevas, poderia tê-la feito se misturar com as pessoas erradas.

A luz do sol que entrava pela janela ao nosso lado parecia convidativa e, por um momento, deixei minha mente vagar, simplesmente observando os pássaros que voavam pelo jardim e a maneira como o vento curvava os arbustos e os fazia ondular.

– Ou pode ser tudo uma grande coincidência – murmurei, pousando o queixo na palma da mão. – A mãe de Lee fez um ou vários contatos infelizes e estávamos lá para ver a conclusão inevitável disso.

– É isso que você realmente acredita que aconteceu ou isso é o que quer acreditar que aconteceu? – O sr. Morningside também apontou o olhar para a janela, voltando a bater nos dentes. – Se estou certo, então George Bremerton está envolvido nesse assassinato, direta ou indiretamente. Isso significaria que ele não está agindo sozinho. Significaria que conspirou para infligir um sofrimento terrível contra a mãe do sobrinho. Sei que parece algo insuportavelmente cruel, Louisa, mas nós dois sabemos que o mundo é um lugar injusto e brutal.

Concordei com a cabeça e senti o desespero do dia anterior retornar, cercando-me e mitigando o belo cenário lá fora.

– Não importa qual de nós está certo. Qualquer que seja a forma como você explique, é monstruoso.

As portas se abriram e a sra. Haylam entrou, equilibrando habilidosamente uma bandeja de refrescos. A velha que eu tinha conhecido à beira da estrada não parecia forte o bastante para erguer uma única xícara de chá, e agora estava servindo um jogo de prata inteiro com biscoitos. Ela colocou o chá e a comida na mesa rapidamente, endireitando-se com um pequeno *hunf* de satisfação.

– Muito bem, sra. Haylam, que mesa! – ele disse, sorrindo para ela. – Eu e Louisa estávamos conversando sobre o alvoroço de ontem à noite. Por acaso a senhora conhece este símbolo?

O sr. Morningside mostrou o papel para ela, que examinou ambos os lados pacientemente.

– O símbolo não significa nada para mim – ela disse. – Mas essa frase... O primeiro e o último filho. Por que me soa familiar?

– É algum tipo de enigma – ele disse.

– Vou pensar nisso – a sra. Haylam respondeu. Seu olho de reuma já estava distante e pensativo, fixado em algo acima das nossas cabeças enquanto virava-se e saía do salão. – Como eu sei disso? – ela dizia a si mesma. – Onde foi que já ouvi isso...

– Tão distraída que esqueceu de servir – o sr. Morningside disse com uma risada. Eu mesma peguei a chaleira e servi chá para nós dois, depois decidi não beber nada. Estava sem apetite e o café da manhã havia me deixado cheia.

– Você realmente deveria experimentar os biscoitos de geleia – ele disse, com a boca cheia dos doces. – A sra. Haylam faz as compotas de damasco com as próprias mãos.

– Não sou muito de doces – respondi suavemente. – Chá é o suficiente.

Ele terminou de mastigar vagarosamente e deu um gole no chá, recostando-se na cadeira. Depois, um sorriso lento e tortuoso se abriu em seu rosto e ele pegou um dos biscoitos, estendendo-o para mim.

– Pegue.

– Não, obrigada – eu disse, resoluta.

– Não coloque na boca ainda, só segure – ele mandou. Soltou um suspiro, que agitou seu cabelo, e revirou os olhos. – Ajuda se eu pedir *por favor*?

Peguei o biscoito da sua mão e o segurei.

– Pronto. Estou segurando.

– O que você está segurando? – ele perguntou, com o sorriso se abrindo ainda mais.

– Não seja ridículo. Um biscoito de geleia. De damasco.

– E o que você quer que seja?

Franzi a testa, sentindo para onde a conversa estava se encaminhando. Antes de dormir, eu tinha lido o capítulo sobre crianças trocadas. Sobre as supostas habilidades delas. Queria jogar o biscoito no chão e sair batendo a porta, mas também ansiava por provar as suposições infundadas dele. Que eu era um daqueles seres. Só poderia ser isso, pelo tanto que ele mencionava aquilo. Será que eu me sentiria especial de alguma forma? Será que sentiria, no fundo do meu peito, que tinha algum tipo de dom mágico inato? Sempre me senti comum e mal compreendida, não excepcional.

– Entre na brincadeira – ele disse, com firmeza.

– Está bem. Eu quero… – O que eu queria? Nunca comi luxuosamente na minha vida. Havia comidas que eu não me importava comer, e aquelas que eu comia vezes e vezes seguidas porque era tudo que tinha. Então o que eu queria? – Pão com manteiga.

– Pão com… – Ele deu de ombros e fez um sinal com o dedo para que eu continuasse. – Você podia mirar um pouco mais alto, minha cara, mas que seja. Faça o biscoito se transformar em pão com manteiga.

– Não consigo.

– Você leu o livro? – ele perguntou.

– Li.

– Bom, então. Metade do sucesso vem de saber que você é capaz.

Não. *Não*. Balancei a cabeça com força. O biscoito tremeu na minha mão.

– Eu não sou uma daquelas coisas. Uma criança trocada. Não sou.

O sorriso do sr. Morningside se fechou num canto. Seus olhos dourados, normalmente brilhantes de arrogância, suavizaram.

– Você se sentiu diferente durante toda a sua vida – ele disse, solenemente.

– Sim, me senti, mas não quero ser diferente. Sempre quis ser como os outros.

– Feche os olhos – ele disse suavemente e, sem saber por quê, obedeci. Ou melhor, eu sabia o motivo. Ele queria provar que estava certo. Queria que eu soubesse, soubesse e sentisse de verdade, que era um deles. – Pão com manteiga. Pense. É o que você quer.

Eu tinha praticamente memorizado as passagens relevantes. Certo, o capítulo relevante.

Se a ascendência da criança trocada tiver poder das trevas suficiente, elas podem transformar objetos e até seus próprios corpos por períodos de tempo variados. Algumas podem transformar uma corda em uma serpente por um mero instante. Outras podem mudar sua forma completamente, enganando até a família, os amigos ou amantes da pessoa imitada.

Mas eu não queria que isso fosse verdade. Se fosse, significaria não só que meu lugar era aqui com esses monstros e patifes, mas que eu poderia não me encaixar em nenhum outro lugar. Significaria que eu nem mesmo era humana, que a adequação que sempre busquei com minha mãe, meus avós, em Pitney, sempre fora um sonho impossível e em vão. Meus olhos estavam fechados com força. Fechei-os com ainda mais força. Conseguia sentir um soluço crescendo na minha garganta porque, por mais que quisesse que essa mentira fosse embora, eu não conseguia parar de pensar em pão com manteiga, pão com manteiga...

Senti o instante em que mudou. O instante em que deu certo. O instante em que eu mudei.

E ouvi o suspiro breve e encantado do rapaz à minha frente. Quando abri os olhos, havia uma deliciosa torrada entre os meus dedos, que brilhava com manteiga derretida.

– Louisa... você sempre quis se sentir como os outros, mas os outros não são capazes de fazer isso.

Engoli em seco com força, querendo segurar o choro. Por Deus, se eu conseguia transformar um biscoito numa torrada com um simples pensamento, conseguiria conter o choro que prendia minha garganta. Fiquei olhando para o pão e me admirei com a firmeza da minha mão – como se meu corpo sempre soubesse que isso era possível e só minha cabeça teimosa me atrasasse.

– Vai mudar de volta? – sussurrei, abalada.

O sr. Morningside baixou a cabeça, observando-me por trás das sombras escuras de seus cílios grossos.

– Só quando você quiser ou perder a concentração.

Deixei o pão com manteiga escapar da minha mão. Voltou a ser um biscoito antes de cair na madeira.

Capítulo Trinta e três

À caça de canis infernalis

Nenhum demonologista digno de seu sal passaria um ano ou dois nessa área sem ouvir boatos sobre os cães infernais, muitas vezes chamados de *canis infernalis* ou ainda cérberos. Há rumores de que esses cães nasceram do cruzamento das hienas implacáveis da África com misteriosas e terríveis feras dos cantos mais sombrios e não mapeados nem desbravados dos planos; eu sabia que não poderia descansar até ver uma dessas criaturas com meus próprios olhos.

Foi em Marrakesh que encontrei um homem que dizia criar essas feras. A informação era falsa, mas encontrá-lo aguçou meu apetite. Se um vigarista comum de mercado sabia sobre esses cães, então talvez fossem mais do que um simples mito, afinal. Tenho certeza de que muitos viajantes tolos chegaram a ser enganados e compraram um desses animais inferiores, mas continuei na cidade, seguindo os estabelecimentos de pior reputação. Devo admitir com certa vergonha que preferia antros turvos de ópio, pecado, crime e iniquidade, e dividi o pão com pessoas de todo o mundo que vinham aos mercados labirínticos para fugir – e, no caso de alguns, apenas para se banharem na depravação até se afogarem nela. Muitas vezes, eu ficava sentado até tarde da noite, sobretudo num lugar que chamarei aqui de Djinn Rodopiante, fumando um cachimbo de água e ouvindo a tagarelice vã, sem descartar sequer os murmúrios mais estúpidos e inebriados.

Finalmente, uma dupla de moças entrou; eram jovens demais, pensei, para estarem sozinhas nos antros mais sombrios de Marrakesh. Mas elas entraram, pedindo um simples chá para o fornecedor e sentando-se em almofadas roxas para conversar em voz baixa. A mais baixa carregava uma bolsa de couro que guardava junto a si. Elas notaram minha atenção, que se devia ao fato de a mais alta usar um grande colar de dentes e seu braço ter um ferimento recente. A ferida parecia terrível; mesmo atrás dos curativos, o sangue fresco vazava pelos tecidos. Discretamente e usando véus, elas recebiam um visitante após o outro, falando com tipos aventureiros que iam e vinham.

Pouco antes da meia-noite, aproximei-me delas, oferecendo-me para comprar chá para nós três. Elas aceitaram, ainda que desconfiadas, e perguntaram o que eu queria.

– Esses dentes que você usa – eu disse, apontando para o adorno da mais alta. – Procuro um animal parecido.

– Não, o senhor não procura – a mais baixa respondeu. Seus olhos cintilavam em tons de safira sob o véu. Não havia como saber sua nação de origem, mas seu sotaque, surpreendentemente, soou parecido com o de um bostoniano que eu havia conhecido. – Obrigada pelo chá, mas pode se levantar.

– Eu tenho dinheiro.

– Não o suficiente.

Dando de ombros, tirei o que parecia uma pequena pedra do bolso e a coloquei na mesa baixa entre nós. Um olho não treinado não ligaria para aquilo, mas desconfiei que essas viajantes reconheceriam seu valor.

Elas se cutucaram, trocando um olhar que consegui interpretar muito bem. Em seguida, aproximaram-se uma da outra e tiveram uma conversa sussurrada, enquanto eu aproveitava meu chá, notando que a bolsa de couro entre elas se agitava. A menina mais alta pegou o ovo sobre a mesa e se levantou, e ambas saíram rapidamente. Apenas a inquieta bolsa permaneceu.

Peguei-a e saí, sem coragem de abrir o fecho até estar de volta em minhas acomodações. Quando olhei do lado de dentro, um rostinho marrom me espreitou, inocente e de focinho longo. O pelo em seu pescoço se eriçou, mas logo se acalmou, e ele tocou o focinho preto e úmido nos meus dedos. Lambeu a palma da minha mão e saiu da bolsa.

Com o tempo, ele cresceria, mas isso levaria ainda uns duzentos anos. Essas feras crescem devagar, mas, em seu tamanho adulto, tornam-se imensamente poderosas. Se os relatos forem fiéis, um cão completamente crescido seria mais alto que dois homens e poderia quebrar o pescoço de um cavalo de carga entre os dentes como se fosse um graveto. Eu nunca saberia onde esse filhote tinha sido encontrado ou de que mãe temível tinha sido roubado, sabia apenas que em seus olhos escuros ardia uma chama que, futuramente, se transformaria num inferno.

Mitos e lendas raros: Coletânea de descobertas de
H. I. Morningside, *página 50*

Uma alma mais corajosa do que eu se apressaria imediatamente a testar os limites desse poder. Se eu fosse uma ladra comum andando pelas ruas de Malton, estaria mais do que contente em descobrir esse dom, mas, agora, isso me marcava como uma deles. Eu queria esquecer aquele biscoito, o pão, a sensação que cintilou pelo meu corpo quando senti a transformação acontecer na minha mão.

O sr. Morningside me dispensou depois de fazer uma cópia do papel que eu havia encontrado e do símbolo na parede. Ele me incentivou a experimentar meus poderes, mas sem me esgotar, pois, em suas palavras:

– O preço de magias tão belas e sinistras é o tempo.

Não entendi isso na hora, mas lembrei de quando Mary lamentou não conseguir me proteger à distância depois de usar seu poder durante a tempestade e a morte da viúva. Talvez demorasse horas ou até dias para eu poder usar esse meu "poder" novamente. Expulsei isso da mente. E sei como isso soa tolo, estranho. Afinal, se uma pessoa acordasse certa manhã e descobrisse que tinha asas, ela não tentaria voar? Mas essas asas, assim como meu poder – meu poder de criança trocada –, marcavam-me como diferente. Por Deus, era compreensível que ninguém em Pitney gostasse de olhar para mim, que os estranhos recuassem, que meus avós preferissem pagar o preço alto do internato a cuidar de mim por conta própria.

Fiquei virando o pedaço de papel queimado entre os dedos e observei o sr. Morningside se retirar para seus aposentos. A porta verde que protegia seu santuário ainda me chamava, mas mais baixo agora, suportável. Tudo, na realidade, parecia mais calmo e menos urgente agora que eu tinha a verdade sobre meu sangue e meu nascimento diante dos meus olhos.

Estava pensando em armários e brigas enquanto entrava no vestíbulo. A voz da sra. Haylam cortou o ruído mental.

– Como assim outro cordeiro entrou na propriedade?! Vá buscar, Poppy! Você tem braços e pernas para quê? Vá buscar!

Saí pela porta da frente, dando a volta até a entrada da cozinha no lado leste da casa, encontrando Poppy e seu filhote saindo para a luz do dia. Bartholomew olhou para mim, levantando-se nas patas traseiras e cutucando minha cintura até eu erguê-lo nos braços e acariciar suas orelhas.

– Um dos cordeiros do pastor se perdeu? – perguntei, apertando o passo para acompanhar Poppy.

– Como conseguem fugir? – ela perguntou, fazendo beiço. – Eles são tão pequenininhos e aquele vira-lata peludo do pastor tinha a obrigação de mantê-los na linha.

– Muitas ovelhas para um cachorro só dar conta – falei. Bartholomew parecia contente de deitar em meus braços, lambendo meu queixo de vez em quando, com as orelhas se mexendo de um lado para o outro enquanto observava os campos.

– Lá está ele! – Poppy gritou, correndo em disparada rumo ao celeiro.

Um pontinho branco e preto andava na frente das portas. Os cavalos lá dentro resmungavam e batiam as patas. Agachei-me para deixar o cachorro saltar dos meus braços e, juntos, nós três alcançamos o cordeiro que recuava na lateral do celeiro, balindo, aterrorizado.

– Peguei você – disse, baixinho, trazendo-o para os meus braços. Ele não resistiu, aconchegando-se embaixo do meu queixo. Era quente e cheirava a trevos, seu corpo pequeno de lã arranhava minha pele de um jeito agradável. – Vamos encontrar sua mãe.

– Ou a gente pode comê-lo – Poppy sugeriu, seguindo-me enquanto eu virava na direção do pasto do vizinho. – A sra. Haylam faz um assado de cordeiro muito macio.

– Ele não é nosso, Poppy.

– Você é muito boazinha. Igual a Mary. Eu preferia comer.

Pensei nisso por um tempo enquanto seguíamos a cerca que separava as propriedades até encontrarmos a estrada, onde entramos e viramos para o leste rumo à cabana do pastor. O pequeno clipe dourado com a serpente continuava no meu vestido, claro, pois eu ainda tinha muito medo para me separar dele.

– Não acho que precisamos de comida – eu disse a ela. – Eu roubava muito antigamente, mas só para sobreviver. Se eu tivesse comida suficiente para mim, eu não roubaria. Você não acha que tem que ser assim?

Poppy cerrou o maxilar, balançando os braços como uma soldada enquanto caminhava ao meu lado. Seu filhote, claro, a seguia logo atrás.

– Faz sentido. A sra. Haylam diz que as pessoas que vêm para Coldthistle chegam aqui porque são gananciosas e bravas. Talvez elas roubem demais. Roubem mesmo quando já têm de sobra.

Concordei com a cabeça e caminhamos um pouco em silêncio. O cordeiro balia de vez em quando, e os insetos na grama alta ganhavam vida, cantando sua música potente e aguda.

Poppy erguia os olhos para mim de vez em quando, mordendo a bochecha.

– Que foi? – perguntei.

– Não quero importunar – ela respondeu, timidamente.

– Mas?

– Mas você vai ficar com a gente? Para sempre? – Ela e o filhotinho estavam me encarando. Se ela tivesse um rabo, tenho certeza de que o estaria abanando agora.

– Não sei ainda – eu disse. Cada vez mais parecia uma possibilidade, mesmo se Lee tivesse que ser mandado embora da casa antes de sofrer algum mal. – Foi fácil para você decidir ficar?

– Estou aqui desde que me entendo por gente – Poppy disse, com a voz estridente. – A família que me adotou queria me mandar embora. Eu não era normal e isso os assustava. Eles eram maldosos e eu não sabia por quê. Agora eu sei, mas era confuso antes de a sra. Haylam vir me ajudar. Meus irmãos malvados me batiam, me trancavam no sótão e envenenavam minha comida. Fiquei doente por muito tempo e quase morri.

– Meu Deus, Poppy, que horror. Sinto muito. O que a sra. Haylam fez? – Parte de mim tinha medo da resposta, sabendo como a menina era irremediavelmente direta.

– É difícil lembrar agora – ela disse, voltando a morder a bochecha. – Mas lembro que ela veio com um livro e tinha um jeito estranho e corcunda; não era elegante e arrumada como agora. O sr. Morningside também foi com ela, mas não falou muito. Ela disse que, se eu quisesse que minha família fizesse o que eu mandasse, ela poderia dar um jeito, e isso deixaria o livro feliz.

Eu fiquei feliz também. Agora, eles são todos sombras, mas não podem me machucar mais e quase sempre fazem o que a sra. Haylam manda.

Fiquei encarando-a.

– Os Residentes são sua antiga família?

Poppy assentiu com força, sorrindo e balançando as tranças.

– Gosto mais deles agora. Sua família era como a minha, Louisa? É por isso que você foi embora?

– De certa forma – falei devagar, ainda tentando digerir o fato de que os pais cruéis de Poppy eram nada menos do que os seres medonhos de sombra que rondavam pelo sótão. – Os professores na minha escola eram malvados, mas pelo menos nunca me envenenaram. Às vezes me deixavam sem comer e me davam umas surras também, mas eu sobrevivia.

Ela piscou com força, franzindo a testa.

– Ninguém vai bater em você nem fazer você passar fome aqui. Por que quer ir embora?

– Porque é assustador – eu disse. – É assustador pensar que não vou me encaixar em nenhum outro lugar. Que meu destino já está definido só porque sou diferente.

– Acho que entendo – ela respondeu devagar. – Mas também acho que é melhor ficar num lugar com pessoas que gostam de você do que passar a vida toda vagando por aí. Seria muito solitário.

Deixei o assunto para depois. A solidão nunca havia me incomodado, mas eu tinha que levar em conta que isso era porque eu nunca tive amigos de confiança que não fossem imaginários.

Chegamos tranquilamente à cabana do pastor, embora toda hora eu olhasse para o céu para ver se não havia nenhuma nuvem de pássaros. Não vi nada, só o cachorro do pastor que saiu para nos cumprimentar. O cordeiro esperneou nos meus braços enquanto os dois cachorros se rodeavam, se cheiravam e rosnavam; bastou um latido de Bartholomew para fazer o cachorro maior sair correndo.

A gargalhada do pastor cego chegou antes dele. A porta da sua casinha se abriu rapidamente e ele ria, saindo da cabana com uma bengala até seu cachorro, Big Earl, voltar para guiá-lo até nós.

– Encontramos um de seus cordeiros – falei para ele. – Eu e Poppy viemos devolver.

– Obrigado, minhas queridas, vocês fizeram uma boa ação hoje. Joanna! – ele gritou e, num instante, a moça gentil se juntou a nós. Ela abriu um sorriso cheio de dentes, pegou o cordeiro dos meus braços e o abraçou, falando carinhosamente com ele.

– Ô, coisinha fofa – ela disse com uma risadinha, tocando o nariz do cordeiro. O rebanho não estava longe, pastando como uma massa branca e gigantesca atrás da cabana. – Vamos devolver você para sua mãe? Vocês vão ficar contentes. Achei que você tinha ido embora de vez; é o segundo que se perde essa semana. Se ao menos encontrássemos o primeiro.

– Confesso que não sei muito de ovelhas – eu disse, vendo-a levar o cordeiro embora. – Elas sabem mesmo diferenciar seus filhotes de outros cordeiros?

– Elas os reconhecem pelo cheiro – disse o velho, virando a cabeça na direção de Joanna enquanto ela se afastava. – Farejam o filhote assim que nascem. O cheiro é como uma assinatura, sabe, é perfeitamente único.

Uma assinatura. Passei as mãos no avental, apalpando o papel queimado no meu bolso, ao lado da colher. A caligrafia. Eu poderia pegar o papelzinho e vasculhar as coisas de George Bremerton... Lee só tinha olhado as malas dele, mas, se ele tivesse um caderno ou alguma correspondência, eu poderia pelo menos confirmar que ele não tinha escrito o bilhete na lareira. Ficaria mais tranquila sabendo que ele não tinha nenhuma relação com a morte da mãe de Lee. E, se tivesse...

Bom, eu sabia que Lee precisava sair daquela casa logo, mas isso tornaria a partida dele ainda mais urgente.

– Sua gentileza merece uma recompensa – o velho continuou, voltando-se para a casa. – Aceitam tomar um gole de conhaque com a gente?

Poppy suspirou e puxou minha manga com força.

— Louisa, *não*. Não, não! A gente tem que ir. Preciso voltar para casa e envenenar aquele velho rabugento de bigode — ela disse num sussurro que, francamente, saiu alto demais para ser qualificado como sussurro.

Eu concordava que era melhor voltar, mas não pelos motivos peculiares dela.

— Na verdade, nós duas temos que voltar — eu disse, fazendo uma pequena reverência que ele não veria.

— Então você decidiu ficar em Coldthistle — ele disse, encostando-se no batente da porta e secando o suor sob a boina. — Bom, obrigado pelo cordeiro. Tenham uma ótima tarde. Está um tempo bom e firme hoje. Aproveitem bem.

Eu ia aproveitar, sim. Na volta para casa, sugeri a Poppy disputar uma corrida com ela e seu cão, e eles aceitaram na hora. Nós três estávamos sem ar quando chegamos. Um conjunto de nuvens nos havia seguido, escurecendo o céu até então ensolarado sobre a mansão. Chijioke assobiava no celeiro e Mary lavava algumas roupas na área de serviço coberta fora da cozinha.

Para ganhar acesso ao quarto de George Bremerton, eu precisaria de uma distração. Lee, claro, era a pessoa óbvia para pedir auxílio. Ele poderia estar disposto a levar seu tio para o Salão Vermelho ou dar uma volta no jardim. Ou, pensei com tristeza, ele poderia apenas querer ficar sozinho e não ser arrastado para uma conspiração que manchasse a memória de mais um membro da sua família.

Fui andando mais devagar enquanto chegávamos ao pátio, mas Poppy e Bartholomew continuaram em disparada, correndo com toda a força em direção à Mary e sua bacia. Poppy parou, mas o cãozinho marrom deu um pulo, caindo na água com espuma e encharcando Mary e a si mesmo.

— Feio! — Poppy gritou para ele, rindo enquanto gritava.

— Vê se controla essa ameaça dos infernos! — Mary berrou.

Poppy se agachou perto da bacia, tentando pegar o filhote escorregadio, que se esquivava e saltava até finalmente deitar na grama, sacudindo-se para secar o pelo.

– Olhe só o que você fez – Mary a repreendeu, levantando-se para mostrar o vestido e o avental cobertos de sabão. – A sra. Haylam vai ficar muito brava quando eu contar para ela.

Fiquei observando e rindo, esperando enquanto tramava um plano para tirar Bremerton do quarto. De trás de mim, ouvi o ruído de cascos de cavalo na entrada de coches. Eu e Mary nos viramos para olhar, encontrando um senhor de idade cavalgando com uma bolsa pesada pendurada na sela.

– É o correio – Mary disse, acenando para o homem. – Você pode buscar, Louisa? Não estou em condições de ser vista.

Ela começou a juntar suas coisas e torcer as roupas molhadas, disparando pela porta da cozinha. Poppy e seu cão não serviam para nada, rolando pela grama até os dois estarem cobertos de manchas verdes e terra.

– Sobrou para mim, então – murmurei, apertando o passo em direção à entrada. Era um homem calvo, com a pele da cabeça vermelha pela exposição ao sol e coberta de pontinhos marrons como um ovo. Ele desceu da sela, ágil para um homem de sua idade, e colocou a mão dentro da bolsa amarrada à sela.

– A senhorita é nova aqui – ele disse, gentilmente, fazendo uma pequena reverência.

Retribuí a cortesia e esperei enquanto ele pegava as correspondências.

– São poucas hoje – ele acrescentou, entregando um conjunto de embrulhos dobrados e selados. – A senhorita poderia enviar minhas desculpas ao patrão? As chuvas dessa semana não me permitiram tomar meu caminho usual. Lá em Malton há praticamente um lago na estrada ao sul.

– Vou falar – eu disse, abraçando as correspondências junto ao peito. Ele levou o polegar à testa e segurou a sela, voltando a montar. Algo formigou no fundo da minha mente. Mensagens. Chuvas.

Eu não tinha ido à casa antes porque meus contatos em Derridon me enviaram uma nota em Coldthistle. Era sobre a sua mãe.

Aquele patife mentiroso.

– Só um momento – eu disse, erguendo a mão para detê-lo. Ele se virou na sela, observando-me com brilhantes olhos azuis. – Você traz as mensagens de Derridon também?

– Trago sim, senhorita.

– É possível que outros mensageiros tenham vindo? – perguntei, tentando manter o tom leve e insuspeito.

– Duvido muito – ele disse, rindo. Sou o que mais conhece esse caminho. Sigo por ele até Derwent. Não há necessidade de outros cavaleiros, já que Derridon é tão pequena. Além disso, conheço todos os homens e rapazes que cavalgam por essa estrada, e as chuvas deixaram todos presos em Malton essa semana.

– Obrigada – agradeci com um sorriso contido. – Você foi muito útil.

Ele se despediu levando o polegar à testa de novo e estalou a língua, fazendo o cavalo saltar para a frente e o levar embora, deixando uma nuvem de poeira e pedrinhas atrás de si.

Nenhum cavaleiro. Nenhum mensageiro. Agora eu sabia o que pedir a Lee, mesmo se isso o magoasse terrivelmente.

Capítulo Trinta e quatro

Em busca do Elbion Negro

Muitos mais inteligentes que eu se intrigaram com o milagre da criação, com a possibilidade de algo surgir do nada. Numa veia parecida, intrigo-me com a origem do Elbion Negro, um livro que não só precede todos os manuscritos e pergaminhos conhecidos, mas também do qual já vi representações grosseiras em cavernas esparsas na Europa. Na África. Na Ásia. Nas Américas. Seres que ainda não haviam descoberto a verdadeira natureza da escritura o registram em suas paredes – um quadrado com um olho, e um xis sobre o olho. Já vi isso na França, na Bélgica, no Egito, em Florença, no Levante...

Mas o mistério do como permanece. Como essa única imagem, a imagem de um livro, pode aparecer tantas e tantas vezes? Naturalmente, os historiadores consideram isso tudo uma mera coincidência. O símbolo poderia significar qualquer coisa. Mas sei que é o Elbion Negro. Vi o livro. Senti seu poder insidioso.

O livro atrai os homens. Seus fios de tinta e pecado envolvem o coração e não o soltam. Ele fala de poder, mas a um grande custo.

A primeira vez que o vi foi num deserto. Foi a sorte ou o destino que me levou para lá, pois eu pretendia seguir os rumores de um djinn avistado perto da cidade de Bagdá – uma procura extremamente tediosa e, no fim, fútil. Em vez disso, conheci uma viajante que ia para o oeste, uma mulher coberta de preto. Ela atravessava o deserto a pé, mas o calor e os ventos não a incomodavam em nada. No começo, pensei que aquela figura de véu que passava por nós entrando no grande mar de areia fosse cega ou delirante, mas então ela parou e se virou, viu nossas tendas e se aproximou. Ela só falaria comigo e fez sinal para que meus guias se afastassem. Em seus braços, carregava um imenso objeto quadrado envolto em peles.

Depois de tomar um pouco de água, ela me revelou o livro naquela tenda. Lembro do barulho dos ventos gritando contra a lona, um siroco súbito cercando o acampamento, como se o próprio deserto quisesse proteger o mundo da revelação daquele livro. Seus olhos brilharam dourados quando viu minha reação.

– Isto foi tirado do fundo do mar antes de Jesus caminhar com seus apóstolos – ela me disse. Seu inglês tinha um sotaque delicado, ela devia ter vindo das terras ao redor. – Os janízaros estão no encalço. Preciso levá-lo para um lugar seguro. Vai me ajudar, estranho?

Olhei dentro de seus olhos e depois para o olho vermelho riscado que me encarava do livro. Ali estava. Seu poder era inconfundível, e o dela também. Eu não sabia se voltaria a ver o Elbion novamente se o levasse com sua portadora para fora do deserto, mas era óbvio que precisaria tentar.

– Quer rumar para o oeste conosco? – perguntei.

Ela fez que sim, sorriu e voltou a cobrir o livro. Os ventos se acalmaram.

– Vamos para o oeste. É o que o Elbion Negro deseja.

Mitos e lendas raros: Coletânea de descobertas de
H. I. Morningside, *página 301*

Mary estava diante da bacia branca e funda na cozinha torcendo o avental. Ela resmungava baixo, praguejando um pouco mais alto sempre que as risadas agudas de Poppy chegavam até ela.

— Por Deus, como eles dão trabalho — eu disse, parando no batente entre Mary e o vestíbulo. Ela concordou distraidamente e tirou um fio de cabelo molhado do rosto.

— Sim, e estou atrasada com o lanche de Rawleigh Brimble. Ele vai comer todas as refeições no quarto dele hoje e ainda estou parecendo uma náufraga. Tenho muita coisa para fazer. A sra. Haylam precisa que eu arrume pelo menos quatro quartos para os hóspedes novos que vão chegar na semana que vem. Alguns dos pisos e janelas não são lavados há anos.

Graças a Deus.

— Não se preocupe, Mary, posso cuidar disso — ofereci, correndo para a mesa e erguendo a bandeja. — É o mínimo que posso fazer depois do seu heroísmo.

Ela me observou por sobre o ombro, enxaguando o linho de seu avental com um sorriso irônico.

— Claro. Tem certeza de que não é porque quer ver o rapaz bonito e consolar o coraçãozinho dele, não é?

— Mary, que absurdo! — Mas eu já estava na porta e, se ela me respondeu, não escutei porque a porta se fechou atrás de mim. Ao longe, dava para ouvir fracamente enquanto Poppy entrava aos risos na cozinha com seu cão latindo animadamente.

Não era nada fácil subir os três lances da íngreme escada carregando a bandeja pesada, mas consegui. Enquanto subia, voltei a me assombrar com o silêncio da casa. Poderia ser a casa de qualquer família durante um período calmo do dia, com as damas costurando na sala e os cavalheiros lendo ou cavalgando lá fora. Mas essa serenidade logo seria quebrada. Eu precisava que Lee saísse de seu desespero apenas por um momento e distraísse seu tio enquanto eu conduzia minha busca. Seria um milagre se ele me ouvisse depois da maneira como nosso encontro na gruta terminou.

Minhas mãos começaram a suar enquanto me aproximava de seus quartos. Uma coisa era desprezar os desejos de George Bremerton e continuar amiga de Lee; outra bem diferente era conspirar com seu sobrinho para revelar seus segredos sombrios. Mas isso precisava ser feito. Se Bremerton estava mentindo sobre o mensageiro, o que mais poderia estar escondendo? A náusea subiu pela minha garganta enquanto eu considerava que ele poderia estar seriamente envolvido na morte da mãe de Lee. E se tivesse orquestrado aquilo? E se tivesse *feito* aquilo?

Com egoísmo, indaguei-me se resolver o mistério *para* Lee voltaria a melhorar a imagem que ele tinha de mim. *Sim, sua tola, ele vai cair de amores por você depois que você associar o último parente dele a um crime hediondo.*

Equilibrei a enorme bandeja no punho e dei algumas batidinhas breves. Meu enjoo cresceu quando Bremerton abriu a porta. Ele me encarou, com uma veia medonha pulsando em sua têmpora. Uma longa pistola estava enfiada em sua calça, e ele pegou rapidamente um casaco atrás da porta para vestir e cobrir a arma.

Eu precisaria de mais delicadeza do que o previsto.

– O que você quer?

– Com licença, trouxe o lanche da tarde, como pedido – disse, evitando seus olhos com cortesia.

– Ora, e não é que está toda humilde e educada? Mas que mudança. Cadê a outra menina? Pedi para a governanta só mandar aquela outra. – Ele se aproximou, encostando o peito perigosamente na bandeja.

– Mary está indisposta – murmurei. – Só ficarei por um instante.

– Ótimo. Coloque essa bandeja aí e seja rápida, depois vou ter uma conversinha com seu empregador. Você é intrometida e estranha, e não quero você perto de nós. – Ele abriu uma fresta minúscula para eu poder passar com a bandeja. Para isso, eu precisava encostar nele fisicamente. Senti-me enjoada, exposta e, pior, ele estaria me observando com atenção demais para que eu pudesse conversar com Lee.

Mas entrei devagar em seus aposentos. O primeiro cômodo era uma sala de estar com uma escrivaninha e uma mesa para dois. Atrás de uma portinha, ficava o quarto de Lee, com um guarda-roupa, um biombo e uma janela que dava para o norte dos jardins. Ele estava sentado na cama, desgrenhado como antes, com a gravata solta e amassada em volta do pescoço. Ele olhava para o terreno, ainda parecendo uma estátua.

– Tem comida aqui, senhor – eu disse, gentilmente. Não havia um lugar apropriado para colocar o jogo de chá, então virei até a mesa redonda ao lado da cama e a coloquei lá. Era esquisito chamar um garoto da minha idade de "senhor", mas George Bremerton estava a menos de um metro atrás de mim, observando tudo.

– Ah, Louisa – Lee disse, levantando-se e alisando o colete. – Você é um deleite para os meus olhos. Como é bom ver você de novo. Acho que não terminamos direito nossa última conversa.

– Ela está de saída – Bremerton interrompeu, irritado, com os braços cruzados diante do peito.

– Não fale com ela dessa forma, tio. Você está me fazendo passar vergonha.

Bremerton ergueu as mãos e passou por mim, encurralando Lee contra a janela. Ele soltou um suspiro furioso e apontou o dedo para o peito do sobrinho.

– Estou tentando ser sensível com seu luto, Rawleigh, mas tudo tem um limite. Não vou ignorar todas as regras da sociedade...

Parei de ouvir. Atrás de mim, na porta aberta para o corredor, senti uma presença pairando. Enquanto eles discutiam, virei a cabeça discretamente, encontrando um dos Residentes obscurecendo a soleira, com seus dedos longos de aranha curvados na beirada. Ele inclinou a cabeça para o lado como se me fizesse uma pergunta, mas eu não sabia o que fazer. Poppy passou atrás dele, carregando uma bandeja muito menor e mais manejável e, claro, Bartholomew estava atrás dela. Ela não notou o ser gigante de sombra negra ali e ele também não olhou para ela. Poderia ser um de seus cruéis irmãos adotivos me observando. Eu não conseguia me imaginar à vontade com essa informação, mas Poppy era uma criatura esquisita.

A coisa estava olhando para mim ou para os homens atrás de mim? Estava preocupada comigo ou eu também estava sendo vigiada?

Então, devagar, com seus contornos bruxuleantes feito uma figura de névoa, ergueu uma mão e tocou a ponta do dedo no olho branco e vazio.

Estou observando você.

Senti um calafrio e virei as costas, percebendo o instante em que ele foi embora. Era a vez de Lee partir para a ofensiva, praticamente gritando com o tio, com o rosto vermelho-vivo e os cachos bagunçados caindo sobre a testa.

— E você não fez nada para providenciar o enterro dela, fez? Fica aqui sentado o dia todo como uma galinha cuidando dos pintinhos. Mal posso dar uma volta no terreno sem que você tenha um ataque. É... é sufocante! Me deixe em paz!

George Bremerton recuou com um rosnado, mas apenas até a escrivaninha. Ele se sentou com tudo na cadeira e ficou olhando feio para o nada. Era uma vitória pequena, mas Lee foi até o outro lado da cama e pegou o chá, servindo-se de uma xícara e bebendo, ainda cheio de raiva e rebeldia, e sem se preocupar com a água quente. Ele silvou entre os dentes e bebeu mais, como se a queimadura lhe desse mais coragem de alguma forma.

— Aqui — eu disse, contente por ter uma desculpa para escapar dos olhos de Bremerton. — Deixe que eu arrume isso para você.

Abri a tampa do prato com os canapés e uma variedade de queijos regados com mel. Lee não se interessou pela comida, ainda virando o chá quente demais.

— Preciso que você distraia seu tio por um tempo — sussurrei o mais silenciosamente possível. Lee se aproximou, erguendo uma sobrancelha. — Leve-o para o balneário ou para os jardins. Tem alguma coisa mal explicada e preciso confirmar que ele não está envolvido no assassinato.

– Ele... *o quê?* – Lee quase derrubou a xícara. Então se recordou e abaixou a voz, aproximando-se tanto que sua orelha encostou na minha. – Você tem provas disso?

– Vou ter – garanti. – Nosso tempo acabaria a qualquer instante. – Tenho algumas informações novas, mas não posso contar agora. Ele está mentindo para você, Lee, isso eu sei. Vou ter provas suficientes se você puder distraí-lo por um tempo!

– Então vou fazer o que for preciso para descobrir a verdade. Pela minha mãe. – Lee assentiu e cerrou os dentes, colocando a xícara na bandeja com mais força do que o necessário. – Tio! – Ele me deu um aceno confiante e ajeitou a gravata, voltando a amarrá-la num nó apresentável. – Acho que um pouco de ar fresco me faria muito bem, poderíamos dar um mergulho nas águas. E temos que discutir os planos para o enterro da minha mãe...

Eu o segui para fora do quarto e continuei andando, sem olhar para George Bremerton enquanto passava.

– O senhor vai jantar nos seus aposentos, senhor?

– Não, não. – Lee me dispensou com uma indiferença admirável. Seu tio estava se levantando da cadeira e abotoando o paletó. – Pode sair agora.

Talvez fosse um tom insensível demais para ser verossímil, mas obedeci, fazendo uma reverência na porta e atravessando o cômodo externo antes de sair correndo pela segunda porta para o corredor, bem a tempo de ver o coronel Mayweather deixando seus aposentos, com o rosto roxo feito uma ameixa. Seu enorme bigode se contraiu por um momento antes de ele vomitar sangue em uma linha curva espetacular em cima dos carpetes turcos.

M-me ajude...

O coronel grunhiu e caiu de cara no próprio vômito, arrastando-se no chão na minha direção com um braço trêmulo estendido. Ele se virou de costas feito uma foca moribunda, contorcendo-se enquanto tentava formar outra palavra. Seus olhos estavam vermelhos, enchendo-se de sangue, que logo começou a vazar e escorrer como lágrimas carmesim pelas suas bochechas.

Seu corpo se debatendo no chão em breve chamaria a atenção dos outros. Fiquei olhando, sem saber o que fazer, vendo-o deslizar pelos carpetes até mim. Ouvi passos delicados subindo pela escada, então Poppy surgiu com seu cachorro. Ela ficou paralisada, parecendo realmente consternada pela primeira vez.

— *O que você fez?* — sussurrei furiosamente, recuando devagar enquanto coronel gemia e se erguia. Eu não conseguia olhar para o seu rosto inchado e seu bigode branco, que absorvia o sangue feito uma esponja.

— Um erro de medida — Poppy disse, mordiscando o dedo. — Minha nossa, não coloquei veneno suficiente nos bolinhos.

— Não podemos deixá-lo assim — respondi. Mas o que eu poderia fazer? Poppy também parecia completamente perdida, andando de um lado para o outro no alto da escada enquanto seu cão cheirava a bota do coronel. A porta do quarto de Lee estava logo atrás de mim e, embora eu tivesse acabado de fechá-la, ele e seu tio sairiam a qualquer momento. Não havia como esconder o enorme rastro de sangue e vômito se espalhando pelo corredor.

— Socorro! — o coronel grasnou baixo, estendendo a mão para mim.

— Coronel Mayweather, seu malcriado, deixe a Louisa em paz — Poppy repreendeu alto.

Bati uma mão na testa e apontei com a outra para a porta de Lee.

Poppy apenas deu de ombros. Seu grito teve um certo efeito, pelo menos – o coronel se virou de novo, chiando e se arrastando em direção à escada. Não sei como, mas ele conseguiu se colocar de pé. Vacilante, caminhou para Poppy, com as duas mãos estendidas para ela como se fosse atacar seu pescoço. Bartholomew o rodeava freneticamente, latindo e mordendo. Poppy estava paralisada no degrau mais alto, segurando-se no corrimão. E dava para entender; era uma visão horripilante, e piorava ainda mais com as inspirações sôfregas, úmidas e balbuciantes dele, e com o sangue que jorrava de sua boca.

Ele estava quase alcançando-a, aproximando-se da escada, quando disparei para a frente para tentar puxá-lo pela parte de trás do casaco. Mas o cachorro agiu primeiro, colocando-se entre a escada e Poppy, fazendo o coronel moribundo tropeçar e descer rolando escada abaixo, com um barulho tão estrondoso que daria para ouvir de toda a casa. Ele tombou sem dizer uma palavra; ouviu-se apenas seus ossos e sua carne batendo ruidosamente, caindo no patamar do primeiro piso com tanta força que quebrou o corrimão e continuou caindo, rolando até o impacto final esmagador no parquete do andar térreo.

O barulho ecoou do vestíbulo até onde eu e Poppy estávamos paradas em silêncio, fitando o coronel, estatelado e imóvel, enquanto o resto de seu sangue vazava em volta dele numa poça crescente.

– Poppy... – sussurrei, transtornada.

– Ah, Louisa – ela se lamuriou, pegando o cão e abraçando-o junto ao peito. – Juro por todos os santos e pecadores que não queria que isso acontecesse dessa forma!

A porta atrás de mim se abriu, como eu sabia que aconteceria. Ouvi os homens antes de vê-los.

– O que diabos está acontecendo aqui? – Bremerton berrou, andando o mais perto da mancha de sangue quanto tinha coragem. Ele abafou uma exclamação e ficou pálido ao ver o corpo caído e imóvel dois andares abaixo.

Poppy correu até nós sem hesitar, segurando-se ao paletó de Bremerton e puxando-o. Num piscar de olhos, ela era uma garotinha inocente implorando por socorro.

– Graças a Deus o senhor está aqui! O coronel passou mal e eu não sabia o que fazer. Num momento, ele estava tomando o chá, perfeitamente contente, e então soltou esse som terrível, terrível, e... Ah, é constrangedor demais para dizer – ela improvisou livremente, convocando até lágrimas para eles. – Ele *vomitou* em toda parte e tinha sangue e... e... ele escorregou e caiu! Foi horrendo demais! Demais, senhor!

Recuei devagar, mas não sem antes garantir que Lee olhasse em meus olhos. Só Deus sabe o que viu ali ou o que deve ter pensado ao ver também o cadáver no vestíbulo e o rastro úmido de sangue que ia desde o quarto do coronel até mais ou menos onde eu estava.

– Ele estava velho e enfermo – eu disse fracamente. – Um homem da idade dele... Pode ter sido qualquer coisa. Úlceras, convulsões...

– Quanto sangue! Que sujeira! – Bremerton rosnou, descendo a escada a passos duros, mas não sem antes parar no patamar com cuidado para não encostar as botas no sangue. – Simplesmente inacreditável! Vocês vão ficar aí paradas ou vão ajudar o homem? Vocês duas, fiquem onde eu possa vê-las. Dois cadáveres nesta casa em dois dias não pode ser uma maldita coincidência.

– Vá com ele – fiz com a boca para Lee quando Bremerton virou as costas e começou a descer a escada. Então apontei cuidadosamente para os aposentos de seu tio. Essa era a minha chance. Ele poderia não estar lá fora nos jardins, mas dois lances de escada me dariam tempo suficiente para vasculhar sua escrivaninha em busca de alguma amostra. Lee se afastou de mim, mas não porque eu havia pedido. Seus olhos estavam arregalados, desconfiados, fixos em mim como se estivessem me vendo de uma nova forma. O que ele viu o deixou com medo. Claro. Quem não teria dúvidas depois de presenciar tantas mortes?

Poppy, Lee e o cachorro o seguiram escada abaixo. Fingi fazer o mesmo, mas dei meia-volta no último instante, escondendo-me atrás da parede longe da visão deles e voltando para os aposentos de Bremerton. A voz dele ressoava pela casa, um som que ecoava pelas vigas e galerias abertas que davam para o vestíbulo. Ouvi a porta da cozinha se abrir e se fechar, e depois outra porta.

– Que comoção! – Era a porta verde. O sr. Morningside tinha vindo ver o que era aquele alvoroço. Na mesma hora, Bremerton estourou, recriminando-o pela maneira como a casa era administrada e pelo meu comportamento em particular. Bom, depois eu poderia cuidar disso. Bartholomew entrou na disputa de gritos, latindo fervorosa e inconsolavelmente.

Eu tinha parado de frente para o balaústre para ouvir, mas então me virei para entrar discretamente no quarto de Bremerton. Obviamente, eu estava tão distraída e apressada que não tinha parado para prestar atenção no que havia imediatamente à minha volta. Virei e, esbaforida, dei de cara com um dos Residentes.

Ele estava de sentinela na frente da porta de Bremerton, com os pés longos e magros pairando logo acima do chão; seus dedos cheios de garras quase não tocavam os carpetes. Seus enormes olhos brancos me observavam inclinados, como se estivessem tentando descobrir minhas intenções. Todos os instintos dentro de mim me falaram para fugir. O monstro de sombra tinha o dobro da minha altura, e seu corpo de proporções estranhas acendia meus medos mais profundos e primitivos. Mas eu tinha que vencer e conter esse pavor em silêncio.

Aproximei-me dele devagar, com os braços abertos e as mãos espalmadas num gesto de rendição. Por um momento, senti uma dor ofuscante no hematoma do meu punho, que foi piorando conforme eu chegava mais perto. Eu tinha que suportar. Tinha que ignorar a dor.

– Só quero olhar aí dentro – murmurei. Ele inclinou a cabeça para o outro lado, cobrindo os dedos longos demais. – É para o sr. Morningside. Estou tentando descobrir uma coisa para ele.

O Residente flutuou para o lado, revelando a maçaneta. Ele não saiu nem se dissipou, mas, pelo menos, eu tinha espaço suficiente para acessar a porta. E tentei. Estava trancada. Xingando, chacoalhei a maçaneta, mas a fechadura era forte.

– Assssim – o Residente disse, sobressaltando-me. Ele se aproximou, mas me mantive firme, observando enquanto um de seus dedos negros e esguios se alongava, depois se enganchava e entrava com perfeita facilidade no buraco da fechadura. Ouvi um estalo baixo e a fechadura se abriu.

Ele recuou a mão, mantendo-a junto ao peito. Depois apenas me observou em silêncio, enquanto eu abria a porta o mais devagar e silenciosamente que conseguia.

– Obrigada – sussurrei. Sua presença fria e estranha me inquietava, ainda mais sabendo que ele estava no corredor me observando, mas, pelo menos, ele saiu do meu campo de visão enquanto eu entrava discretamente no quarto. As cortinas estavam fechadas, o cômodo estava numa escuridão pesada. O cheiro era estranhamente doce e rançoso, mas parecia que absolutamente ninguém tinha estado naquele quarto. Todas as coisas de Bremerton estavam empilhadas caprichosamente ao lado da cama, como se ele pretendesse partir a qualquer momento.

O mau cheiro estranho foi piorando conforme eu entrava no quarto. Ele devia ter dito à sra. Haylam que queria seu quarto intocado, do contrário alguém já teria cuidado desse cheiro a essa altura. Tampei o nariz e caminhei na ponta dos pés até a escrivaninha. Não havia nada em cima, apenas pena e tinta intocadas. Havia uma Bíblia sagrada ali também, mas, quando a folheei, não encontrei nenhuma anotação. As gavetas estavam igualmente desertas. Nada. Suspirei e avancei pelo quarto, engolindo um refluxo causado pelo cheiro de podridão que piorava cada vez mais. Será que ele tinha deixado alguma comida se deteriorando e não percebeu? O que poderia causar tamanho fedor...

Eu tinha o pressentimento de que esse era um mau sinal. Só a morte cheirava assim – era o aroma doce, mas corrompido de carne putrefata.

O quarto parecia não ter nada para mim, e considerei abrir suas malas para olhar dentro delas. Ele poderia voltar a qualquer momento. A discussão no vestíbulo havia terminado ou, pelo menos, eles estavam falando de maneira mais baixa e racional agora. Parei, fitando suas malas e mordendo o lábio. A chance de vasculhar poderia nunca surgir novamente. Eu ia abrir.

Ajoelhei-me, quase perdendo a compostura e a resistência do estômago; o fedor de podridão era tão insuportável que fazia meus olhos lacrimejarem. Quando estava pegando uma de suas bagagens, parei, trêmula. Dava para ver algo preto e brilhante saindo de debaixo da cama. Devagar, aproximei-me, prendendo a respiração, finalmente encontrando a origem do cheiro...

Não era preciso tocar; eu conseguia ver o delicado casco preto e um laivo de lã branca e pura manchada de sangue velho. Era como se a voz doce de Joanna sussurrasse na minha cabeça.

Vocês vão ficar contentes. Achei que você tinha ido embora de vez; é o segundo que se perde essa semana. Se ao menos encontrássemos o primeiro.

Ali estava. Levantei rápido, tão rápido que minha cabeça girou pelo cheiro e pelo choque. O que aquele desgraçado estava fazendo com um cordeiro morto embaixo da cama? Eu precisava limpar a mente. Foco. Havia um cordeiro pintado com sangue na parede atrás da mãe de Lee. Será que essa poderia ser a conexão que faltava? Recuei da cama para escapar do cheiro e respirar e, quando me virei, eu vi, claro como o dia.

Eu não tinha pensado em olhar atrás da porta depois que a fechei, mas, agora, tinha a amostra de caligrafia de que precisava. O sangue latejou nos meus ouvidos; uma falta de ar me fez sentir que estava me afogando. Meu peito se apertou, tenso. Bom, ali estava a prova, mas eu não a queria, não dessa forma, não se fazia minha carne se arrepiar de pavor.

Tremendo, coloquei a mão no bolso do avental e peguei o pedaço de papel, erguendo-o para compará-lo com as palavras escritas em sangue negro na porta. As curvas e volteios eram iguais. Exatamente iguais.

E O VENCERAM PELO SANGUE DO CORDEIRO

Repeti as palavras comigo mesma segurando o papel ainda na mão. Estava repetindo quando a porta se abriu, e George Bremerton se lançou contra mim com uma pistola apontada e pronta para atirar.

Um grito como gelo se partindo num lago congelado cortou o quarto. Eu nunca tinha ouvido algo tão perto desse tom, tão agudo e terrível que praticamente me fez me *curvar*. Era o Residente do lado de fora da porta. Ele estava arranhando o ar na porta aberta, como se alguma barreira invisível o impedisse de entrar.

Mas essa era a menor das minhas preocupações. Bremerton voou para cima de mim, derrubando suas malas no caminho e me agarrando pela garganta antes que eu conseguisse me defender. Ele me jogou para trás contra a parede perto da janela, erguendo-me com o punho pesado em volta do meu pescoço.

– Foi você! – gritei. – Você matou a mãe dele! Assassino!

– A mãe dele? – Bremerton bufou e apertou o polegar na concavidade carnosa da minha garganta. – Não faço ideia de quem gerou meu sobrinho e não dou a mínima para isso. Aquela meretriz era uma de nós até decidir dar as costas para a causa. Ela deveria servir como exemplo, nada além disso.

– Então por que... Por que está aqui? – Se eu fosse morrer, pelo menos queria saber qual tinha sido a causa de todo esse sofrimento. Toda essa confusão.

Ele revirou os olhos e apertou o polegar no meu pescoço até eu tossir.

– Ora, para matar o Diabo, garota, para que mais? Não matei meu irmão John porque quis. E agora você vai me responder. Seja rápida. Como? – Ele me chacoalhou com força, fechando minha garganta até que apenas um leve fio de ar passasse. Seus olhos e narinas se incharam, cuspindo enquanto gritava na minha cara. – Sua vadia insidiosa, como entrou aqui? Você é um deles. Sei que é. Como fez isso?

Arranhei suas mãos desesperadamente, tentando me livrar de seus dedos no meu pescoço.

– Tio!

A voz de Lee ecoou do corredor e, por um lindo e brilhante momento, achei que estava salva. Mas Bremerton atirou para trás às cegas, acertando o batente da porta. Ouvi o grito de Lee ecoando vagamente nos meus ouvidos. Um fio de lamento persistiu. Será que eu tinha ficado surda? A pistola havia retumbado e parecia fogo vivo explodindo na minha cara.

Ele virou a pistola novamente e a apontou para mim, encostando o cano quente na minha têmpora.

– Não sei – falei sem ar, com lágrimas escorrendo pelos cantos dos olhos. – Por favor! Não sei de nada.

– Mentiras! – ele trovejou, chacoalhando-me de novo. Com os olhos turvos, eu conseguia ver os arranhões que havia deixado em sua mão, o sangue escorrendo sob minhas unhas. Nada o moveu. – Você trabalha para o Diabo, garota, e nenhuma serva do mal é inocente ou ingênua. Diga-me como entrou aqui!

Como... Como... Procurei uma resposta que o tranquilizasse, se é que isso existia.

– Eu não sou um deles! – gritei.

– Errado de novo. – Ele vergou a boca numa curva hedionda e tocou minha cabeça com a pistola. – Mais uma tentativa e depois você morre.

– O c-clipe – sussurrei. Foi a única coisa que pensei em dizer. Abaixei os olhos para mostrar para ele. – O clipe de... ouro.

Bremerton vasculhou a frente do meu vestido e, com a mão da arma, arrancou o prendedor de gravata do meu vestido. Sua mão no meu pescoço apertou em aviso enquanto se atrapalhava para enfiar o clipe no bolso. Havia uma comoção na porta. Consegui ver a casa inteira reunida ali, tentando entrar. Observei Lee empurrar primeiro Mary, em pânico, e depois o sr. Morningside em pessoa.

Tentei balançar a cabeça para ele. Não. *Não*. Mas ele conseguiu atravessar o campo de força na porta. *Um garoto humano sem graça*. Um garoto humano sem graça tentando salvar um monstro moribundo como eu.

Mas Bremerton não correria nenhum risco, ele não era tolo. Atirou às cegas de novo e, dessa vez, senti a bala acertar. Senti como se tivesse atingido meu próprio peito, mas havia atingido o de Lee. O disparo me deixou confusa e surda por um momento, e observei num silêncio pesado Lee parando, levando os dedos ao peito logo acima do coração e os tirando brilhantes de sangue.

Então ele caiu no chão, com uma flor vermelha se abrindo em sua cristalina camisa branca.

– Foi você quem fez isso! – Bremerton gritou para mim. – Você me obrigou a fazer isso!

Sua voz estava abafada, assim como minha própria voz enquanto eu me debatia contra ele e gritava incoerentemente, até enfim acertar um golpe, batendo o joelho em sua virilha. Ele se encolheu e me soltou, curvando-se com uma tosse gutural. Mas a arma ainda estava firme em sua mão e ele bloqueava completamente meu caminho para a porta.

Olhei para Lee, para seu corpo inerte no chão, e peguei a colher no meu bolso. Não havia mais nada ao meu alcance e, por enquanto, essa teria que ser minha única arma. Bremerton se recuperou, como eu sabia que se recuperaria, e me atacou de novo, prendendo-me contra a parede. Dessa vez, consegui segurar seu punho desesperadamente, resistindo à trajetória da pistola antes que ele conseguisse apontá-la para a minha cabeça. Ele apertou o polegar num trinco da pistola e uma pequena baioneta disparou na minha direção, errando minha garganta por um milímetro. Ficamos lutando, ambos empapados de suor e, como eu queria, ele não notou a colher embotada na minha mão esquerda.

Mas não era só uma colher. Não naquele momento. Poderia ser o que eu quisesse.

Fechei os olhos e bati a colher contra seu abdômen e seu pescoço, e ele riu da minha cara, conseguindo tirar a arma da minha mão. Não havia mais tempo. A pistola precisaria ser recarregada e, a menos que eu conseguisse apertar o trinco no cabo e retraísse a baioneta, essa era a hora. Vagamente, ouvi os outros gritando no corredor, vozes desconexas rolando enquanto tentavam encontrar um jeito de atravessar o campo de força. Ouvi um machado acertando a parede, mas eles nunca conseguiriam quebrá-la a tempo.

Não era uma colher. Não era uma colher. O suor escorreu quente e incômodo sobre a minha testa. O tempo ficou mais devagar. Não era uma colher, mas uma faca. *Esfaqueie, esfaqueie.* Era uma faca. Sim, uma baioneta como aquela apontada para o meu pescoço. Eu queria que fosse uma faca. *Esfaqueie.* Nunca na minha vida desejei tanto algo quanto desejei que aquela colher fosse uma faca.

Senti a colher se cravar fundo, e abri os olhos para ver a lâmina cruel da faca desaparecer na garganta dele. Um gorgolejo de surpresa borbulhou em sua boca e seus olhos estavam ainda mais desvairados, perigosos. Não era o bastante. Ele ainda conseguiria mirar a pistola, e foi o que fez, erguendo-a com os dedos fracos e trêmulos para apontá-la para o meu rosto.

– Mary! Rápido, rápido, faz um escudo para eles! – Ouvi o gritinho de Poppy cortar o véu de pavor.

Tudo aconteceu rápido demais para que eu conseguisse entender. Vi a baioneta disparar na direção do meu rosto e estremeci, vendo a lâmina ricochetear na minha bochecha, como o toque de uma pena. Então havia apenas a expressão atônita de Bremerton e o sangue jorrando de sua boca enquanto minhas punhaladas finalmente o incapacitavam. Senti o ar ao nosso redor se amortecer e aplanar, e cerrei os dentes, sabendo que estava protegida por um escudo que Mary tinha conjurado, mas mesmo assim estava apavorada.

Eu tinha achado o grito do Residente horrendo, e realmente foi, mas esse som era como o próprio céu se partindo ao meio. Por trás do ombro de Bremerton, vi Poppy no batente, com a boca aberta, os olhos negros como um céu sem estrelas, conforme seu grito agudo e abominável reverberava na nossa direção. Não chegou a Lee nem a mim, mas senti suas asas baterem nas minhas bochechas enquanto o rosto sangrando de George Bremerton inchava e se deformava como água fervente, e então explodiu. Fechei os olhos com força e me encolhi contra a parede, horrorizada pelo sangue, tendões e sabe Deus o que mais caindo ao meu redor.

Minhas pernas cederam sob mim e desabei fracamente no chão, retirando o sangue dos olhos e limpando a boca. Cuspi, tossi e inspirei fundo pela primeira vez em muito tempo. Então vieram as lágrimas. Rastejei de quatro para longe do corpo decapitado de George Bremerton até o valente rapaz morto pelo próprio sangue traiçoeiro.

Capítulo Trinta e sete

Por um bom tempo depois que removeram o corpo de Bremerton do quarto, fiquei sentada junto a Lee. Não havia nada que pudesse ser feito por ele. A bala o havia acertado bem no peito. Ele parecia estranhamente intocado, a mancha carmesim em sua camisa era o único indício de que algo estava terrivelmente errado.

Tirei um pedaço do crânio de Bremerton de sua bota. Fiquei ofendida por ter chegado a tocar nele.

— Desculpe — eu disse, sem conseguir olhar em seu rosto, sabendo que ficaria destruída. — Sinto muito, meu amigo.

A colher ensanguentada estava na pequena concavidade formada pela minhas saias. Peguei a mão de Lee depois de tomar o cuidado de limpar a minha. Sua pele ainda estava quente. Isso fez as lágrimas caírem com mais força, mais angústia, até eu não conseguir ver nada além de uma aquarela naquele quarto coberto de sangue e nas botas elegantes de Lee.

Chijioke tinha finalmente derrubado a porta toda com o machado, permitindo que os outros entrassem. Eles ficaram olhando do batente destruído; atrás deles, dois Residentes pairavam feito pais preocupados. O sr. Morningside foi o único corajoso ou idiota o bastante para entrar e se aproximar de mim. Então, com um suspiro, sentou-se no chão ao meu lado, trazendo as pernas longas junto ao peito para apoiar os punhos sobre os joelhos.

— A culpa é minha — ele disse com a voz rouca. Se eu conseguisse sentir alguma coisa além de luto, teria ficado admirada por ele assumir a responsabilidade. — O primeiro e o último filho... eu deveria ter encaixado as peças antes. E definitivamente deveria ter percebido que tínhamos alguém do Fim dos Dias entre nós.

Não disse nada por um longo tempo, desinteressada em suas explicações. Quando consegui controlar melhor as lágrimas, sequei o rosto com o avental e fixei o olhar nele. O cabelo preto e os olhos dourados. As proporções excessivamente perfeitas de seu rosto. Ele me encarou de volta e tirou um lenço do casaco. Com todo o cuidado, estendeu a mão e limpou meu rosto manchado de sangue.

– O que ele disse é verdade? – perguntei. – Você é mesmo o Diabo?

– Sim. – Ele abriu um sorriso de viés, exausto. – Bom, o que ele chamaria de Diabo. O que você chamaria também, imagino. A maior parte do que dizem é ridícula, mas devo admitir que parte procede. Se você jogar dardos num dicionário por muito tempo, vai acabar acertando a palavra "verdade". Já tive muitas formas, muitos nomes, séculos incontáveis de idas e vindas como uma ideia ou como um ser.

Talvez fosse melhor ficar sabendo dessa forma, enquanto eu ainda estava entorpecida pela morte de Lee.

– Então você deve ser muito poderoso.

– Como preferir.

– Mas não poderoso o bastante para atravessar uma *maldita porta*.

Ele teve a gentileza de se crispar. Respirando fundo, voltou a dobrar o lenço e o passou com cuidado pela minha têmpora.

– Homens como Bremerton foram apenas um rumor por muito, muito tempo. Seu grupo e outros como ele sempre tentaram me eliminar. Ele poderia ter conseguido, aliás, se você não tivesse decidido entrar aqui.

– Entendi. Que *pena* que ele não matou você.

– Não, Louisa, você não queria isso. – O sr. Morningside, o Diabo, soltou um riso seco. – Isso teria significado o fim do Extraterreno e do mundo humano como você o conhece.

– Ah. – Deixei que ele passasse o lenço na minha testa, tentando entender a magnitude dessa pessoa, desse *ser* sentado comigo e limpando meu rosto calmamente. Estreitei os olhos com firmeza para ele. – Você estava errado. Lee era inocente. Bremerton matou o próprio irmão e Lee não teve nada a ver com isso. Ele apenas se *sentia* responsável porque era uma boa pessoa. Por favor, você é o Diabo... quero fazer um pacto. Não é isso que você faz? Faz as pessoas trocarem suas almas por um favor?

Ele balançou a cabeça, olhando de soslaio para o corpo imóvel de Lee.

– Eu sei o que você vai pedir, mas não posso ajudar você...

– Não... – murmurei, contendo uma nova onda de lágrimas.

– ... mas a sra. Haylam pode.

Não me importei com minha cara de boba. Será que tinha ouvido certo? Será que a bruxa transformada em governanta poderia mesmo trazer Lee de volta à vida? Perscrutei o rosto dele, mas não era uma piada. Os outros ainda estavam andando de um lado para o outro no corredor e pude ver a sra. Haylam parada lá, observando-nos com atenção.

– Sra. Haylam, pode entrar aqui, por favor?

Ela se aproximou devagar, com as mãos entrelaçadas sobre o vestido preto e simples. Sua pele brilhava alaranjada sob a luz do fim de tarde enchendo o quarto. Ergui os olhos com expectativa. Suplicante. Ela fixou o olhar na minha mão que segurava a de Lee.

Eles começaram uma conversa rápida numa língua que não entendi. Era bela e gutural, e ambos falavam com uma fluência de nativos. Pela expressão dela, deu para ver que não estava contente com o que o sr. Morningside dizia.

Seus olhos prateados se estreitaram.

– Você não sabe o que está pedindo, minha filha.

– Sim, sei – eu disse.

– Ela leu o livro? – a sra. Haylam perguntou para ele.

– Sim. Aparentemente entende os riscos.

As sobrancelhas dela se contraíram sob a touca.

– Aparentemente não é o bastante, Annunaki. Os Da'mbaeru podem exigir qualquer coisa ao retornarem e não serei eu quem vai pagar o preço da sombra.

O sr. Morningside voltou a olhar para mim, com o rosto ainda erguido para a governanta. Ele pigarreou e fez uma pausa.

– Você leu o capítulo sobre os feiticeiros das sombras, Louisa?

Fiz que sim.

– E você se lembra?

– Sim – respondi, mas não tinha mais tanta certeza. Eu lembrava do capítulo e das coisas terríveis que pediam para que uma sombra fosse trazida de volta. Na época, pareceu-me inofensivo, idiota, o tipo de história de terror para assustar criancinhas e fazer com que se comportassem e seguissem um caminho temente a Deus. Agora eu sentia meu estômago se contraindo de pavor. – Eu me lembro.

Será que Lee me agradeceria por isso? Olhei finalmente para seu rosto e senti meu queixo tremer de tristeza. Poderia ser egoísmo, mas eu não queria perdê-lo. Mary, Chijioke e Poppy perscrutaram pelo buraco denteado onde antes ficava a porta. Bartholomew fitava seus donos, com as orelhas abaixadas contra a cabeça.

A sra. Haylam começou a arregaçar as mangas; seu olho de reuma se limpou por completo e começou a brilhar como ouro derretido. Na noite em que a conheci, na estrada, eu tinha visto um pouco das marcas em seus punhos, mas agora via que seus braços estavam cobertos por tatuagens minúsculas, fileiras e fileiras de pequenas imagens. Sua voz soava mais grossa, mais forte, aliada a um eco perturbador.

– Vou perguntar apenas uma vez, Louisa, sua criança tola, e você vai pensar com cuidado antes de responder: você vai ressuscitar esse menino e pagar o preço? Pense antes de responder, tenha certeza de que vai oferecer o que lhe for pedido, mesmo se significar a sua vida em troca da dele.

Aceitei.

Se era egoísta ou não, eu não sabia dizer, pois estava certa de que a morte dele poderia ter sido evitada e que *eu* poderia tê-la evitado. Nunca tinha contado toda a verdade para ele. Nunca tinha corrido esse risco, e ele poderia ter se salvado de alguma forma, ficado mais motivado a partir, se preparado mais, se protegido mais. E, ali no chão, observando a sra. Haylam com expectativa, a ideia de perder minha vida em troca da dele parecia quase preferível. Quem era eu, afinal? Um monstro, aparentemente, um monstro que deveria ficar entre desajustados e criaturas das trevas.

Era infantil pensar na minha vida com tanto menosprezo, mas, naquele momento, parecia a mais pura verdade. A minha vida pela dele; uma vida perturbada em troca de uma inocente.

– Eu aceito. – Bastou dizer isso e a sra. Haylam se ajoelhou ao lado da cabeça de Lee, colocando as mãos sobre as orelhas dele. Os olhos dela se viraram para trás, sólidos, brilhando dourados novamente, e ela sussurrou uma série de palavras na língua que havia falado pouco antes com o sr. Morningside.

O quarto começou a tremer, sutilmente no início, e então foi como se todo o teto fosse desabar sobre as nossas cabeças. Perdi o ar e recuei, observando quando a sombra de Lee no chão penetrou em seu corpo, desaparecendo, antes de a boca dele se abrir e essa mesma sombra sair, subindo flutuante, erguendo-se de seus lábios. Logo a silhueta do garoto que eu conhecia estava pairando sobre nós.

Olhei para a sombra boquiaberta, trêmula, assistindo-a enquanto ela levantava os fantasmagóricos braços pretos e os avaliava, como se experimentasse um casaco novo.

– Qual é o preço? – a sra. Haylam murmurou, os olhos dela cintilando como pequenas luzes.

A sombra de Lee virou para encará-la e ela apontou para mim.

– Ela vai pagar o preço das sombras? – Era a voz de Lee, mas estava fria, sem emoção, sem a doçura e o calor que eram tão familiares nele. Ah, Deus, será que tudo isso tinha sido um erro?

– Foi o acordo – ela disse.

A sombra voltou a se virar, os dedos dos pés ainda pendurados dentro da boca aberta de Lee. Seus olhos ocos me observaram por um longo momento antes de dizer, friamente:

– Três favores vou pedir. O primeiro, uma mecha de seu cabelo.

– É... é claro – balbuciei. O sr. Morningside me passou um pequeno canivete. Eu tinha quase esquecido da presença dele, de tão silencioso que estava. Seus olhos estavam obscurecidos enquanto me passava o canivete e voltei a questionar essa decisão. O Diabo não deveria estar contente de ter feito com que eu seguisse esse caminho? Cortei a parte de baixo da minha trança e a entreguei para a sra. Haylam.

– O segundo, uma gota de seu sangue – a sombra exigiu.

– Está bem. – Já estava com o canivete na mão. Depois de picar o polegar, ergui-o e vi o sangue emergir à superfície, em seguida desaparecer dentro de uma névoa que surgiu no ar para logo desvanecer.

– O terceiro – a sombra murmurou, estreitando os olhos ocos como se estivesse sorrindo –, a vida de sua primogênita.

Pestanejei, com o coração acelerado e a boca subitamente seca. Então olhei para o sr. Morningside e a sra. Haylam em busca de instrução.

– Eu... não tenho filha, sombra. Você cometeu algum engano.

– Não há engano nenhum – a sombra sussurrou em resposta. Então girou devagar de frente para a porta, estendendo o braço e apontando para Mary, que nos observava de olhos arregalados do batente. – Aquela menina é criação sua, nascida do seu desejo e da sua mente. Vou levá-la agora como meu preço.

– Não! – balancei a cabeça, caindo de joelhos. – Você não pode levar Mary, ela não fez nada!

– Louisa, você concordou – o Diabo disse, tocando meu ombro suavemente. – Não tem como voltar atrás agora.

– Eu não vou permitir! – gritei, afastando sua mão de mim.

Mary entrou no quarto, com as mãos entrelaçadas diante do avental. Ela me abriu um estranho sorriso, de carinho e tristeza. De aceitação. Não. *Não*. Não era isso que eu queria! Nada disso era o que eu queria...

– Você não precisa fazer isso – eu disse a ela, balançando a cabeça, as lágrimas voltando a escorrer pelo meu rosto. – Deveria ser a minha vida, não a sua! Fuja, Mary, vá embora!

Mas ela apenas continuou caminhando na nossa direção, com serenidade, como se seguisse justamente para a execução.

– Vai ficar tudo bem – ela me disse calmamente. No corredor, envolveu Chijioke em seus pequenos braços e o apertou com firmeza, depois se virou para Poppy e fez o mesmo, tirando inclusive um momento para beijar a testa de Bartholomew.

– Você tem certeza disso, Mary? – Chijioke perguntou, secando as lágrimas com a mão.

– Absoluta – foi a resposta dela.

Não... Ela não podia estar dizendo adeus. Não podia fazer isso no meu lugar. O sr. Morningside se levantou e foi até o canto, e Mary ocupou o lugar dele, ajoelhando-se e encostando sua testa na minha.

– Eu vou, Louisa. Não precisa se preocupar.

– Não! – Olhei ao redor em busca de ajuda, de discordância, mas ninguém disse nada; todos só me encaravam de volta. – Não posso deixar você fazer isso, Mary. Eu não sabia que tinha criado você. Não queria que... que... – Coloquei os braços em volta dela. Ela era Maggie. Era Mary. Eu a tinha feito e precisava dela. Ela tinha sido minha amiga nas piores horas da minha vida e agora iria embora. Assim como Lee.

Eu tinha tentado salvar todo mundo e, em vez disso, levara todos à ruína.

Mary se soltou dos meus braços cuidadosamente, abrindo seu sorriso doce; era de partir o coração como seus olhos gentis e familiares estavam cheios de nada além de amor.

– Não chore, Louisa – ela disse, levantando-se e pegando a mão da sombra. – Só estou indo para casa.

Capítulo Trinta e oito

Em um piscar de olhos, ela se foi, como se nunca tivesse nem existido. Como se a minha necessidade de uma amiga nunca tivesse se manifestado na forma de um ser.

A sombra também foi embora, sugada de volta para dentro da boca de Lee. O sangue dele que havia escorrido para os carpetes foi absorvido gradualmente para dentro de seu corpo até um rubor saudável se assentar em seu rosto. Então, graças à magia amaldiçoada da sra. Haylam, vi seu peito subir e descer. Estava vivo.

— Ele vai acordar quando a lua nascer — ela me disse. Seu olho estava anuviado de novo e ela voltou a descer as mangas, desafiando-me com o olhar enquanto fazia isso. Não falei nada, e ela e o sr. Morningside ergueram Lee, mas ele não reagiu. Eles o tiraram do quarto e fui atrás, entorpecida e sentindo frio no corpo todo enquanto o levavam de volta a seus aposentos e o colocavam na cama.

Levei um longo momento para perceber o que estava errado nele: ele não tinha sombra quando o ergueram nem quando o arrastaram, e não tinha sombra quando o colocaram na cama. Aquele ser que havia tirado meu cabelo, meu sangue e uma vida minha estava em algum lugar dentro dele, e essa ideia me deixou nauseada de arrependimento.

O que eu tinha feito com ele? O que tinha feito com Mary?

Fiquei ao pé da sua cama enquanto o crepúsculo dava lugar à noite, uma nuvem de morcegos escurecia o céu e rodeava a casa, e os Residentes saíam e espreitavam pelos corredores. A sra. Haylam permaneceu por um tempo, seu ombro quase tocando no meu.

— Eu avisei você — ela disse, e havia compaixão em sua voz, não escárnio.

— Eu sei, e deveria ter dado ouvidos. Ele vai ser o mesmo? — perguntei.

A sra. Haylam inspirou ruidosamente.

– Sim e não. Ele vai ser o menino que você conhecia, mas foi tocado pela morte agora e vive pela graça da sombra. Vai haver uma escuridão maior nele e uma maior capacidade de perfídia.

Assenti, tocando o lençol em que ele dormia.

– O sr. Morningside estava errado, sabe. Lee não deveria estar aqui. Ele era inocente.

– Sim, e a sua certeza é o único motivo por que concordei com isso – ela disse, apontando para as pernas dele. – Ele nunca pode deixar esta casa, Louisa. Uma sombra não tem forma; ele é compelido pelas mesmas magias que prendem os Residentes aqui e, quando a carne dele se desfizer, ele vai ser um deles. Você não vai viver para ver isso e ele vai existir aqui para sempre.

– Fica cada vez pior – sussurrei, desesperançada. Perdida. Se eu tinha prendido Lee a essa casa contra a sua vontade, eu também ficaria. Era justo, depois da bagunça que eu havia causado. – Eu o amaldiçoei e perdi Mary numa cajadada só.

– Talvez não – a sra. Haylam disse suavemente, colocando uma mão maternal nas minhas costas. – Talvez não.

– Como assim? – perguntei.

Ela apontou discretamente para a porta e virei para encontrar o sr. Morningside nos observando, encostado no batente. Ele era o Diabo, mas não me encolhi conforme se aproximava e estendia o braço. Eu o aceitei, erguendo os olhos para ele, nem um pouco reconfortada por seu sorriso tranquilo.

Os olhos dourados do Diabo brilharam e ele me deu um tapinha na mão.

– O que você acha de uma pequena viagem? – ele perguntou. – Para a Irlanda, talvez. Waterford, para ser mais específico. Conheço um poço lá com um poder extraordinário. Estenda a mão.

Obedeci, com um frêmito de reconhecimento na cabeça. O sonho. O livro. Será que nem tudo estava perdido? Será que eu poderia voltar a ver Mary? Quando abri o punho, encontrei um pequeno dedal quente na minha mão e o clipe de ouro que eu já conhecia.

– Não se demore tempo demais – o Diabo disse, saindo pela porta. Ele parou e me olhou por sobre o ombro. – Seu lugar é aqui, na Casa Coldthistle.

Um mês depois, eu estava no frio cruel com um cachecol de lã erguido sobre os lábios. Enfiada sob ele, eu esperava do lado de fora da taverna, batendo os pés e vendo minha respiração se curvar como dragõezinhos brancos flutuando rumo ao céu de ferro.

Eu me sentia uma estranha aqui, embora Waterford já tivesse sido meu lar. Esses tempos de infância pareciam estar há séculos de distância. Eu não era a mesma garotinha tímida e miserável que rolava na lama enquanto meus pais brigavam e brigavam. Um homem entrou na taverna esbarrando em mim, encarando-me feio. Desviei os olhos, repugnada, e me envolvi em meus braços para me proteger do frio.

As barcaças passavam pelo rio. Os trabalhadores chamavam uns aos outros enquanto saíam para suas pausas vespertinas. Algumas gaivotas flutuavam rígidas e brancas no alto, com suas penas sopradas pelo vento. Eu não conseguia mais olhar para uma ave sem pensar no sr. Morningside e na multidão de almas guardadas em seu escritório. Para que ele precisava de todas elas? Será que um dia me contaria?

Suspirando, olhei dos dois lados da travessa, vasculhando todos os rostos que iam e vinham. Será que ele viria? Será que tudo isso não passava de uma brincadeira? Não. Paciência. Olhei dentro da luva e lá estava, a promessa da amizade restaurada. Uma maneira de consertar as coisas.

Um dedal.

Outro quarto de hora se passou e decidi ir embora e tentar de novo no dia seguinte. Foi então que ele apareceu. Ele era baixo, com um rosto largo e redondo. Seu cabelo espantosamente vermelho se destacava em todas as direções.

— Alec? — perguntei, observando-o se aproximar de mim com um sorriso de orelha a orelha. — Estou procurando uma fonte muito especial. Você pode me ajudar?

Seus olhos cintilaram e ele começou a descer a travessa, chamando-me para segui-lo.

– Se é o que quer, de um poço eu sei, digno de um rei.

Apertei o dedal no punho e o segui.

Agradecimentos

Quero agradecer a Kate McKean por não me dizer que eu estava sendo completamente maluca quando sugeri este romance. O que começou como uma ideia vaga no caminho de volta do restaurante mexicano se transformou numa história que me levou a lugares que eu nunca imaginaria. Agradeço a Andrew Harwell e a HarperCollins por acreditarem neste projeto, por me darem uma quantidade incrível de liberdade para experimentar, e aos artistas esforçados que concederam uma beleza sinistra para o livro.

Minha mãe me viciou em Jane Austen logo na infância e acho que este livro nunca teria saído sem esse empurrãozinho. Não sei ao certo se era o resultado que você imaginava, mãe, mas espero que fique orgulhosa. Acho que Jane curtiria (ainda que talvez não os palavrões). Obrigada também a Pops, Nick, Tristan, Julie, Gwen e Dom por serem o sistema de apoio mais incrível que uma escritora pode querer.

A Brent e Smidge, obrigada pela paciência enquanto este livro ocupava minha vida e às vezes me deixava difícil de conviver. Obrigada pelas ideias e por me lembrarem de que suas antigas pistolas não são nada parecidas com as nossas pistolas modernas.

Um obrigada imenso a Tadhg Ó Maoldhomhnaigh pelo auxílio com as traduções galesas. Enquanto eu trabalhava no livro, fiquei completamente imersa em alguns dos romances brilhantes de Andrea Portes, e a genialidade dela fez eu me esforçar mais e pensar mais alto.

E a Louisa que deu nome à Louisa – sinto falta de escrever com você, mas obrigada por me emprestar seu lindo nome.

Borda vitoriana nas páginas 2, 3, 6, 7, 12, 22, 27, 33, 39, 46, 53, 61, 72, 82, 91, 95, 98, 106, 116, 125, 136, 144, 152, 162, 168, 182, 192, 197, 200, 208, 217, 224, 233, 236, 241, 249, 252, 262, 270, 277, 280, 294, 306, 316, 324, 330, 338, 342 © 2017 by Getty Images.

Textura de parede nas páginas 2, 3, 6, 7, 12, 22, 27, 33, 39, 46, 53, 61, 72, 82, 91, 95, 98, 106, 116, 125, 136, 144, 152, 162, 168, 182, 192, 197, 200, 208, 217, 224, 233, 236, 241, 249, 252, 262, 270, 277, 280, 294, 306, 316, 324, 330, 338, 342 © 2017 by Getty Images.

Parede desgastada nas páginas 10, 11, 44, 45, 70, 71, 96, 97, 134, 135, 160, 161, 180, 181, 198, 199, 234, 235, 250, 251, 278, 279, 314, 315 © 2017 by Getty Images.

Fotografias nas páginas 10, 11, 44, 45, 70, 71, 96, 97, 134, 135, 160, 161, 180, 181, 198, 199, 234, 235, 250, 251, 278, 279, 314, 315 © 2017 by iStock / Getty Images.

Conheça também, de Madeleine Roux:

Série Asylum

v. 1

v. 2

v. 3

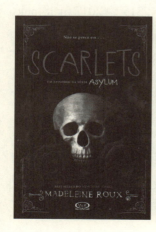
v. 1.5

v. 2.5

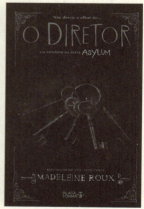
v. 3.5

Zumbissaga

v. 1

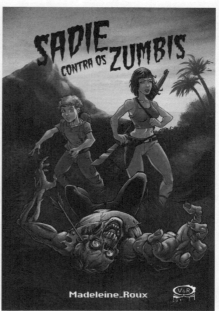

v. 2

SUA OPINIÃO É MUITO IMPORTANTE

Mande um e-mail para **opiniao@vreditoras.com.br**
com o título deste livro no campo "Assunto".

1ª edição, maio 2017
FONTES Adobe Caslon 11/18pt; Tagliente 60/40pt
PAPEL Polen Bold 70g/m²
IMPRESSÃO Intergraf
LOTE I1099453